투기꾼들을 위한
메버십
트레이닝

최인석 장편소설

실천문학사

차례

프롤로그

시나리오 『투기꾼들』은 양주일 감독이 일행과 함께 펜션 '구름다리'에 도착하는 것으로 시작되었다. 10여 년 전부터 교외의 주택 지구에 유행하던 국적 불명의 목조건물, 사람이 사는 것처럼 보이지 않는 조립식 모델하우스 같은 공간, 처마 밑에는 건조하고 몰취미한 글씨체로 새겨진 객실의 명칭 '봄', 그리고 염치없이 커다란 개집은 텅 비어 있었다. 카메라가 이동하거나 회전하면 비로소 주차장 너머의 강과 숲, 숲 사이로 이어진 우아하고 친근한 보드워크, 저물어오는 하늘이 보였다.

그 첫 신에 관해서는 수정을 요구하는 사람이 많았다. 아무런 호기심도 불러일으키지 않을 뿐 아니라, 영화 속의 영화라는 설정이 극적 긴장감을 현실 너머의 허구로 옮겨버리는 탓에 흥미를 반감시키는 설정이라는 비판이었다. 양 감독은 영화건 영화 속의 영화건 영화 속의 영화 속의 영화건, 다 현실이 아닌 허구이기는 매

한가지라는 주장으로 그런 비판을 막아내려 했다. 누가 극장에 현실을 보러 오는가? 극장에 들어서는 순간 관객이 기대하는 것은 현실이 아니라 허구다. 현실이 궁금하면 그들은 극장에 들어갈 필요도 없이 길거리에서 천 원짜리 하나 내고 신문을 사볼 것이다. 그러나 비판은 끈질겼고, 새로운 제안은 계속 들어왔다. 그 신을 없애기 싫으면 순서를 바꾸는 것은 어떤가. 짤막하게 줄이는 것은 어떤가. 강 건너 풍경이 좋으면 뭐하냐. 안개가 뒤덮어 가려버릴 것을. 굳이 롱샷을 고집할 필요가 뭐가 있는가. 시나리오를 읽는 사람마다 그 신을 문제 삼았다.

양 감독은 들은 척도 하지 않았다.

공연

펜션 '구름다리'에 먼저 나타난 사람은 한 장군이었다. 아직 날이 어두워지기 전이었다.

개실 동 '봄'을 지나 일부러 '여름'의 주차장까지 가서 차를 세운 그는 벤츠에서 내리자마자 먼저 차의 범퍼 앞에 쪼그리고 앉아 옷소매로 문지르며 먼지를 닦아냈다. 어제 거기 생긴 흠집이 자꾸 신경이 쓰였다. 그는 뜰 이곳저곳을 기웃거리다가 '여름'의 문을 멋대로 열고 안으로 들어갔다. 실내는 텅 비어 있었다. 그는 실내를 둘러보며 혼자 고개를 끄덕이고, 각도가 기울어진 액자를 바로 잡고, 액자 위의 먼지를 손을 뻗어 짚어내기도 했다. 장대한 몸집에 뭉실뭉실 살이 올라 목과 어깨가 아무렇게나 쌓아놓은 떡 반죽 같았다. 펜션에 손님이 아직 하나도 없는 것이 분명했다. 이 집이나 우리 집이나 장사가 이리 안돼 어쩌냐. 그는 혼자 중얼거렸다. 다 죽으라는 거냐. 그러나 곧 그는 남 걱정 할 계제가 아니라는 것을 깨달았다. 빈대떡처럼 울긋불긋한 그의 얼굴이 잠시 어두워졌다. 이 집은 그래도 우리보다는 낫지 않으냐.

그는 이번에는 보드워크를 따라 강변으로 나가 오후의 되직한 햇볕 아래 몸을 뒤척이며 흘러가는 강물을 내려다보았다. 몸집이 분 흙탕물이 꾸역꾸역 하류로 밀려 내려가고, 강 건너에서는 싸구려 만화책에나 나올 법한 우스꽝스러운 성채 꼴로 울긋불긋 치장한 모텔들이 그 흙탕물 속에 거꾸로 곤두박질하고 있었다. 그는 강변도로의 신호등 앞에 차들이 밀려들었다 밀려가는 것을 물끄러미 넘겨다보았다. 지 위치에서 푸른 신호를 받아 직진한 다음 주유소 삼거리에서 우회전을 해야만 비로소 이 펜션으로 접어들게 된다. 주유소도 삼거리도 산모퉁이에 가려 이곳에서는 보이지 않았다. 그의 펜션에서는 그 삼거리가 훤히 내려다보였다. 그게 장점인지 단점인지는 알 수 없었다. 장점이건 단점이건 장사는 잘되지 않았다.

돌아서서 보드워크를 빠져나오자 한 장군은 차의 문을 열고 종이봉투를 하나 꺼내 들고 모임이 예정된 객실 건물 '봄'으로 들어섰다. 김시헌 사장이 그에게 손을 들어 알은체했다. 한 장군은 그의 앞으로 다가가 종이봉투에서 보란 듯이 발렌타인 한 병과 막걸리 한 병을 꺼내놓았다.

약속 시간보다 한 시간쯤 앞선 시각이었다. 뷔페 회사에서 나온 직원들이 식탁에 요리를 늘어놓느라 분주했다. 여직원이 식탁 건너편의 접시에 전을 옮기기 위해 송충이처럼 몸을 길게 늘이자 짧은 스커트 속으로 어둡고 흰, 탄력으로 터질 듯 팽팽한 엉덩이가 거의 다 드러났다. 허리의 맨살이 살짝 드러나는 데다가 가슴이 두드러지게 강조되는 짧은 셔츠 차림의 그녀는 입었으되 벌거벗은 것 같은 착각 또는 환각에 빠지게 만들었다. 요즘 들어 그런 옷이 유행이라는 것을 한 장군은 잘 알고 있었다. 거리에도 텔레비전에도 여자들은 거의 그런 옷차림이었다. 그는 노골적인 시선으로 그녀의 스커트 속을 들여다보며 웃었다. 사타구니가 근질거리는 게 기분이 흐뭇했다. 좋다. 오늘 내가 본 풍경 중에 최고야. 그가 큰 소리로 말했으나 다행히 그 여직원은 듣지 못했다. 시헌이 혀를 찼다. 조심해, 한 장군. 늙은 두 남자는 막걸릿잔을 빨며 그 여직원의 다리를 흘끗거렸다.

8년 전 대령으로 예편했으니까 한 장군은 사실 장군이 아니었다. 대령은 현역 계급이고 준장은 예비역 계급이다. 그것이 그의 주장이었다. 늘 유쾌했다. 어찌나 유쾌한지 때로는 천진해 보였고, 때로는 위험해 보였다. 군대 생활만 해서 세상 물정을 모르는 사람처럼 보이는 적도 있었다. 예편한 뒤 살이 찌기 시작하여 지금은 100킬로그램을 육박하는 거구가 되었다. 팔자 눈썹이 귀쪽으로 길게 늘어진 호인풍의 얼굴이었으나 종종 잔인해졌고, 그런 때면 물불을 가릴 줄 몰라 영락없이 군기가 바짝 든 일개 호전적 초급장교였다. 이곳으로 이사 온 지 한 달 사이에 동네 젊은이 하나를 실신하도록 패서 합의금으로 이천만 원을 물어주고 풀려났다. 두어 번 그의 아내 안미순이 한밤중에 얼굴에 피를 흘리며 속옷 차림으로 헐레벌떡 시헌의 집으로 뛰어든 적도 있었다.

막걸리는 늦가을 바람처럼 맛이 칼칼했다. 요즘 막걸리 중 베스트셀러, 돈이 있어도 구하기 힘들다는 막걸리였다. 가끔 지방 양조장에서 만드는 막걸리 가운데 그런 명품이 있었다. 어디서 이 귀한걸 구했어? 시헌이 묻자 한 장군은 대답을 꺼내기 전에 기분좋게웃음부터 내놓았다. 며칠 전 직접 차를 몰고 가서 사 왔지. 장사는안되고, 할 일도 없고……. 냉장고에 마지막 한 병 남은 거 집어 왔어. 유기농 쌀 백 퍼센트, 순수 유기농 효소를 사용한 발효로 유명해진 제품이었다. 적어도 양조장의 광고에 따르면 그러했다.

한 장군 역시 이곳에서 도로를 따라 십여 분 거리에서 펜션을운영하고 있었다. 장군답게 펜션 이름을 '피엑스'라 붙였다. 도로를 따라 차를 몰아가면 십여 분이 걸렸지만 숲을 가로질러 언덕을넘어가면 천천히 걸어도 십여 분이면 닿았다. 장사가 잘 안된다고늘 걱정이었다. 그때마다 시헌은 펜션 이름을 바꾸라고 권했다.뭘로 바꿔? 주지육림. 좋잖아. 한 장군은 진지하게 주지육림으로이름을 바꿀까, 고민을 했으나 다행히 늘 고민으로 끝냈다. 주지육림이라, 뜻은 그럭저럭 쓸 만한데 그렇다 하여 손님이 들 것 같지는 않았다.

무슨 음식을 이렇게 많이 준비했어? 일곱 사람 온다고 하지 않았어? 한 장군이 물었다. 깍두기로 두어 사람 낄 것 같아서. 시헌은 대답을 하면서도 눈으로는 식탁 위에 펼쳐지는 요리들을 넘겨다보았다. 갈비와 탕수육, 떡과 국, 잡채와 불고기……. 열두 사람

몫을 주문했으니 음식이 부족하지는 않을 것이다. 손님을 초대해 놓고 그런 꼴이 벌어지면 얼마나 민망한 노릇이냐. 감독이 예쁘장한 여배우들 좀 몰고 올라나? 한 장군이 기대에 차서 물었으나 그것은 시헌으로서도 알 수 없는 일이었다. 데리고 오면 뭐하냐. 그림의 떡이지. 그림의 똥보다는 낫지. 두 사람은 마주 보고 웃음을 터뜨렸다. 식탁을 차리던 남자 종업원 한 사람이 따라 웃었다.

한 장군에게 한 사람의 관객이 생긴 셈이었다. 그는 관객을 좋아했고 여자 관객은 더 좋아했다. 관객이 생기면 그의 농담은 공연이 되었고, 과장스런 연기가 되었다. 어쩌면 그가 영화 〈투기꾼들〉에 투자하기로 한 것은 우연이 아닐지 모른다. 오디션이라도 받고 싶은 심사가 그의 거대한 뱃살 속 어두운 창자 한구석에 감춰져 있는 것일까. 그저께 골프장에서 본 그 캐디 가시내도 몸매가 만만찮데. 아, 노랑 야구 모자? 허리가 한 줌이더라구. 고거침. 또 그림의 떡 얘기네. 그림의 똥보다는 낫다니까. 이번에는 그의 관객은 웃지 않았고, 한 장군은 금세 풀이 죽었다.

문이 열리고 뷔페 회사의 직원 한 사람이 들어왔다. 부지런히 해. 집에 갈 때 안개 때문에 고생하겠다. 그가 소리치자 여직원이 돌아서서 토끼 같은 눈이 되어 말했다. 안개요?

시헌은 창을 향해 고개를 길게 내밀고 밖을 내다보았다. 안개는 보이지 않았다. 안개라니? 창밖에서는 오후의 햇살이 비스듬히 내리쬐고 있었다. 한 장군이 물었다. 안개? 뭔 소리야, 대체. 뷔페 직원은 식탁 앞으로 다가가다 말고 돌아섰다. 그런 건 처음 봤어요.

안개가 순식간에 강물 위로…….

조금 전까지 안개 같은 건 전혀 없었는데. 한 장군은 펜션을 나서 보드워크를 내려갔다. 강물 위에도 강 건너에도 안개는 보이지 않았다. 싱거운 녀석. 안개가 어딨어? 그는 투덜거리며 발을 옮겼다. 계단을 내려가다 말고 그는 우뚝 멈춰 섰다. 상류 쪽 강물 위에 짙은 안개가 자리 잡고 너울거리고 있었다. 산모퉁이 저편에서 마치 누군가 젖은 나무로 불이라도 피우는 듯 짙은 안개가 뭉클뭉클 밀려 나왔다. 안개라는 게 어딘가에 숨어 있다가 저렇게 갑자기 모습을 드러내기도 하는 것일까.

저놈의 안개. 어느새 따라왔는지 시헌이 옆에서 중얼거렸다. 어디서 꼭 불이라도 난 것 같네.

투자자들을 위한
인터뷰

인터뷰 No. 6

양 감독   펜션은 언제 지었어요?

김시현   한 십 년 됐습니다. 원래는 펜션이 아니라 그저 주말
          별장쯤으로 생각했어요. 맨 위에, 능선 바로 아래쪽에
          지금 살림집으로 쓰는 건물, 그거 하나만 지었지요. 그
          땐 어머니가 혼자 내려와 계셨는데, 그러다 오 년 전에
          서울살이를 완전히 치워버리고 식구가 다 이쪽으로 내
          려왔지요. 그 한 해 전부터 펜션을 짓기 시작해서 네
          동을 완공했구요.

양 감독   집 짓는 수 다음이 죽을 수다, 라는 옛말이 있는데, 고
          생은 안 하셨어요?

김시현   고생했지요. 사기도 당하고 돈도 날리고 소송도 벌어

지고……. 십장 한 사람이 노동자들 임금 두어 달 치를 가지고 싹 사라지는 바람에 애를 먹기도 하고……. 즐겁기도 했어요. 기초를 다지고 기둥을 세우고 들보를 올리고…… 마루를 깔고 창을 내고……. 내가 하나의 세상을 만드는 것 같았습니다.

양 감독   세상이라구요? 세상이 그렇게 만들어지는 건가요? 그렇게 생각하십니까?

김시헌   말하자면 그렇다는 겁니다. 세상이라뇨.

양 감독   암튼 이 세상도 누군가 만들어낸 것이라고 생각하시는 거지요?

김시헌   그렇지 않을까요? 누군가가 만들어낸 것이 아니라면 여기 있을 리 없구요. 조물주가 만들었다구요? 만일 그렇다 하더라도 그가 만든 거지요.

양 감독   조물주라뇨. 난 그런 말 한 적 없습니다, 김 사장님. 집 잘 지으셨네요. 자리도 좋고 집도 튼튼한 것 같고.

김시헌   틀렸어요, 여기 오래 못 살 것 같아요. 곧…….

양 감독   세상이 망가진답니까?

김시헌   온전히 만들지 못하면 뭐든 결국에는 망가지게 마련이지요.

양 감독   온전히 만들어도 망가지더군요.

김시헌   온전히 만들어본 적이 있어서 말씀하시는 겁니까?

양 감독   영화 말입니다, 영화.

16

김시헌   원래 저 위에, 우리가 살림집으로 쓰는 데 토막이 하나 서 있었어요. 방 한 칸 부엌 한 칸, 두 칸짜리 너와지붕 집이었지요. 말이 너와지붕이지 다 썩어서 구름이 천장인 셈이었어요. 그걸 허물어내고 기초공사를 하려고 땅을 파는데, 알 수 없는 게 나왔어요. 지름 30센티미터 정도의 통나무였어요. 나무가 명이 다해 쓰러져 묻힌 그런 경우는 분명히 아니었어요. 대패질로 네모 반듯하게 다듬은 흔적으로 봐서 사람이 가공을 한 게 분명한데……. 정사각형이나 직사각형이라고 할 수는 없지만 사다리꼴? 그런 모양이었지요. 거기 제법 단정하게 글자까지 쓰여 있었어요. 땅속에 오래 묻혀 있어서 글자는 희미했는데, 분명히 먹을 진하게 갈아서 쓴 주먹만 한 글자들이었어요. 나무 한쪽 면 위아래 전체에 글자들이 빼곡하더라구요. 다 알아볼 수는 없고, 내가 간신히 알아본 글자는…… 西紀二六五八年, 이라는 글자하고 한쪽 끝의 용(龍) 자, 정도였어요.

양 감독   서기 2658년이라구요?

김시헌   네, 놀랐지요. 누가 장난을 친 건가, 그런 생각도 들었고. 그런데 아무리 다시 살펴봐도 서기 2658년이더라구요. 목수 한 사람이 하는 말이, 이거 상량문이네, 하는 거예요. 하지만 그 사람도 2658년이라는 글자를 발견하더니, 한참 들여다보다가 그만 모르겠다고 물러나

더군요. 그 통나무의 꼴을 봐서는 최소한 삼사십 년은 거기 묻혀 있었던 것 같은데, 2658년이라니요? 말이 안 되잖아요. 어찌어찌 한문 좀 아는 사람을 모셔다가 물어보니, 그게 상량문은 아니지만, 서까래 올릴 때 쓰는 묵서(墨書)라고 하더군요. 틀림없다구요. 통나무 한쪽에 커다랗게 '龍', 그다음에 '西紀二六五八年立柱上樑', 그 아래에는 줄을 둘로 늘어서 오른쪽 한 줄에는 '應天上之五光', 왼쪽 한 줄에는 '備地上之五福'. 그 아래에 다시 큰 글자로 구(龜) 자. 전형적인 묵서라는 거지요.

양 감독 그럼, 그 나무는 마룻대의 일부라는 건가요?

김시헌 땅 파다 보면 상량문이나 묵서, 마룻대 같은 것들이 나오는 일이 종종 있다고는 하더군요. 하지만 문제는 서기 2658년이었어요. 이걸 도대체 어떻게 이해를 해야 할지 알 수가 없었어요.

양 감독 정말 묘하네요. 기분이 으스스해지는 것도 같고. 그게 이 집터에서 나온 겁니까?

김시헌 아뇨. 맨 윗집, 우리가 살림집으로 쓰는 집 지을 때 얘깁니다. 온갖 생각이 다 들더군요. 누군가 장난을 한 건가? 누가 2658년에 여기 와서 집을 지었나? 단기를 쓸 걸 서기로 잘못 쓴 건가? 단기 2658년이라고 하면 도대체 이게 몇 년인가? 이것도 말이 안 되고 저것도 말이 안 되고……. 이 나라에서 서기라는 연호를 쓰기 시작한 건 아마도 박정희 군사정권 때부터일 텐데, 그 이후에 묻혔을 거라고는 짐작할 수 있었지만, 그 외에는 오리무중이었지요. 정말 서력기원 2658년에 누가 집을 지을 때 사용한 대들보라면 그건……. 세월이 거꾸로 흘렀다는 얘긴데 그건 도대체 이해가 안 되는 일이고……. 어머니가 그러시더군요. 잊어버리라고. 아무리 궁리해도 알 수 없는 것에 대해선 사람이 할 일이라곤 일단 잊고 버려두는 것뿐이라고. 그런 건 귀신들이 다 알아서 하는 법이라고.

양 감독　그래서 귀신들이 알아서 하라고 맡겨버리고 더 이상 생각하지 않기로 했습니까?

김시헌　어디 그게 쉽겠어요? 이런 생각은 들더군요. 이 묵서가 장난이 아니라면 적어도 서기 2658년까지는 세상이 망하는 일은 벌어지지 않겠구나, 하는 생각.

양 감독　그것 참 지겹네요. 이놈의 세상이 그때까지 계속된다면.

김시헌　이놈의 세상일지 저놈의 세상일지는 아무도 모르죠.

고기는
늘 남는다

양주일 감독 일행이 도착한 것은 약속 시간보다 한 시간쯤이 지난 뒤였다. 배우 박성근이 운전하는 봉고에 양 감독과 조감독 주기훈이 탔고, 그 뒤를 따라온 구영서의 소나타에는 평론가 심연우가 동승했다. 연우는 예정에 없던 손님이었다. 양 감독과 우연히 만났다가 끼어들게 되었다. 그들은 서울을 벗어나면서부터 안개에 휩싸여 시계(視界) 100여 미터 정도의 2차선 도로를 내비게이션과 안개등, 기억과 감각에 의지하여 운전해야 했다.

그들은 도착하자마자 식사부터 했다. 다들 허기에 지쳐 있었다. 그들이 신사동의 영화사에서 만나 출발한 것은 오후 5시 무렵, 거의 두 시간이 걸린 셈이었다. 그때 이미 시장기를 호소하는 사람이 있어 요기를 하고 가느냐 그냥 가느냐를 놓고 논의가 있었으나 밥 먹다 보면 또 시간이 지체될 것이 뻔하니까 펜션에 가서 먹자는 쪽으로 결정을 보고 출발한 길이었다.

술잔이 오가고 음식이 맛있다는 칭찬이 오갔다. 인사일 뿐이라는 것을 시헌은 잘 알았다. 흔한 뷔페 음식일 뿐이었다. 펜션을 운영하는 동안 여러 부류의 손님을 치러본 경험에 따르면 이런 경우에는 뷔페가 가장 무난했다. 시장 볼 필요도 없고 성가실 일도 없었다. 설거지도 남지 않았다. 늦게 오는 손님들에게 따로 상을 낼 필요도 없고 음식을 데울 필요도 없었다. 몇몇 요리에는 알콜 연료를 보충하고 가끔 불을 켰다 끄는 것으로 충분했다.

그들이 밥을 먹는 동안 안개는 더욱 짙어졌다. 안개주의보가 발령되었고, 도로에서는 차들이 안개등을 켜고 경고등을 깜빡이며 엉금엉금 기어 다녔다. 안개 속에서 물소리마저 멀어졌다. 집도 사람도 안개 속에 사라졌다. 안개는 모세의 저주처럼 모든 공간을 점령했다.

여배우는 안 옵니까, 감독님? 연극 연습 때문에 좀 늦을 거라고 하더군요. 연습 끝난 뒤에 이따 올 겁니다. 한 장군은 여배우만 찾으시네. 여기 여성이 벌써 두 분이 와 계시는데. 두 분도 배우십니까? 아이고, 미안합니다. 영화를 많이 보질 못해서. 배우 아니에요. 이쪽은 평론가 선생님, 게다가 대학교 교수님. 심연우 선생님. 이쪽은 CK엔터테인먼트 구 부장님. 그렇죠. 제가 아무래도 배우 같지는 않죠? 무슨 말씀. 배우 하실 생각은 있으시고요? 감독님이 써주시기만 한다면 분골쇄신, 견마지로를 다해 볼 작정입니다만. 정말입니까, 심 선생? 평론가 출신 배우라면 그건 화제가 되겠는데요. 이따가 카메라 테스트 한번 받아보시겠습니까? 마음에도 없는 말씀 마세요, 양 감독님. 왜요? 배우가 싫어요? 아뇨. 그런데 왜 싫다는 겁니까? 배우는 아무나 해요, 어디? 임정아 씨가 올 때까지만 주연이거니, 하고 있어 보세요. 임정아 씨가 오면요? 그땐 뭐, 조연 배우거니, 하고 계시든가. 이대로가 좋아요. 정말요? 뭐가요? 정말 이대로가 좋으냐구요. 세상이 마음에 들어요? 사는 게 좋아요? 사는 게 아주 깨죽 맛이네요. 그 깨죽 나도 좀 맛봅시다. 접시에 하나 가득 먹을 걸 갖고 계시면서. 깨죽은 없잖아요. 그게 은유라는 걸 모르시겠어요? 은유? 아, 은유. 영화는 은유의 향연이라고 하더군요. 세상은 지랄의 향연이구요. 후자에 더 고개가 끄덕여집니다만. 더 먹음직스럽기도 하지요? 지랄을 좋아하시는 건 처음 알았네요.

기름진 음식 냄새 속으로 띄엄띄엄 웃음이 터지고 싱거운 재담이 오가고 술잔이 부딪쳤다. 늘 고기가 남는다, 하고 시헌은 생각했다. 늘 고기가 남지만 고기류를 넉넉하게 주문하지 않을 수 없는 것은 인색하다는 소리를 듣기 싫어서였다. 구영서는 채소 샐러드를 가득 접시에 담고 초밥을 너댓 개, 쇠고기를 한 점 담은 접시를 놓고 샐러드만 먹고 있었다. 심연우도 크게 다르지 않았다. 튀김 두어 점이 더 담겨 있을 뿐이었다. 사람들은 잘 먹지 않으면서도 고기가 없으면 서운해한다. 시헌이 몇 년의 경험을 통해 얻은 결론이었다.

양 감독은 접시에 수북하게 고기와 탕수육과 김치와 양념게장과 초밥을 담아 앞에 놓고 맥주와 위스키잔을 각기 따로따로 늘어놓고 천천히, 결단에 찬 사람처럼 먹고 마셨다. 초밥을 몇 개 입에 쑤셔 넣고 활발히 저작하다가, 위스키를 한 모금, 곧이어 맥주를 한 모금 마시는 식이었다. 거무스레한 얼굴은 피로에 시달린 기색이 역력했으나 눈은 총기로 반짝거렸다. 술 퍼먹기 참 좋은 날이다. 이리 와라, 성근아. 한 잔 먹어라. 양 감독과 성근은 잔을 부딪쳤다. 성근은 술을 천천히 마시기 위해 노력해야 한다고 생각했다. 주연 여배우를 처음 만나는 날이었다. 적어도 그녀가 오기 전까지는 취하고 싶지 않았다. 종종 엉망으로 취해 실수를 한다는 것이 그의 걱정 중 하나였다. 게다가 오늘은 아마도 밤을 새워 술을 마시게 될 것 같았다. 그것은 자칫 밤새워 실수를 하게 될 수도 있다는 뜻이었다.

그는 양 감독을 피해 창가로 갔다. 그 앞에 시헌이 앉아 있었다. 그 좋은 전망이 안개 때문에 보이질 않는군요. 성근이 말하자 시헌은 고개를 끄덕였다. 펜션 건물을 지을 때 보드워크를 깔 자리를 선정하기 위해 그는 강변에 이르는 경사진 언덕을 이곳저곳 여러 차례 오르내렸다. 완만하고 편안하지만, 숲과 벼랑 사이 드러난 듯 숨은 듯한 자리에 전망대까지 만들어야 했다. 너무 숨어 강이 보이지 않아도 안 되고, 너무 드러나 은밀한 맛이 없어도 헛짓이었다. 그런 자리를 찾기 위해 일부러 보드워크를 몇십 미터 우회하고 연장했다. 근처에 이름난 산과 호수가 있어 관광객들이 적지 않게 오가는 길목이었으나 장사는 신통치 않았다. 주말이나 되어야 손님이 띄엄띄엄 드나들었다. 시내에 모텔이 널렸으니 굳이 이곳까지 찾아올 이유가 없었다. 펜션은 대개 유림과 장 씨에게 맡기고 요즘 시헌이 주로 시간을 보내는 곳은 근처의 골프장이었다. 골프 치다 보면 해 저무는 게 야속했다. 골프 친구 가운데 하나가 한 장군이었다.

여자 친구 생기면 놀러 와요. 시헌이 말하자 성근은 웃었다. 눈은 웃지 않았다. 웃음은 입술 부근에 잠깐 머물다 이내 사라졌다. 결코 얼굴 전체로 웃지 않았다. 순정만화에서 튀어나온 것 같은 외모였다. 남성적이라기보다는 중성적인 매력을 지녔다. 190센티미터의 키에 이마가 제법 번듯했다. 눈빛에 짙은 그늘이 있었고, 그 때문인지 그는 때로는 슬퍼 보이고 때로는 깊은 생각에 잠긴 듯 보였다. 급히 화장실에 가기 위해 휴지를 찾고 있을 때에도 그렇게 보였다. 그 친구 눈에 파토스가 있어. 그거 배우로서 굉장한 조건이야. 양 감독의 평가였다. 배우 박성근은 지난겨울부터 모 화장품 재벌의 장녀와 연애 중이다. 요즘 그가 타고 다니는 승용차 포르쉐는 그 여자의 선물이다……. 한 장군이 증권가의 정보지를 통해 확인한 소식이었다. 굳이 알은체할 필요는 없었다. 젊고 잘생긴 놈이 연애하는 거야 당연한 일이었다.

심연우의 눈과 성근의 눈이 허공에서 잠깐 마주쳤다. 연우가 얼른 외면했다. 연우가 보기에는 성근은 늘 지나치게 연기를 하려 애쓰는 듯 보이는 것이 단점이었다. 좋은 배우가 되기 위해서는 꼭 극복해야 할 버릇이었다. 평상시에도 연기를 하는 듯 보였다. 지금도 그렇지 않은가. 정말 연기를 하는 것은 아닐까. 그의 진심은…… 어디에도 존재하지 않는 것 아닐까. 이미 다 소모되어버린 것 아닐까. 그따위에는 관심조차 없는지도 모른다. 그러나 진실, 그것이 존재하지 않는다면 결국 그 자신에게 무엇이 남을 것인가. 그의 삶은, 연기는 얼마나 공허할 것인가. 남을 속일 수는 있으나 자신을 속일 수는 없지 않은가. 그는 아직 젊어 그런 것에는 관심도 없을지 모르지만. 결국 그의 연기는, 그의 삶은 한계에 부딪칠 것이다. 아니, 이 나라 영화판에서 그럭저럭 성장할 수 있는 미덕은 차라리 그런 데 관심을 갖지 않는 것일지도 모른다. 그럭저럭 변변찮은 연기 팔아먹으며 큰 배우 소리 들으며 선생님 소리까지 들으며 사는 자들이 얼마나 많은가.

연우는 혼자 너무 멀리까지 나아가고 있다는 것을 깨닫고 생각을 다잡았다. 그녀는 흔히 감독과 배우들에게 너무 가혹한 비판을 한다는 소리를 들었다. 일단 시작하면 안 해도 좋을 소리까지 해버리는 탓이었다. 박성근은 아직 가능성이 창창한 신인 배우일 뿐이었다. 그를 격려할지언정 깎아내릴 필요는 없었다. 한계 없는 인간이 어디 있으랴. 연우 역시 뻔한 한계 속에서 살고 있었다. 그와 연우가 다른 점은 그녀는 자신의 한계를 알고 있다는 점뿐이었다. 그러나…… 그것은 사실인가? 아마도 사실이 아닐 것이다. 한계를 알기 위해 노력하는 중이라고는 할 수 있겠지만. 그녀는 잔을 들어 맥주를 몇 모금 삼켰다. 영서가 얼른 다시 잔을 채워주었다. 샐러드가 맛이 괜찮았어요? 그녀가 묻자 연우의 혀끝에서 생각해본 적도 없는 말이 톡 튀어 나갔다. 뻔한 맛이죠, 뭐. 싸구려 뷔페 맛.

재료들이 싱싱하지도 않고. 그녀는 금세 후회했다. 다행히 영서는 미소로 답했다. 연우는 속 편하게 그것을 공감이라 믿기로 했다.

저 여자 눈에 색기가 있네. 조거 조거 살살 쪼개는 눈매 좀 봐. 한 장군이 시헌의 귀에 대고 속삭였다. 누구? 저 여자, 무슨 교수라고 했나. 연우는 양 감독 옆에 붙어 앉아 그를 쳐다보며 뭔가 빠르게 얘기를 하고 있었다. 그런가 하고 보니 그런 것 같기도 했다. 시헌은 천천히 마셔, 하고 한 장군에게 충고했다. 낮부터 막걸리에 위스키에 맥주를 섞어 마시기 시작한 한 장군은 벌써 취기가 올라 목청이 자못 방만했다. 내가 시나리오라는 걸 이번에 처음 읽어본 놈입니다, 감독님, 평론가 선생님. 누가 누구의 애인이고 남편인지, 누가 누구와 싸움을 하고 사랑을 하는 것인지 종잡을 수가 없더라구요. 그러니까 오늘 온다는 남녀 주연배우를 봐야 어떤 영화가 될지 짐작이라도 할 수 있을 것 같더라구요. 그래서 군이 이 자리에 끼어들게 되었습니다. 잘 오셨습니다, 장군님. 잘 오셨어요, 장군 각하. 양 감독과 주기훈이 번갈아 얘기했다. 장군님 안 오셨더라면 우리가 심심할 뻔했네요, 한 것은 연우였다. 오늘의 주빈이십니다. 계급이 제일 높으시잖아요. 영서도 끼어들었다. 한 장군은 좋아서 얼굴이 특대형 빈대떡만큼이나 크고 울긋불긋해졌다. 아이고, 환영해주시니 정말 고맙습니다. 여배우 이름이 임정아라고 하셔서 인터넷 검색을 좀 해봤는데, 안 나오더군요. 신인인가요? 영화는 처음일 겁니다. 하지만 연극 쪽에선 이미 알려질 만큼 알려진 배우지요. 아, 연극. 그는 고개를 끄덕였다. 영화는 몇 편 본 적이라도 있었으나 연극은 전혀 본 적이 없었으므로 그는 더 이상 할 말이 생각나지 않았다.

그나마 남자 주연 박성근에 대해서는 제법 정확한 정보를 얻을 수 있었던 것이 다행이었다. 데뷔한 지 6년 만에 작년 양 감독이 만든 영화 〈개떼〉에 주연으로 출연했는데, 팔백만 관객을 동원했다. 출연자들 가운데 스타라 할 만한 배우가 없었고, 개봉 당시 스크린 숫자가 오백여 개에 불과했다는 점을 고려하면 굉장한 흥행이었다. 〈개떼〉는 투자자에게 돈을 벌어주고 감독과 배우에게는 든든한 이력이 되어주었다. 그로써 양 감독과 박성근은 〈투기꾼들〉, 제작자들이 가진 명단 꼭대기 부근에 이름을 올렸다.

그런 투자회사 가운데 하나가 구영서 부장의 CK엔터테인먼트였다. CK는 힘이 셌다. 영화에 투자하고 제작할 뿐 아니라 배급도 했다. 전국의 스크린이 이천여 개인데 그 가운데 태반이 CK 소유였다. 한국 영화를 실질적으로 좌지우지하는 거대한 권력의 피라미드였다. CK가 스크린을 내주지 않기로 결정하면 다 만든 영화도 개봉하기가 힘들었다. 그런 식으로 창고에 처박힌 영화가 적지 않았다. CK가 힘이 세니까 구 부장도 힘이 셌다. 그녀는 CK에서 〈투기꾼들〉에 투자할 것인지 말 것인지 결정하는 데 중요한 역할을 할 수 있었다. 어쩌면 그녀는 이곳에 모인 사람들 가운데 가장 힘이 셌다. 〈투기꾼들〉의 생사여탈권을 쥐고 있다 해도 과언이 아니었다. 양 감독이 어찌어찌 한 장군이나 시헌 같은 소액 투기꾼들을 모아 영화를 만든다 할지라도 CK가 스크린을 내주지 않는다면 그 영화는 창고에 처박히거나 백여 개 스크린에서 초라하게 개봉했다가 관객들이 소문도 듣기 전에 막을 내리게 될 것이다. 그것은 감독에게도 배우에게도 투기꾼에게도 재앙이었다.

야근 잦지요? 연우가 구영서 부장에게 물었다. 그렇죠, 뭐. 영서는 대답했으나 속은 편치 않았다. 이 자리 역시 그녀에게는 근무의 연장이었다. 어쩌면 술 때문에, 어쩌면 안개 때문에 밤을 새워야 할지도 모르는 근무였다.

그녀는 영화나 예술을 공부하려는 생각 따위는 해본 적이 없었다. 대학에 입학할 때 도서관학과를 택했으나 그것은 그녀가 원해서가 아니라 성적에 따른 어쩔 수 없는 선택이었다. 한 학기가 끝나기 전에 그녀는 도서관학이 그녀에게 얼마나 맞지 않는 공부인지 깨달았다. 차라리 천문학으로 전공을 바꾸고 싶었으나 뜻대로 되지 않았다. 그래서 그녀가 선택한 것은 도서관학과 천문학을 같이 공부하는 것이었다. 시간이 부족하고 힘에 부치기는 했으나 그녀는 꾸준히 천문학 관련 커리큘럼에 출석하고 학점을 땄다. 오스트레일리아 사막 한가운데 자리 잡은 머치슨 천문연구소에 들어가 별들을 바라보며 날밤을 보내는 것이 그 시절 그녀의 꿈이었다.

대학 졸업을 앞두고 그녀가 선택할 수 있는 진로는 많지 않았다. 취직을 하여 돈을 벌어 먹고사는 길뿐이었다. 아버지는 돌아가시고 어머니는 무력했으며 막내 동생은 아직 고교생이었다. 취직 시험에 매달린 결과 그녀는 CK 그룹에 입사했고, CK엔터테인먼트에 발령받았다. 그녀는 늘 별을 보며 살 수 있게 되었으나 그

별은 백 광년 이천 광년 너머 까마득한 우주를 떠도는 돌덩이들이 아니라 영화판의 살아 있는 별들이었다. 그녀가 보기에 그 별들은 무지하고 무심하고 이기적이고 세속적이고 편협하고 대개 공짜를 무척이나 좋아하는 거지 근성을 지니고 있었다. 그녀는 영화를 좋아한 적이 없었으므로 영화배우나 감독에게도 별로 관심을 가진 적이 없었고, 그리하여 그들에게 아무런 환상도 품지 않아 냉정할 수 있었으며, 막막한 우주를 무의미하게 떠도는 돌덩이를 보듯 지루하고 사무적인 태도로 그들을 대할 수 있었고, 그런 태도는 당연히 회사의 높은 사람들이 판단하기에 업무에 아주 적합한 자질이었다.

CK가 〈투기꾼들〉에 전액 투자를 결정한 것은 그날 아침 회의에서였다. 그러나 엉서는 이 지 양 감독을 포함하여 어느 누구에게도 그 사실을 알리지 않았다. 마지막 순간에 비로소 알릴 작정이었다. 그렇게 하여 최대한의 양보와 타협을 받아내야 했다. 캐스팅부터, 대본, 배우 섭외, 계약, 촬영 장소와 기간, 제작 부장을 포함한 중요 스태프를 선임하고 계약하는 일까지, 양보와 타협을 받아낼 일은 하나둘이 아니었다. 양 감독은 만만한 존재가 아니었기 때문에, 아니 그의 흥행 이력이 만만치 않았기 때문에 그녀로서는 긴장하여 준비하지 않을 수 없었다.

감독님, 기회는 공정해야 하는 겁니다. 기훈이 빙글빙글 웃으며 말했다. 어째서 심연우 선생님께만 카메라 테스트 기회를 주겠다는 겁니까? 여기 구영서 부장님도 계시고 나도 있고 투기꾼도 두

분이나 계신데요. 저도 있구요. 기회를 주시려면 다 줘야죠. 애들 앞에선 농담도 못 하겠구나. 양 감독이 중얼거렸다. 한 장군이 나섰다. 무슨 말씀이십니까. 젊은 양반이 생각은 구식이 아닌가 싶네요. 세상이란 공정하지 못하다는 걸 모르세요? 세상이 공정했다면 벌써 망했을 겁니다. 공정하지 않으니까 사람들이 어떻게든 살아남기 위해 발버둥치면서 이 정도나마 발전한 거지요. 젊은 양반 말씀대로 공정했더라면 에디슨이 어디 있고 빌 게이츠가 어디 있었겠습니까. 우린 아직 달에서 토끼가 느티나무 껴안고 사는 줄 알았을 겁니다. 말이 되는지 안 되는지 그는 상관하지 않았다. 말이 되건 되지 않건 아무도 상관하지 않았다. 다만 몇몇 민감한 사람들은 새로운 화제가 필요하다는 것을 느꼈다.

우리 다 카메라 테스트 한 번씩 받아보는 거 어때요? 좋지요. 감독 계시고 배우도 계시고…… 재밌겠네요. 대본은 준비하셨어요? 그야 뭐, 간단하지. 누구나 잘하는 거 있잖아. 거짓말을 한 번씩 해보는 것. 거짓말이 쉽다고 누가 그랬습니까? 난 어렵던데요. 이 양반 정말 거짓말 잘하시네. 바로 그렇게 하면 되는 겁니다. 그야 거짓말이 어려우면 진실을 얘기하셔도 됩니다. 물론 재미는 덜하겠지만. 그건 쉽겠어요? 아마 더 어려울걸요. 카메라 테스트에서 통과하면 캐스팅도 해주는 겁니까? 그럴지도 모르지. 주 감독, 양 감독은 조연출을 주 감독이라고 불렀다. 주 감독, 카메라 가져왔지? 일단 설치해봐. 정말 하실 겁니까? 전 그냥 농담으로……. 내가 지금 진담하는 것 같냐? 카메라야 요즘은 주머니 속에 다들 하나씩

가지고 다니잖아요. 휴대전화가 곧 카메란데요, 뭐. 각자 서로를 찍어보시든지. 저마다 감독하겠다고 나서면 어찌시려고. 그럼 이 기회에 난 배우를 할까. 우선 카메라 테스트부터 받으셔야죠. 세상은 공정하지 않다는 얘기 못 들었어?

누군가는 웃고 누군가는 웃지 않았다. 누군가는 알아듣고 누군가는 알아듣지 못했다.

기훈은 그러나 차에서 16밀리 카메라를 들고 와 거실 계단 앞에 설치했다. 조명이 걱정스러웠으나 그는 아직 양 감독의 제안이 장난인지 아닌지 알 수 없었으므로 더 이상 신경 쓰지 않았다. 그는 카메라와 함께 메고 들어온 커다란 검은 배낭을 카메라 뒤쪽 벽에 기대놓았다.

차츰 날이 어두워지기 시작했고 창밖의 안개도 더 이상 보이지 않게 되었다. 바람이 나뭇가지를 뒤흔들고 안개를 휘저으며 남쪽으로 내달렸다. 안개는 보이지 않았으나 문득 다가와 창을 흔들고 사라지는 바람은 보일 듯했다.

시나리오라는 게 고칠 수 있는 데까지 고치는 거야. 오늘 오전에 촬영할 부분을 오늘 새벽에 고치기도 하는 거지. 완성된 시나리오라는 건 촬영이 끝나면 비로소 나오는 거야. 참 고단한 노릇이군요. 어쩔 수가 없어요. 그게 자랑거린 아니지만 부끄러울 것도 없는 일이지요. 배우들 입장에선 난감한 경우가 적지 않죠. 밤새도록 연습하고 준비한 감정이 산산조각 나는 일이 흔하거든요. 한두 마디만 바뀌어도 호흡이 달라져 힘드는데, 아예 어제의 시나리오가 완전히 뒤집혀버리는 경우도 있거든요. 어쩔 수 없이 벌어지는 일이라고는 하지만 그게 합리적인 방식은 아닌 것 같아요. 합리적인 방식이 꼭 영화를 잘 만드는 방식이라고 믿는 건가요? 불합리한 방식은요? 영화를 잘 만들면 그게 합리죠 뭐. 돈 많이 벌면 잘 만든 영화라는 거지? 돈 많이 버는 게 합리적이다, 그거 참 간단해서 좋네. 그렇지 않다는 거야 누구나 아는 일이고, 누구나 쉽게 얘기하긴 하지만……. 바꾸려는 시도는 좋은 거야. 그런 시도조차 없는 현장이 오히려 문제지. 바꾸는 걸 싫다는 건 아니지만…….

영서는 아까부터 술잔을 들고만 있었다. 가끔 술잔을 입으로 가져갔지만 입술을 적실듯 슬쩍 대기만 하고 다시 내려놓았다. 사람이 합리적이지 않은데 어떻게 영화가 합리적이냐. 세상이 합리적이지 못한데 어떻게 영화가 합리적일 수 있어. 그건 세상이 폭력적이니까 나도 폭력으로 목적을 달성하겠다, 하고 나서는 것과 비슷한 주장인데요. 사람도 세상도 합리적이기도 하고 그렇지 못하기도 하지요. 폭력적이기도 하고 그렇지 않기도 하고. 사람 하나하나가 다 영원이고 우주라더라. 별 쓰레기 같은 우주도 다 있네. 그런데 영화를 어떻게 합리적으로 만드냐. 그뿐 아니지요. 그런 사람들이 무수히 모여서 만드는 게 영화잖아요. 그 무수한 사람들 사이의 관계는 또 어쩌구요. 잘난 놈 못난 놈 예쁜 놈 미운 놈 배운 놈 못 배운 놈, 다 뒤엉켜 몇 달을 일에 매달리다 보면……. 그런 걸 잘 다스리는 게 유능한 감독 아닙니까. 너 합리적인 세상 살아

봤냐. 난 아직 구경도 못 해봤다. 그런 방식으로 자신의 불합리를 정당화하려는 건 건전하지 못합니다.

다시 한 장군이 끼어들었다. 합리가 밥 먹여줍니까, 어디. 까라면 까는 게 대한민국입니다. 그게 아니었으면 이놈의 쥐똥만 한 나라에서 스마트폰을 어떻게 만들고 전투기를 어떻게 만들겠어요. 술이나 먹어, 한 장군. 까라면 까는 정신으로 이제 남북통일도 이루어낼 겁니다. 정말요? 언제요? 내일요? 불합리가 술 먹여줍니까? 시헌이 술을 내밀자 한 장군은 기꺼이 잔을 부딪고 입으로 가져갔다. 그의 울긋불긋하던 얼굴이 이제 완연히 진홍빛이 되어 있었다. 그런데 까라고 하는 사람은 누구죠? 그건 문제 안 되는 건가요? 까라는 사람 따로 있고 까는 사람 따로 있으니 문제죠. 까라는 사람도 같이 까야 하는데 그런 사람들은 잘 안 까잖아요. 연우가 웃음을 터뜨렸다. 영서도 따라 웃었다. 한 장군은 그들이 왜 웃는지 전혀 알 수 없었다. 까긴 뭘 까. 깔 게 뭐가 있어? 깔 게 없으면 못 까는 거지 뭘 따져. 깔 게 없으니 따지는 거지요. 그저 조용히 안 까는 게 좋은 겁니다. 안 까는 거냐 못 까는 거냐. 또 따지냐. 깔 게 없어서 따지는 거라니까요. 이번에는 기훈이 웃었고, 양 감독이 웃었고, 시헌이 웃었고, 그러자 한 장군도 이유는 잘 알지 못하는 채 까라면 까는 정신으로 껄껄껄 호인풍의 웃음을 내놓았다.

연우는 휴대전화를 꺼내 들여다보았다. '노동면허법 상임위 기습 상정'이라는 문자가 떠 있었다. 그녀가 말했다. 얘네들이 결국 이걸 상정을 하네요. 양 감독이 물었다. 뭐? 노동면허법. 양 감독이 고개를 설레설레 저었다. 그놈들이 상정을 했다면 통과된다고 봐야겠네. 야당이 너무나 무력해서요. 그것들이 여당에 약점을 잡혀도 엄청난 약점을 잡힌 모양입디다. 노동면허법이 통과되고 나면 영화 촬영에도 지장이 좀 있겠던데. 왜요? 서울 면허, 양평 면허, 하남 면허 다 따로따로 받아야 한다면……. 그래야 한대? 조감독들이 배우들 면허증 한 보따리씩 갖고 다니면서 일일이 도장 다 받아다줘야 하는 거 아닙니까? 일이 한 가지 더 생기는 거지. 불법노동 예방이나 단속 효과가 있을까요? 그거 조금이야 있겠지만……. 법 무서워하지 않는 놈들이 범죄자들인데 그놈들이 노동면허법 하나 더 위반하는 걸 얼마나 무서워하겠어? 이 순진한 양반들, 정권이 노동면허법을 꺼내 든 것이 정말 그런 걸 예방하기 위해서라고 생각하는 겁니까? 시민을 통제하기 위해섭니다. 국회의원들이 할 짓 더럽게 없다니까요. 감독님이 그것들 모두 영화판에 엑스트라로 동원해서라도 할 짓을 좀 찾아주시든지 해야 합니다. 그거 좋은 생각인데요, 양 감독님? 그것들이 음주면허법이라도 만든다면 내가 표를 몰아줄 텐데. 술 회사들이 쌍수를 들어 환영하겠네요. 그다음에 국회에 진출하시면 아마…….

성근아, 멀뚱멀뚱 뭐 하냐. 구 부장님께 술 한 잔 올려라. 심심하게 앉아 계시는 거 안 보이냐? 양 감독이 채근하자 성근은 영서 옆으로 자리를 옮겨 앉았다. 영서는 몸을 틀어 그와 무례하지 않을 정도의 거리를 두었다. 성근은 그녀에게 빈 잔을 내밀었으나 그녀는 아직 위스키가 고스란히 담긴 자신의 잔을 들어 보여주었다.

그러나 성근은 내민 잔을 치우지 않았다. 그의 뜨겁고 축축한 눈이 영서의 얼굴을, 눈을, 입술과 목을 더듬었다. 진땀이 끈적거리는 기분에 몸서리치며 그녀는 위스키로 입술을 적시고 그의 시선을 피했다. 머릿속으로 박성근의 프로필이 고스란히 지나갔다. 전문대학 관광학과를 다니다 말았다. MBC 탤런트 공채에 합격했으나 빛을 보지 못했다. 독립영화 몇 편에 출연하여 경력을 쌓다가 4년 전 상업영화에 데뷔했다. 꾸준히 감독들에게 캐스팅되었으나 출세작이라 할 만한 것이 없었는데, 어찌어찌 텔레비전 예능 프로그램에 출연하기 시작하면서 비로소 대중들에게 알려지기 시작했고, 작년 양 감독이 만든 〈개떼〉에 출연하여 흥행에 성공하는 바람에 스타로 발돋움했다.

회사에서 그의 프로필을 보면서 영서는 웃었다. 배우들이란 그녀에게는 이해할 수 없는 기이한 존재들이었다. 그들은 대부분 감독들에게 비굴하고 대중들에게 오만했다. 그런 점에서는 남녀가 따로 없었다. 근거 없는 묘한 선민의식을 지니고 있었다. 겉은 그럴듯했으나 속은 울퉁불퉁한 열등감과 부글거리는 욕망으로 뒤엉켜 만신창이였다. 그들의 아름다운 얼굴을 쳐다보기가 가끔은 민망스러울 정도였다. 때로는 차라리 그들의 아름다움이 처참하여 쳐다보기가 고통스러웠다. 그들은 진정 부끄러움을 알지 못하거나 부끄러워할 필요가 없다고 생각하는 것 아닐까. 그렇다면 그들 역시 어떤 점에선 돌덩이들이라 할 수 있을까. 저 막막한 우주를 떠도는, 별이라 불리는 돌덩이들, 가스덩이들, 암흑 물질들.

영서에게 박성근은 그런 배우들 가운데 하나일 따름이었다. 아름답다는 것을 부정할 수는 없었다. 특히 눈매와 이마가 눈을 끌었다. 한 번만 쳐다보고 시선을 옮길 수가 없었다. 그런 것이 배우들의 자부심의 원천이었고, 그 지점에서 그들은 한없이 뻔뻔해졌다.

영서는 끝내 성근이 내민 잔을 받지 않고 그 잔에 술을 채워주는 것으로 대신했다. 마시고 싶지 않았다. 마시지 말아야 하는 이유도 있었다. 그녀는 아직 주연 여배우로 예정된 임정아를 만나지 못했다. 또 하나의 스타, 혹은 돌덩이를 냉정히 관찰, 평가하는 일이 영서가 이 모임에 참석하기로 결정한 이유였다. 술이 아니었다. 안개 때문에 더 늦는 모양인데. 양 감독이 기훈에게 말했다. 전화라도 한번 해볼까요? 그냥 둬. 안개 때문에 진땀 빼고 있을 텐데. 양 감독은 말하지 않을 뿐, 영서가 술을 마시지 않는 이유를 정확히 헤아리고 있었다.

성근은 영서가 따라준 잔을 들고 식탁으로 돌아왔다. 어쩌면 그는 영서에게 술을 권할 것이 아니라 차라리 그녀 앞에서 술상을 엎어버려야 하는 건지도 모른다. 영화 〈가볍게 더 가볍게〉의 계약이 그를 기다리고 있었다. 계약금은 이미 받았고 돈은 다 써버렸다. 내년 봄이면 〈가볍게 더 가볍게〉가 촬영에 들어갈 것이다. 〈투기꾼들〉은 그 이전에 촬영이 끝나야 했다. 그의 계산대로라면 이미 촬영이 시작되어야 했다. 그러나 아직도 지지부진이었다. 양 감독은 여전히 시나리오를 붙들고 수정을 거듭하고 있었고, CK는 아직도 제작에 나서줄 것인지 아닌지 판단을 유보하고 있었다. 차라리 CK가 제작을 거절하고, 양 감독이 촬영을 포기한다면 낫겠다는 생각까지 들었다. 시간이 남으면 텔레비전 오락 방송에 종종 출연하며 시간을 보내다가 내년 〈가볍게 더 가볍게〉가 촬영을 시작하면, 그리하여 그 영화가 성공한다면……. 〈가볍게 더 가볍게〉는 베스트셀러 소설이 원작이었다. 일 년 만에 백만 부가 팔린 그 소설을 미리 알아본 황명수 감독이 출간되자마자 즉시 영화제작권을 사들였다. 흥행이 안될 리가 없다는 것이 주위의 관측이었다. 황 감독은 말했다. 〈가볍게 더 가볍게〉의 주인공 이만철, 바로 너야. 너랑 똑같아. 읽어봐. 이만철은 이기적이고 외골수였고 냉혹하고 탐욕스럽고 야비하고 바람둥이였다. 성근은 놀랐다. 내가 이런 인물로 보였던가. 어쨌건 황 감독에게 캐스팅이 된 것은 행운이었다. 그러나 당장 〈투기꾼들〉 제작이 결정되어 당장 계약금을 받지 않으면 그는 돈 한 푼 없이 여기저기 돈을 빌려야 하는 처지가 되고 말 것이다. 당장 촬영이 시작되지 않으면 자칫 〈투기꾼들〉과 〈가볍게 더 가볍게〉의 촬영 일정이 겹치게 될 것이다. 아직 신인인 그로서는 생각만 해도 끔찍스러운 사태였다.

　도대체 촬영이 언제나 시작될 것인지 이제 성근은 짐작도 할 수 없었다. 그런데도 양 감독은 기회만 생기면 〈투기꾼들〉과 별로 상관도 없는 사람들을 취재하고 다녔다. 무작정 사람들의 이야기를 듣는 것이 그의 취재였다. 사람들의 이야기 가운데 가장 아름다운 허구가 있고, 가장 엄중한 진실이 있으며, 영화는 사람들의 이야기라는 것이 그의 주장이었다. 다 좋은 얘기였다. 그러나 〈투기꾼들〉은? 왜 시작하지 않는 것인가? 왜 계약해주지 않는 것인가?

이 모든 것이 수지와 헤어진 탓인 것만 같았다. 그녀와 헤어진 뒤부터 성근에게는 되는 일이 없었다. 그녀는 성근에게 모든 것을 보장해주는 화수분 같았다. 차도 집도 어쩌면 영화까지도. 수지에게 얼마나 크게 의지하고 있었는지를 헤어진 뒤에야 그는 비로소 깨달았다. 그녀는 쓸 돈을 얼마든지 가지고 있었고, 거대한 화장품 그룹의 소유자인 그녀의 부친에게는 유일한 상속자였다. 그녀를 통하여 성근은 잠깐, 황홀한 세계를 구경했다. 불가능한 것이 없는 세계, 마법의 주문이 일상화된 세계였다. 한 접시의 스시를 먹기 위해 동경으로 날아가고, 하루 저녁의 쇼핑을 위해 밀라노로 날아가는 것이 일상인 세계, 그는 그 세계를 자신의 것으로 만들기로 마음먹었다. 삶이란 모름지기 그런 것이라야 했다. 그 세계에 비하면 그가 살아온 세계는 시궁창이었다. 그녀가 떠나면서 마법은 사라졌다. 낡은 포르쉐 한 대만이 남았다. 수리할 때마다 어처구니없는 돈이 나갔으나 그는 그 차를 유지하기 위해 최선을 다했다. 그 포르쉐는 단순히 차에 그치지 않았으니까.

왜 안 와, 우리의 여자 주인공은? 한 장군은 심심해지면 한 번씩 투덜거렸다. 더 이상 대꾸하는 사람도 없었다. 중구난방으로 여기저기에서 얘기가 진행되고 있었다. 〈대부〉가 재미있다고? 내 영화보다 재밌어? 양 감독님 영화만 빼고요. 당신이 영화를 보질 않으니까 그렇지. 돈 따려고 눈이 벌개져서 다른 건 돌아볼 생각도 않잖아. 거긴 골프하우스 편의 시설이 너무 낡았어. 투자를 하질 않는 모양이야. 내가 보기엔 아무 지장 없던데. 거기 음식이 음식이야, 어디? 된장찌개 하날 제대로 끓일 줄을 모르잖아. 우디 앨런이야 그냥 미국 놈일 뿐이지. 아니, 뉴요커라고 해야 하나. 그놈 영화 좋다는 이 나라 연놈들 난 이핼 못 하겠어. 샤워 자주 하고 물 시원하면 됐지, 뭐. 왜 거기 가서 된장찌개를 먹냐? 한 발자국 나오기만 하면 느티나무집 음식이 얼마나 맛깔스러운데. 거기 사장이 어디 빌딩 짓다가 상투를 잡았다던가. 속이 시원합니다, 감독님. 지들이 그런 영화 좋다고 떠들어대면 뉴요커 될 줄 아는 건지, 원. 코스가 아마추어들에겐 너무 고약해. 그러니 돈내기 골프 치기 딱 좋지, 이 양반아. 그 친구 영화, 말이 얼마나 많아. 미국판 김수현이라니까. 등장하자마자 모든 인물들이 떠들어대기 시작하는데, 이건 뭐, 정신이 하나도 없잖아. 영어 알아들으면 다행이지만, 알아듣지 못하는 이 나라 관객들은 자막 쳐다보기 바쁜데 영활 어떻게 온전히 보겠어. 그 영어 알아듣는 놈들이 몇이나 되겠어, 이 나라에? 우디 앨런이 지 시나리오 들고 우리나라 대형 투자회사 찾아갔다고 가정해봐. CK라거나. 거기서 계약해줄 것 같아? 천만에. 1회용 커피믹스 한 잔 얻어먹고 고스란히 쫓겨나지. 떠들썩한 웃음소리, 웃음소리……. 비가 온다고 골프공이 안 나가? 시계 5미터 안개 속에서도 내가 골프를 친 사람이다. 왜? 그게 자랑이냐? 시나리오는 쓰레기통에 처박히고. 알았어. 다음 주엔 거기로 한번 가봅시다. 그 옆에 한양 컨트린가. 당신 거기 딱지도 있다면서? 딱지가 있으면 뭐 해? 부킹이 안 되는걸. 다 되는 수가 있어. 닭백숙

집이 좋지, 거기. 아주 잘해줘. 식당 아줌마도 제법 미인이고. 거, 이마 좁다랗고 새초롬한 여자 말이지? 과부래. 서른에 과부가 됐다던가. 거 좋네. 이 사람 보게. 남 과부 됐다는데 당신이 뭐가 좋다는 거야? 그게 아니라……. 내 돈 내고 술 먹는 게 불법이야? 아니지? 내 돈 내고 내 차 사서 내 돈으로 기름 사서 몰고 다니는 게 불법이야? 아니죠. 음주도 합법이고 운전도 합법인데, 어째서 음주운전은 불법이야? 그야 사고가 나면 큰 사고가 나고 사람이 크게 다치고……. 음주운전 하는 놈만 큰 사고 내나? 결코 그렇지 않은데. 어제 그제 고속도로에서 탱크로리가 뒤집혀서 사람이 몇 명 죽었지? 음주운전 사고 아니잖아. 대형 사고야. 탱크로리 운전 단속해야 하는 건가? 닭이야 뭐니 뭐니 해도 광화문에 옻닭집이 최고지. 상호가 뭐더라. 줄 서서 기다려야 하는 게 탈이지만. 요새 애들이 그런 거 먹나, 어디? 프라이드치킨이니 양념닭이니, 그런 거나 좋아하지. 애들이 찾으니 나도 가끔 먹긴 하지만, 이 집이나 저 집이나 다 똑같은 맛, 그게 뭐가 좋다는 건지. 내가 사람을 죽일 의사를 품고 있다 해도 실행하지 않으면 처벌할 수 없다, 그게 근대 법이론이라고 하는데, 어째서 음주운전은 사고를 내지도 않았는데 단속이야? 사고를 내면 가중처벌해. 좋다 이거야. 사고를 낸 것도 아니고 멀쩡하게 신호 다 잘 지키면서 운전 잘하는 사람을 무작정 끌어내서 이놈 저년 다 물고 빤 그놈의 지저분한 기계를 입에 물게 하고 불라고 명령하고 안 불면 피 뽑겠다고 하고……. 아주 불쾌하고 아주 비민주적이야. 시나리오 취사선택을 하는데,

이놈의 영화판에서, 어디 갔어, 구 부장? 왜 거기 있어? 듣기 싫어? 아니에요. 잠시 쉬려구요. 그녀는 계단에 앉은 채 일어서지 않았다. 저런 회사에서 하거든. 감독님, 좀 자중자애하시지요. 말씀이 다소……. 미안, 미안. 구 부장을 말하는 게 아니라는 거 알지요? 이놈의 판 돌아가는 꼬라지를 말하는 거야. 선릉 앞에 곱창집 가봤어요? 소금구이로 나오는데, 거기 쫄깃쫄깃한 게 아주 맛있어. 장사가 되느냐 안 되느냐, 그걸 따지는 걸 굳이 비난할 필요 없지요. 어차피 그런 회사들 돈 벌자고 하는 일이니까. 자본에게 도덕이 어딨고 윤리가 어딨어요. 깍두기에서 진주를 찾아서야 되겠어요? 깍두기는 그저 시뻘건 국물이 푹 썩어줘야 제맛이지요. 그 집 깍두기가 아주 끝내주지. 깍두기라니? 거기에서 왜 진주가 나와? 그 국물에 얼음 타서 시원하게 국수 말아 내놓는데……. 어쩌다 술 먹는 사람에게 어째서 인류애니 시민정신이니 준법정신이니 따위를 들먹여? 냉면 먹는 사람에게 시민정신이니 준법정신이니, 그따위 거 들이대는 거 봤어? 왜 술 먹는 사람에게만 그래? 그거 참 감독님 말씀이 일리가 있는 것도 같고…… 헷갈리네요. 한 사람 넘어갔네. 음주운전은 그렇다 치고 말입니다, 음주훈련은 아주 위험합니다. 내가 군대 있을 때……. 거 또 군대 축구 얘기지요? 예? 아닌데요. 그 국수는 안 먹고 나오면 집에 와서까지도 서운하다니까. 야간훈련인데, 운전병 놈이 어디서 소주를 퍼마시고 운전을 하다가 벼랑에 차를 처박아서 애꿎은 병사들 다섯 명이……. 한 장군이 계속 얘기를 했으나 아무도 귀 기울이지 않았다. 저마다 떠들고 있었고, 누군가는 그 얘기를 들어주기를 기대했으나, 그런 사람은 없었다. 김 사장마저 곱창집 얘기에 넋을 놓고 앉아 있었다. 한 장군은 입을 다물고 맥주잔을 찾았다. 따지긴 뭘. 돈만 벌자고 하는 게 문제라는 거지. 돈 벌지 말라는 게 아니라. 그러니 상식적 수준의 시나리오들, 그런 것들이나 제작이 가능한 거야. 새로운 건 더 이상 제작이 불가능해. 참 어려운 문젭니다.

영서는 선릉 앞 곱창집이 기억났다. 그녀도 가본 적이 있었다. 국수를 먹다가 옷핀을 씹은 곳이 바로 그곳이었다. 그 이후 다시는 거기 발을 들여놓지 않았다. 양 감독이 말했다. 나 거기서 국수 먹다가 옷핀에 혓바닥 찔린 적 있어. 영서는 놀라 그를 쳐다보았다. 옷핀? 그런 건 먹으면 안 되지요, 감독님. 먹은 게 아니라 혀를 찔렸다니까요. 거긴 옷핀으로 맛을 내나. 아니 어느 놈이 우리 감독님 국수에 옷핀을 넣어? 그런 놈은 잡아다가 당장 영창에 처넣어야지. 한 장군이 호들갑을 떨었다.

영서는 잠시 야릇한 상상에 사로잡혔다. 한 숙수(熟手)의 뺨과 눈가에, 턱과 입술과 혀와 귀에 피어싱처럼 줄줄이 꽂힌 크고 작은 울긋불긋한 옷핀들, 숙수는 때에 따라 기분에 따라 변덕이 내키는 대로 그 옷핀을 한두 개씩 뽑아 국수 사발에 떨어뜨리고, 옷핀은 더러는 손님의 혀에 꿰이고, 더러는 손님의 위장 안에도, 소장의 융털돌기에도, 대장 안에도 꽂히고, 결정적인 경우에는 항문에……

영서는 부르르 몸서리쳤다. 상상 때문인지 기억 때문인지 알 수

42

없었다. 그녀가 그 곱창집에 간 것은 옛날 연애하던 시절이었다. 그 시절 정우석을 따라서라면 그녀는 어디든 다 갔다. 야구장에도, 축구장에도, 그 이해할 수 없이 작은 방에 이해할 수 없이 커다란 침대가 그들먹하게 놓인 무수한 모텔 방들, 더러는 털이, 더러는 젖꼭지까지 박힌 돼지껍질 따위 지저분하고 기괴한 안주를 내놓던 어둠침침한 술집들, 허겁지겁 허기를 채우기 위해 드나들던 김밥집들, 너무나 단 시금치와 단무지와 싸구려 소시지로 가득 차 있던 김밥들, 달고 매운 떡볶이, 아아, 거리거리 끝도 없이 늘어서 있던 저 포장술집들……. 그러나 결국 헤어지고 말았다. 취하기만 하면 그가 세상 끝까지 가보자고 떼를 써서도 아니고, 때와 곳을 가리지 않고 그녀의 몸을 탐해서도 아니었다. 그의 세상 끝이라는 것이 어떤 것인지를 알게 되었기 때문이었다. 세상 끝이라면 영서 역시 관심이 전혀 없지는 않았다. 그녀가 하고 싶은 일이 세상 끝의 가장 까마득한 공간을 떠도는 돌덩이들을 하염없이 쳐다보는 일이었으니까. 그러나 그 남자의 세상 끝이란 영서로서는 짐작조차 해본 적이 없는 곳이었다. 뭐냐, 이게. 육칠십 년 찌질하게 살다 죽어 나자빠지는 게, 이게 사는 거냐? 이러려고 사는 거야? 사실은 사는 것이 아니라 살아보려 발버둥치다가 나자빠지는 거야. 뭔가 잘못됐어. 난 그렇게 못 살아. 나이가 서른이 넘은 남자가 그 따위 이상한 소리를 아무렇지도 않게 지껄이는 것은 어처구니없었으나 영서에게는 그마저 매력으로 여겨졌다. 우석이 얘기하면 무엇이든 그럴듯하게 들렸다. 문제는 우석이 그렇게 살지 않겠다고 단호히 결의하고 있다는 점이었고, 그렇게 살지 않기 위해서는 취직도 해서는 안 되고, 결혼도 될 수 있는 대로 미뤄야 하고, 만일 결혼을 하더라도 아이를 낳는 일은 결단코 없어야 한다고 작정하고 있다는 점이었다. 이런 데서 애를 낳겠다고? 무책임한 짓이야. 내가 이 꼴로 사는 것도 억울한데 아이에게까지 그런 억울한 노릇을 시켜? 안 돼. 뻔뻔하고 무자비한 짓이야. 애를 하나 더 낳는 것은 세상을 더 지옥으로 만들고 인간에게 죄를 더 짓게 하는 거야. 될 수 있는 한 작고 소리 없이 엎어져 살기. 우선은 그게 최선이야. 조금이나마 여유가 생기면, 그땐 지루하지 않게, 조금이나마 재미있게. 세상에 공헌한다고? 무슨 소리야? 그런 걸 왜 해? 히틀러의 목적이 뭐였는지 알아? 스탈린의 목적이 뭐였다고 생각해? 인류 사회 공헌이었어. 전 세계 인민을 위해서. 세상의 모든 폭군들이 뭐라고 떠들었는지 찾아봐. 공헌? 이따위 세상에 무슨 공헌을 하고 싶다는 거야? 난 전혀 그런 생각 없어.

"어떻게 그렇게 살 수가 있는데?"

영서가 물은 적이 있었다. 그들은 밤늦게 지리산에 올라 겨우 정령치에서 비박을 했다. 바로 눈앞이 노고단인데, 너무 지쳐 거기까지 올라갈 수가 없었다. 밤이 깊어지면서 온몸이 오들오들 떨려 위아랫니가 부딪고 말이 헛나왔다. 돌이켜볼 때마다 영서는 감격했다. 세상에, 내가 그런 곳까지 따라다니다니. 매혹의 뼈저림이여, 사랑의 무자비함이여, 열정의 무모함이여.

"그럴 수 있는 곳을 찾아야지."

이놈의 덴 인류 공헌에 대한 스트레스가 지나친 곳이라는 게 그의 평가였다. 따라서 그가 살기엔 적절치 않았다.

"그게 어딘데?"

"유럽엔 오래전부터 전통적으로 영원한 생명을 주는 샘이 실제로 존재한다고 확신한 사람들이 살고 있었어."

날이 밝아오자 눈 아래 구름들이 갈기를 세우고 일어나더니 순식간에 산봉우리들을 뒤덮었다. 그것은 경이로운 광경이었다. 구름이 초원을 휩쓰는 몽골 기병처럼 잠깐 사이에 모든 풍경을 뒤덮었다. 구름 위에 남은 것이라고는 몇 개의 봉우리들뿐이었다.

"그런 샘이라도 찾아 나서겠다는 거야?"

영서는 웃었다. 웃자는 얘기인 줄 알았다.

"그게 사실이냐 아니냐, 하는 것보다 더 중요한 것은 그런 이야기가 전해진다는 사실이야. 이놈의 찌질한 인생살이에 대한 분노 또는 한탄은 아주 오래전부터 인류의 유전자 속에 각인되어 있었다는 걸 알 수 있다는 거야."

그 순간 영서에게 가장 중요한 것은 그의 품에 안기는 것이었다. 이 거대한 아침, 이 웅장한 풍경 속에서 그와 몸을 섞고 싶었다. 그러나 그는 자신의 얘기에 취해 있었다. 그 압도적 풍경 앞에서 삶이 더욱 찌질해 보이는 것 같았다.

"아직까지 사람들은 여전히 그렇게 살고 있어."

"그러니 얼마나 기가 찰 노릇이냐."

"그런데? 당신은 그걸 어떻게 찾을 건데?"

"몰라. 알면 내가 이렇게 살고 있겠냐?"

그렇게 대꾸하는 우석이 너무나 태평스러워 보여 영서는 잠시 기가 막혔다.

"모르면서 어떻게 찾아?"

"모르니까 찾아보겠다는 거지. 세상 끝까지라도 가봐야지. 아문센처럼 마젤란처럼 콜럼버스처럼."

그가 구름바다를 내려다보며 으하하, 웃었다. 세상에 가장 훌륭한 계획이 그것이라는 듯.

"세상 끝에도 그런 샘은 없어."

우석은 이번에는 알렉산더대왕과 그 요리사의 이야기를 꺼냈다. 알렉산더대왕은 요리사를 데리고 영원한 생명을 준다는 샘을 찾으러 떠났다. 요리사가 그 샘을 찾았다. 식량으로 가져 간 말린 물고기를 그 샘물에 떨어뜨리자 물고기가 곧 되살아나 헤엄쳐 사라져버리는 것이었다. 순식간의 일이었다. 요리사는 그 샘물을 마셨으나 알렉산더에게는 얘기하지 않았다. 나중에 그 사실을 알게 된 알렉산더는 요리사를 죽여 바다에 던져버렸다. 그러나 어쩌랴. 이미 그 샘물을 먹은 요리사는 죽지 않았다. 되살아나 바다 괴물이 되었다. 사람들은 그 바다 괴물을 안드렌틱이라 불렀다.

"요리사가 왜 알렉산더대왕에게 샘을 찾았다는 얘기를 하지 않았어?"

"심술, 질투, 소유욕, 원한……. 인간보다 끈질기잖아. 인간은 죽고 사라져도 욕망과 심술은 죽지 않을걸."

"이야기일 뿐이야. 없으니까 그런 이야기가 나온 거야. 그래서 세상 사람들 모두 그럭저럭 살아가는 거고."

"이런 실용적인 여자 같으니. 실용이라는 게 인공지물(人工之物)이라는 사실을 알아? 부패하고 비열한 인간의 손으로 가공된 거야. 모든 자연은, 모든 생명은 비실용적이야. 그저 존재할 뿐. 그저 존재하는 것 자체가 목적이야. 그 외의 실용이란 없어. 인간도 마찬가지야. 아름다우면 감탄하고 매혹당하면 쫓아다니고. 거기 무슨 실용이 있어? 실용이란 인간의 이기적이고 유물적 관점에서 본 지극히 일방적이고 폐쇄적이고 단세포적이고 기계적이고 병적인 관념이야."

"사전 찾아봐. 그런 뜻은 절대로 안 나와."

"안 나오는 게 당연하지. 사전이라는 게 얼마나 실용적인 물건인데. 갓난아기도 아는 걸 어려운 말로 설명해놓은 책이 사전이야. 실용이 실용을 어떻게 객관적으로 바라볼 수 있겠냐."

눈앞에서 구름이 살아 있는 거대한 괴물처럼 산봉우리를 휩싸돌아가고 넘어왔다. 바람이 울부짖으며 그 뒤를 좇았다. 영서는 순간순간 몸이 떨리고 정신이 아득해졌다. 추위 때문이 아니었다. 눈앞에서 소용돌이치는 안개와 구름과 산봉우리의 천변만화에 그녀의 본능이, 그녀의 내부의 무엇인가가 민감하게, 격렬하게 반응하고 있었다. 피로감은 씻은 듯 사라졌다. 온몸이 경련했으나 경이 때문이었다.

비로소 우석이 말했다. 이리 와, 영이. 그가 팔을 벌렸다. 그녀는 기꺼이 그 품에 안겼다. 구름이 덤벼들고 바람이 덤벼드는 가운데 그녀는 온몸을 열어 그를 받아들였다. 아문센이 남극점을 통과하건 말건 알렉산더가 요리사를 죽이건 말건 지금 그녀에게 가장 중요한 것은 그것이었고, 그녀는 그것을 취했다.

곱창이야 전골이 최고지. 모르시는 말씀하시네. 직화에다 소금 뿌려 구운 게 제일이지요. 감독님, 기다려요. 내가 돈 많이 벌어서 선댄스 영화제 같은 거 만들 테니까. 젊은 애들 다 오라고 해서 하고픈 지랄 다 하라고 할 거야. 제작비 다 내주고 상도 주고 술도 주고……. 그거 기다리다가 나 늙어 죽겠다, 이놈아. 감독님은 그때는 심사위원을 해야지 내 돈 받아 영화 만들 겁니까? 암튼 다 준다니까, 씨발.

이를테면 이런 식의 씨발을 영서는 이해할 수 없었다. 그 좋은 얘기를 하다가, 비록 허망하다고는 해도, 어째서 욕설이 따라붙는 것일까. 욕설은 언제부터 일종의 감탄사, 아니면 간투사가 된 것일까. 꿈도 꾸지 마, 이 씨발 놈아. 너 돈 못 벌어. 시나리오 쓰고 감독 해서 돈 벌겠냐. 갑자기 그들은 웃어대기 시작했다. 한 타에 십만 원이라면 너무 크지 않아? 이제부터는 만원빵으로 합시다. 우리가 노름꾼도 아니고. 제작 회사의 그 모든 간섭과 조건을 맞춰줬다고 합시다. 그것으로 끝이 아니잖아요. 그다음 고개 넘어가면 영상물등급위원회라는 게 떡 버티고 앉아서 팔을 내놓을래 다리를 내놓을래, 하고 추궁하거든요. 영상물등급위원회라는 데가 도대체 뭐 하는 뎁니까, 감독님? 문학에 그런 거 있어요? 이러다가 음주보행법까지 나온다니까. 두고 봐라. 음주보행이 건강에 좋지 않다느니, 공중보건에 해롭다느니 떠들어대면서 떡, 법안을 만들어 상임위에 올려버리면 그만이잖아. 연극에 그런 거 있어요? 음악에는요? 왜 영화에만 있냐구요? 만원빵을 무슨 재미로 해요. 십만 원은 돼야 할 맛이 나지요. 그럼 오만 원. 이 나라에 축산업이라는 게 생긴 게 겨우 이삼십 년이야. 부대 차려 총! 건배! 한 장군이 소리치며 잔을 들었다. 남자들이 차려 총, 건배, 따라 외치며 잔을 들었다.

노래방 기계가 음악을 쏟아내기 시작하고, 느린 템포, 처연한 색소폰이 흘러나오자 성근이 연우의 손을 잡았고, 두 남녀가 서로의 몸에 매달려 춤을 추기 시작했고, 한 장군이 이제부터 19금이오, 하고 소리쳤으며, 양 감독이 영서의 손을 잡고 일으켜 세워 그 자리에서 춤을 추기 시작했고, 한 장군이 여자 더 없냐, 보도방에 연락해서 몇 불러와야지, 하고 투덜거렸으며, 시헌은 듣지 못한 척 대꾸하지 않았으나, 한 장군의 눈이 희게 번들거리기 시작하는 것이 내심 불안했고, 흐느적이는 음악에 흐느적이는 남녀에 흐느적이는 취기에 눈앞이 몽롱해졌고, 안개는 덤벼들어 창 밖에 넘실거리고, 강물은 안개 속으로 떠밀려가고, 시헌은 영화고 투자고 다 귀찮다는 심사가 되어 소파에 느른히 눕듯 기대어 휴대전화를 꺼내 귀하의 한도액은 칠천만 원 즉시 대출 가능합니다, 고객님의 금일 카드결제 금액은 1,895,960원입니다, 고객님 회식 후 안전

귀가 보장합니다, 따위의 문자들을 훑어보았고, 한 장군이 다가와 이 사람 성질 급하네, 벌써 보도방에 전화하는 거요, 하고 물었고, 양 감독은 영서의 귀에 대고 아까 투기꾼 얘기 기분 나쁘지 않았죠, 하고 물었고, 영서는 생글거리며 전혀요, 하고 대답했으며, 그녀는 양 감독이 자신을 견제하기 위해 애쓰는 중이라는 것도, 감독이 제작자를 견제하는 것은 참으로 당연한 일이라는 것도, 그렇다 하여 제작자가 감독의 요구를 다 들어줄 수는 없다는 것 또한 알고 있었고, 양 감독 역시 그것을 알고 있다는 것을 알고 있었으므로 별로 마음에 담아둘 필요가 없다고 생각했고, 그보다는 차라리 이마 부근에서 치약 거품 같은 냄새가 흘러내리는 것에 신경이 쓰였는데, 알고 보니 그것은 양 감독의 입에서 흘러나오는 술 냄새였으며, 기훈이 마이크를 잡고 누가 사랑을 아름답다 했는가 누가 사랑을 아름답다 했는가, 차라리 차라리…… 하고 노래했고, 그와 함께 춤을 추던 네 남녀는 각기 손을 놓고 흩어졌으며, 한 장군이 노래방 기계의 단추를 마구 눌러대고 울고 싶어라 울고 싶어라 이 마음, 하고 노래했고, 성근은 어느새 사과 배 복숭아 파인애플 따위 과일을 접시에 담아 영서 앞에 놓아주었다. 그녀가 고맙습니다, 하고 말하고 복숭아를 한 조각 입으로 가져가는데, 그는 이번에는 양주병을 그녀 앞으로 내밀었다.

　좀 드세요. 운전 걱정 마시구요. 아까 음주운전 논쟁 들었죠? 음주운전이 불법이 아니라 음주운전 단속이 불법이라는 겁니다. 게다가 여기 대리 기사들 많아요. 대리 기사 믿지 못하겠으면 내 차로 모셔다 드릴게요. 내 차는 여기 내버리구요? 영서는 웃으며 물었다. 성근은 눈이 부시다는 듯 그녀를 쳐다보았다. 웃는 모습 참 보기 좋아요. 영서는 외면했다. 이건 뭐냐. 작업이냐. 그녀는 못 들은 척하기로 했다. 아마 양 감독이 미리 준비한 대접일 것이다. 젊고 아름다운 남자 배우가 선사하는 아이스크림처럼 다디단 착각 한 접시.

영서의 전화기가 맑은 종소리를 울렸다. 그녀는 휴대전화를 꺼내 들여다보았다. '수술 불가 ㅠㅠ' 라고 쓰여 있었다. 성근은 무심코 그 문자를 보았다.

"누가 수술 받아요?"

"오후에 회사에 악어가 들어왔어요."

"악어요?"

성근이 눈을 커다랗게 뜨고 그녀를 주목했다. 그의 눈은 놀랄 때마저 아름다웠다. 양 감독이 물었다.

"청와대 그 악어?"

그 소리가 커서 다른 사람들도 이쪽을 쳐다보았다. 부르르 몸서리치며 영서는 말했다.

"남자 직원 한 사람을 순식간에 잡아먹었어요."

아까 본 광경을 떠올리자 영서는 숨이 가빴다.

"한 사람만 먹혔다면 그나마 다행이네."

그들은 할 얘기가 많아졌다. 남대문 시장에선 몇 사람이 죽었다고 했어? 삼청공원에서도 운동 나왔던 노인들이 당했다지? 광화문 짬뽕집에선 주방 여자가 허리를 물렸다나. 교보문고에서 사람이랑 책을 엄청 퍼먹었다던데. 그건 또 언제 적 얘기야? 그 얘길 못 들었어? 그런 유언비어 유포하지 말아요. 도대체 이놈의 신문 방송에선 뭘 하는 거야? 아직 악어가 몇 마리가 싸돌아다니는지도 모르는 거야? 청와대가 정보를 꽉 잡고 있으니. 청와대에서 도대체 악어는 왜 기른 거야? 누구 아는 사람 있어요? 언제부터 길렀대요? 이번 영화 제목을 악어 떼라고 하면 어떨까 몰라. 한 장군이 벌떡 일어나서 말했다. 청와대 함부로 욕하지 맙시다. 그거 다 유언비업니다. 만일 사실이라 해도 다 국가안보를 위해서가 아니겠습니까. 청와대가 아니라 어떤 재벌 놈이 풀장에서 기르던 악어라던데. 엄청난 돈을 들여서 악어 사육장을 만들었다는 거야. 죽은 놈들 가죽 벗겨 구두도 만들고 핸드백도 만들어 나눠 가지고. 내가 들은 얘긴 그게 아닌데. 미국 애들이 어떤 여배우한테 악어를 선물했대. 당신들도 들어본 적 있을걸. 그 여배우가 악어랑 같이 잔대는 둥 섹스까지 한대는 둥. 무슨 헛소리야. 내가 들은 얘기가 가장 정확할 거야. 어떤 돈장사하는 호사가가 악어를 개량하겠다고 들여왔는데, 그게 탈출했다는 거야. 악어가 맞대요? 네, 소방서에서 나온 사람들이 그때 탈출한 악어라고 확인했어요. 어떻게 해서 악어까지⋯⋯. 이러다 청계천이나 뚝섬에서 악어가 집단 서식하는 일이 벌어지는 건 아닌가 몰라.

기훈은 얼른 스마트폰을 꺼내 검색을 했다. 청와대 악어. 검색. 주르르, 기사들이 떠올랐다. 청와대에서 악어를 길렀다는 것은 낭설이라는 얘기가 대부분이었으나, 어떤 유명 여배우가 악어가죽으로 침대를 만들기 위해 몇 마리를 기르기 시작한 것이 발단이라는 얘기에 남대문 시장에 악어 열두 마리가 나타나 상인들과 일본인 관광객들을 죽이고 잡아먹고 하수구를 깨뜨리고 사라졌다는 얘기……. 그러나 CK엔터테인먼트에 악어가 나타났다는 얘기는 보이지 않았다. 통제되었거나 낭설이거나, 둘 중 하나였다.

소방대원들이 악어를 포획하여 떠나기까지 사무실이 쑥대밭이 되었다. 책상이 뒤집히고 모니터가 박살 나고 노트북이 짓밟히고 휴대전화가 깨어지고……. 그러나 그런 것을 불평할 계제가 아니었다. 조사 결과 악어는 그 외에도 여자 직원 세 사람의 다리와 팔을 물어뜯어 삼켰다. 봉합수술을 위해 부상당한 직원들과 악어를 병원으로 싣고 갔다는 보고를 엉서가 받은 것이 이곳으로 오는 차 속에서였다.

구 부장님이 당할 수도 있었다는 얘기잖아요. 정말 큰일 날 뻔하셨네요. 영서의 목소리가 떨렸다. 바로 내 눈앞에서 벌어진 일이라니까요.

귀신도 모르는
인터뷰

인터뷰 No. 36

이유림   저 쪼잔헌 놈이 땅속에서 나온 그깟 통나무 쪼가리 하
            나 때문에 몇 날을 공사도 중단시켜놓고, 밤잠을 잘락
            말락 왼갖 고민을 다 하는 꼴을 보다 못해 갑갑하고 안
            쓰러워 내가 한마디 했지. 다 잊어버려라. 아무리 궁
            리를 해도 알 수가 없는 것은 그냥 내비두는 게 사람의
            도리다. 사람이 모르는 건 귀신들이 다 알아서 하느니
            라. 됐소?

양 감독   그 말씀 한 번만 더 해주세요, 할머님. 정말 아드님한
            테 하시는 것처럼, 안쓰러워하면서.

이유림   뭘 한 번 더? 못 해. 난 안 해. 그런 거 할 줄 알면 내가
            배우 하겠다.

양 감독   할머니, 할머니, 잠깐만요. 귀신이 정말 다 알아서 하
         는 건가요?

이유림   영화 만든다는 양반이 말을 못 알아듣소그려. 귀신 봤
         소? 난 못 봐서 모르겠소.

양 감독   연세가 어떻게 되세요?

이유림   어떻게 보이는데?

양 감독   무척 정정하신데 연세는 만만치 않으실 것 같고…….
         참 어렵네요.

이유림   나도 어렵소.

펜션
구름다리

임정아는 안개 속에서 길을 잃었다. 안개가 짙어지면 내비게이션이 온전히 작동하지 못하는 것일까. 그럴 리가 없었다. 그러나 그녀의 내비게이션은 끈질기게 잘못된 방향을 안내했다. 오른쪽 차선으로 가라고 지시하다가 돌연 200미터 앞에서 유턴하라는 식이었다. 그때마다 그녀는 당황하여 우왕좌왕했다. 뒤에서 오는 차들이 벼락처럼 경적을 울리고 스쳐 갔다. 도대체 저 차들은 보이지 않는 도로를 어떻게 저런 속도로 질주할 수 있는 것일까. 어쩔 수 없이 그녀는 계속 직진하다가 잘못된 지시가 나온 곳으로 되돌아가 다시 목적지를 입력하고 출발했다. 펜션의 위치는 뻔히 내비게이션에 붉은 표지판으로 나와 있었고, 그래서 쉽게 찾을 수 있으리라 믿었으나 대학로에서 출발한 지 두 시간이 지났는데도 여전히 그녀는 안개 속을 헤매고 있었다. 그녀는 길을 찾을 수 없었고, 차츰 방향감각마저 상실하고 말았다. 여기가 어디일까. 어디

쯤 온 것일까. 그것이 세상에 다시 없는 어려운 수수께끼 같았다. 안개는 그녀를 따라다니는 것 같았고, 그녀가 헤맬수록 더욱 짙어지는 것 같았다.

천천히 오세요. 주무시고 가셔도 됩니다. 멋진 객실을 마련해두었으니까요. 여기 내일 갈 예정인 사람 많습니다. 양 감독은 전화에 대고 한가하게 말했다. 정아에게는 자고 갈 생각이란 없었다. 적당한 시간에 일어나 귀가할 작정이었다. 그래서 무리를 해가며 차를 가지고 나온 것이었다. 그러나 이렇게 늦어서야 미안해서라도 늦게까지 그들과 어울려야 할 것 같았고, 그러다 보면 술을 이길 수 없을 정도로 마시게 될 것이요, 그때까지 안개가 이 지경이라면 어쩔 수 없이 내일 가야 할지도 모른다는 생각이 들었다.

모든 사물이, 가로수가, 신호등이, 그리고 도로가, 행인들이, 스쳐 가는 차들이, 도로가, 희미하게 엿보이는 건물들이, 그 윤곽이, 그녀가 운전하는 차마저 형체를 잃고 기능을 상실하고 무의미하게 안개 속에 녹아내리는 것 같았고, 그 모든 것이 꾸역꾸역 안개를 토해내는 것 같았다. 양수리는 몇 번이나 가본 적이 있는 곳이었고, 한 번도 길이 복잡하다고 생각해본 적이 없었다. 뻔한 길이었다. 내비게이션의 도움 없이도 얼마든지 드나들 수 있었다. 그런데 내비게이션만이 아니라 그녀의 기억마저도 탄력을 잃은 스프링처럼 기능을 상실했다. 여기다, 하고 들어선 곳에서 엉뚱한 철길이 도로를 막고 있었고, 지름길이다, 하고 들어선 도로는 휑한 경춘고속도로 진입로로 이어졌다.

계약 때문이 아니라면 이대로 돌아가버리고 싶었다. 그녀는 이 영화가 자신의 경력에서 중대한 도약이 될 것이라고 생각했다. 도약으로 만들어야 했다. 십여 년 연극을 하는 동안 그녀의 수입은 늘 잔돈푼에 불과했다. 삼천만 원의 계약금은 연기 생활 십여 년 만에 구경하는 최초의 거액이었다. 영화의 성과에 따라서는 다음 계약으로, 더 큰 계약으로 이어질 수도 있었다.

길은 보이지 않았다. 차를 끌고 나온 것이 후회가 되었다. 어디 유료 주차장 같은 데 차를 두고 택시를 타고 가야 하는 것일까. 양 감독에게 전화를 하여 도움을 청하는 것은 멍청한 사람으로 보일 것 같아 두려웠다. 전화를 한다 해도 지금 이곳이 어디인지를 정확히 알아야 안내를 받을 것 아닌가. 안개, 그 너머에서 갑자기 나타나는 헤드램프들, 시간과 공간이 꼬여버린 듯한 기묘한 환각 같은 것에 시달리다가 그녀는 울어버리고 싶은 심사가 되어 차를 길가에 세웠다. 주유소 앞이었다. 커다란 주유소 유리창의 불빛, 사인보드, 그리고 종업원이 흔드는 붉은 손전등이 안개 속에서 젖어 들었고, 그가 이 빌어먹을 놈의 안개 때문에 큰일이네, 하고 떠들어대자 누군가가 안개를 어떻게 먹냐, 하고 큰 소리로 웃어댔다.

정아는 더 이상 갈 자신이 없었다. 배가 고프고 현기증이 나고 무서웠다. 이대로 가다가는 무슨 사고라도 당하게 될 것 같았다. 양 감독에게 양해를 구하고 집으로 돌아가는 수밖에 없겠다는 생각이 들었다.

안개 속에서 불쑥 차가 나타나 경적을 울려댔다. 운전석의 남자가 거칠게 손짓을 해대는 것이 희미하게 보였고, 그 때문에 그의 행동이 진지한 것인지 장난을 하는 것인지 애매했다. 어찌 보면 그녀에게 장난을 거는 것 같았다. 정아는 자신이 길을 막고 있었다는 것을 깨달았다. 그녀가 얼른 차를 옮겼다. 커다란 차가 유난스러운 엔진 소리와 함께 안개를 휘날리며 들이받을 듯 그녀의 차 뒤로 다가왔다가 아슬아슬하게 범퍼를 스치고 사라졌다. 바로 그 순간 짙은 비눗물처럼 출렁거리는 안개 속에서 희끗, 이정표가 드러났으며, 그 너머에서 기적처럼 '펜션 피엑스, 펜션 구름다리―2킬로미터'라는 팻말이 나타났다. 괜시리 가빠오는 호흡을 가다듬으며 그녀는 눈을 부릅뜨고 몇 번이나 그 이정표를 확인하고 또 확인했다. 구름다리, 펜션 구름다리, 분명히 펜션 구름다리 2킬로미터, 라고 쓰여 있었고, 그녀의 목적지는 문닝히 펜션 구름다리였다.

물 흐르는 소리가 들려오고, 마치 안개가 물처럼 흘러다니는 것 같은 착각 가운데 정아는 느린 속도로 운전을 하며 차창 밖을, 차라리 안개 속을 내다보았다. 구름다리라더니 구름을 넘어가야 하는 것일까. 고개를 넘고, 안개 속에 산발을 한 커다란 나무들이 고개를 숙여 그녀를 내려다보는 콘크리트 포장의 좁은 도로를 지나고, 아, 저기 펜션이다, 하고 보았으나 그것은 '펜션 피엑스'의 간판이었고, 그 간판을 지나 완만히 굽은 도로를 지나는데, 안개 속에서 갑자기 붉은 트렌치코트를 입은 여자가 나타나 그녀의 차를 흘겨보았고, 갑자기 120도 정도의 굽은 도로와 마주치자 정아는 교차로가 아닌지, 가야 할 길은 안개 속에 숨은 것은 아닌지 몇 번이나 확인을 거듭하고, 아무리 내다봐도 안개 말고는 보이는 것이 없는 차창 밖을 내다보며 천천히 신중하게, 차를 몰았고, 도로를 따라가 한 번 더 120도쯤 운전대를 꺾었고, 차 바퀴 밑에서 자갈이 튀었고, 놀라 브레이크를 밟으려다가 가속페달을 밟았고, 차가 앞 뒤로 크게 흔들렸고, 다행히 시동이 꺼지지는 않았고, 경사진 도로를 올라서자 내리막이었고, 이번에는 도로가 왼쪽으로, 강쪽으로 굽어들었고, 다시 한 번 120도쯤 방향을 꺾고 십여 미터를 갔을 때 거기, 뭉클뭉클한 구름, 아니 구름 같은 안개 속에, 무슨 괴기 영화 속에서라면 귀신이 흰 치맛자락을 휘날리며 나타날 법한 자리에 '펜션 구름다리'라는 간판이 높다랗게 서 있었다.

간판 앞에 차를 세우고 정아는 잠시 망설였다. 돌아가야 할까. 그래야 하는 것 아닐까. 이미 시간이 너무 늦었는데. 들어서자마자 이내 사람들이 돌아가겠다고 일어서는 것은 아닐까. 그러나 여기까지 겨우 와서 돌아가다니? 그러나 어째선지 돌연 그런 생각이 들었다. 돌아가는 것이 나을지도 모른다……. 영화, 영화라는 것. 그녀는 두려웠다. 감당할 수 있을 것인가. 견뎌낼 수 있을 것인가. 그녀는 이제야 겨우 연극판에서 자리를 잡아가는 중이었다.

그때 '펜션 구름다리' 간판 아래에서 반짝 불이 켜졌다. 그것은 안개 속에서 백 원짜리 동전처럼 작고 하얬다. 그 백 원짜리 동전이 조금씩 커지며 다가왔다. 정아는 불현듯 무서워져 차 문을 모두 재빨리 잠갔다. 그 백 원짜리 동전이 손전등이 되었고, 그 너머에서 흰 치마를 늘어뜨린 귀신이 아니라 다행히 한 중년의 남자가, 그 옆에서 안개를 휘저으며 노파 한 사람과 함께 나타났다. 등산복 같은 것을 입고 야구 모자를 쓴 늙은 남자는 손전등을 들고 차 앞으로 다가오더니 안으로 들어가라는 듯 펜션 안쪽을 향해 손전등을 흔들어댔고, 허드레 치마를 입고 흰 티셔츠에 노랑 남방을 걸친 노파는 웃음 지으며 정아를 바라보았다. 비로소 두려움이 없어진 정아는 차창을 내리고 물었다. 여기가 구름다리 펜션 맞아요? 남자는 고개를 끄덕였으나 여자는 음산한 얼굴로 고개를 흔들었다. 정아가 다시 물었다. 구름다리 펜션으로 가려면……? 남자는 왼쪽을 가리키고 여자는 오른쪽을 가리켰다. 여자가 손을 내렸다. 남자는 여전히 왼쪽을 가리키며 웃고 있었다. 정아는 어딘가 으스스하여 다시 간판의 화살표를 확인하고, 남자가 가리키는 방향이 일치한다는 것을 다시 한 번 확인하고, 여자를 쳐다보았다. 여자는 음울한 낯으로 외면했다. 정아는 잠시 생각했다. 이들은 부부일까 오누이일까. 오누이라면 좋을 것 같았다. 장 씨가 말했다. 다들 기다리고 계십니다. 유림은 묵묵히 앞서 걷기 시작했다. 그 뒤를 장 씨가 따랐다. 안개가 엷어진 듯 그들이 휘적휘적 걸어가는 것이 헤드램프 불빛 가운데 또렷이 보였다.

완만한 경사를 이룬 콘크리트 포장도로를 두 남녀는 전혀 힘들이지 않고 느릿느릿 걸어 올라갔고, 정아는 천천히 그들 뒤를 따라 차를 몰았다. 라면 가닥처럼 고불고불한 도로를 지나, 도로 옆으로 이어진 예쁜 보드워크를 지나자 객실 '봄'의 주차장이었다. 정아가 차에서 내려서며 돌아보았을 때 이미 장 씨와 유림은 사라져 보이지 않았다. 안개가 천지에 자욱히 뒤덮여 있을 뿐이었다.

문을 밀고 들어서자 양 감독이 반색을 하며 일어섰다. 그는 비틀거리며 이쪽으로 걸어왔다. 정아는 얼른 인사를 했다. 늦어서 죄송합니다. 누군가 박수를 치기 시작했고, 그러자 여기저기 박수가 터져 나왔다. 수고하셨어요. 길은 잘 찾았고? 좀 헤맸어요. 나무로 장식된 실내는 온화하고 친밀한 분위기였다. 또한 혼란스러웠다. 실내가 사람으로 가득한 것처럼 보였고 소란스러웠다. 모든 사람들이 모든 사람들에게 큰 소리로 얘기를 하는 중이었다. 이 모든 사람들이 한 일 년쯤 여기 앉아 술과 음식과 얘기를 주고받으며 그녀를 기다리고 있었던 것은 아닐까, 하는 생각이 들었다. 일이 층이 열려 있는 구조였는데, 고개를 들면 이 층 난간과 지붕, 창문이 보이고, 이 층으로 올라가는 나무 계단에 맥주 상자와 쇼핑백들이 함부로 놓여 있었고, 실내화가 뒹굴고 있었으며, 벽에는 전형적인 이발소 그림과 사진들이 덕지덕지 붙어 있었고, 숙박업소에서 아무렇게나 꾸민 객실에 불과하다는 것이 분명했고, 얼굴이 불콰한 한 늙은 남자가 하마처럼 커다란 입을 벌리고 하품을 하는 것이 보였으며, 박성근이 다가와 고개를 숙이며 식사 아직 못 하셨죠, 하고 물었고, 새삼 허기가 밀려들었고, 정오 무렵에 극단에서 내는 사천 원짜리 된장찌개를 먹은 이후 아무것도 입에 넣지 않은 것이 생각났고, 양 감독은 그녀에게 괜찮아, 괜찮아, 하고 말하며 고개를 끄덕였으나 정아는 그게 무슨 말인지 알 수가 없었고, 한 여자가 다가와 구영서예요, 하며 손을 내밀었고, 이어 또 다른 좀 더 나이 든 여자가 다가와 심연우라고 해요, 했으며, 정아는 얼른 고개를 숙여 인사를 했고, 연우는 계속해서 나 임정아 씨 팬이에요, 작년 가을에 〈맥베스〉 정말 잘 봤어요, 하고 치하했고, 그녀가 고맙습니다, 하고 인사를 건네자마자 성근은 어느새 폭탄주를 만들어 그녀에게 내밀었다. 그녀는 먼저 밥을 먹어야 하는데, 하고 생각하면서도 영화에서 본 것보다 훨씬 더 아름다운 성근의 눈이, 연우가, 그리고 영서가 지켜보는 가운데, 그들에게 포위된 듯한 압박감을 느끼며, 크게 심호흡이라도 하고 소리라도 지르고 발버둥이라도 쳐야 할 것 같은 기묘한 스트레스를 고통스럽게 외면하며, 아직 온전히 희석되지도 않은 국산 카스 맥주와 발렌타인 17년산 위스키가 뒤섞인 기묘한 액체를 꿀꺽꿀꺽 삼켰다.

붉은 트렌치코트를
입은 여자

이 안개를 넘어가면 그를 만날 수 있을 것이다. 미순은 길을 버리고 숲으로 들어섰다. 안개 때문에 길로 들어섰으나 안개 때문에 길은 무의미해졌다. 그것을 깨닫는 데 오랜 시간이 필요치 않았다. 안개는 그녀의 시야를 지우고 세상을 지웠다. 어쩌면 이 안개 속에서 그녀 자신도 지워져버릴지 모른다. 그렇게 되는 게 차라리 나을지 모른다. 아니, 지금은 안 된다. 돌아오는 길이라면, 어쩌면. 그를 만나고 난 다음이라면. 오늘의 할 일을 마친 다음이라면.

나무로 우거진 이 숲에도 길은 있었다. 미순만이 아는 길이었다. 그녀의 발걸음으로 작은 길이 생기고 그 길을 따라 그녀의 발길이 이어졌다. 밤에 이 숲을 혼자 헤매고 다닌 것이 벌써 몇 해 전부터였다. 남편이 취하여 잠들면, 그가 돌아오지 않는 밤이면 미순은 조심스레 집을 빠져나와 이 숲으로 들어섰다. 야트막한 경사를 따라 소나무와 참나무와 아카시아와 찔레, 라일락과 살구나무, 화살나무와 쥐똥나무가 뒤섞여 있었고, 아래쪽에는 꽃마리와 다북쑥, 토끼풀과 며느리배꼽이 무성했다. 경사를 따라 곧장 내려가면 급한 벼랑이 나오고, 그 벼랑 아래 물비린내와 함께 강물이 흘렀다. 그 벼랑 위에 서서 몸을 던져버릴까 망설이던 밤들, 별은 얼마나 눈부시던가. 그러나 지금 그녀가 가는 길은 새로운 길이었다. 아직 길이 되지 않은 길, 그러나 오래지 않아 길이 될 길이었다.

물소리가 더욱 가까워지며 소란스러워졌고 붉은 트렌치코트와 치마바지 아래 맨다리에 젖은 풀들의 감축이 서늘했으며 그로 하여 그녀의 가슴은 더욱 설렜고 발걸음은 더 분주해졌다. 가쁘게 숨을 몰아쉴 때마다 물소리와 안개가 그녀의 폐부로 밀려들었고, 그녀의 가슴은 더욱 큰 기대와 설레임으로 부풀었다. 허리를 굽히고 크고 당당한 느티나무 가지 아래를 지났다. 나아 나아. 어디선가 고양이가 울고 스르륵, 발밑으로 지나가는 것은 어쩌면 수달인지도 모른다. 어쩌면 뱀인지도 모른다. 어쩌면, 어쩌면 그녀를 태워 가려고 나타난 마녀의 빗자루인지도 모른다. 우르르, 풀벌레가 분주히 그녀의 발길을 피해 달아났고 안개가 앞을 터주었다.

빈 들판에 바람 가듯 물 위에 안개 가듯 구름에 달 가듯 그녀는 가고 또 갔다.

우리가
알지 못하는 광장

양 감독은 맥주를 한 병 들고 밖으로 나섰다. 안개가 그를 맞았다. 안개를 휘저으며 그는 물소리가 들리는 쪽으로 계단을 내려갔다. 뒤에서 짤각, 라이터 켜는 소리가 들려왔다. 기훈이었다. 안개 속에 담배 연기를 뿜어내며 그가 말했다.

"재크의 콩나무 넝쿨이 갑자기 튀어 나와도 하나도 이상하지 않을 것 같은 날씨네요."

"재크의 콩나물 말이지?"

"재크의 콩나무 말입니다."

"준비는?"

"준비랄 거 뭐 있나요. 다 모였으면 된 거지."

"그래. 재크가 콩나물국만 끓이면 되는 거야?"

"감독님도 참. 콩나무라니까요."

"콩나물이야 굳이 재크가 끓일 필요는 없지. 전주식당에 백반

먹으러 가면 늘 나오는 건데."

"재크의 콩나무가요?"

양 감독은 휘적휘적 안개 속으로 걸어들어갔다. 기훈은 선 채 담배를 피우며 멀어져가는 그를 지켜보다가 고개를 설레설레 저었다. 그는 콩도 콩나물도 좋아해본 적이 없었다. 『재크와 콩나무』 이야기를 어린 시절부터 좋아할 뿐이었다.

"주 감독."

양 감독이 안개 속에서 불쑥 나타나 불렀다. 기훈은 화들짝 놀라 뒷걸음질했다.

"구 부장이 악어 얘기 한 거 말야, 그거 사실일까?"

"네? 왜요?"

"내 영화 투자 거절하려고 꼼수 쓰는 것 같지 않냐?"

"그런 것 같습니까, 감독님?"

"글쎄."

양 감독은 계단에 계집아이처럼 쪼그리고 앉았다.

"담배 하나 줘봐라."

기훈이 담배를 한 개비 주었다. 양 감독은 몇 모금 빨다가 갑자기 기침을 해댔다.

짙은 안개 속에 퍼져 나가는 고통스러운 기침 소리는 어딘가 처참했다. 기침이 멎자 양 감독은 안개를 묵묵히 넘겨다보다가 입을 열었다.

"천사여, 만일 우리가 알지 못하는 광장이 있다면

거기 말로 표현할 길 없는 어떤 양탄자 위에서라면

연인들은

이곳에서는 결코 성취할 수 없는 심장의 약동을,

대담하고 고귀한 모습을,

그들이 쌓아올린 황홀한 탑을, 그들의 피라미드를,

오래 서 있을 만한 자반도 없이 떨며 서로 의지하며 서 있던 그들을 둘러싼 관객들에게,

입을 다문 무수한 주검들에게 보여줄 수 있으리."

양 감독은 담배를 빨았다. 기침은 하지 않았다.

"그거 뭡니까?"

기훈이 물었다.

"어째서 하필 오늘이야? 어떻게 그놈의 악어가 그 높은 빌딩으로 올라가? 승강기 타고 올라갔어? 날아갔어?"

"우리 친구 옥탑방 살던 놈 하나도 작년에 악어한테 물려 죽었습니다, 감독님."

"그래?"

"네."

"CK에서 안 하겠다 하면 뭐, 어쩌겠냐. 무슨 수를 쓰든 소액 투자자들을 끌어모아봐야지. 그렇지?"

양 감독은 맥없이 말했다. 이미 불가능한 일이라고 포기하고 있는 듯한 어조였다.

"그래야죠."

두 남자는 안개 속을 들여다보았다. 아무것도 보이지 않았으나 뭔가 보이는 것 같기도 했다. 보인다 해도 무엇인지 알 수 없었으므로 보이지 않는 것과 별로 다르지 않았다. 양 감독이 또 중얼거리기 시작했다.

"그러면 그들은 품속에 늘 숨겨두었던

우리는 결코 알지 못하지만 영원히 통용되는 그들의 마지막 주화를 던져주지 않을 것인가

이제 잠잠해진 양탄자 위에

마침내 진정으로 미소 짓고 있는 연인들의 발치에."

다시 기훈이 물었다.

"그게 뭔데요?'

양 감독은 한숨과 함께 대답했나.

"릴케란다. 정확한지는 모르겠다."

"아, 릴케."

공허하게 기훈은 중얼거렸다.

암전
暗轉

이 사람 저 사람이 술을 따르는 바람에 정아는 연거푸 폭탄주 석 잔을 마셨다. 배 속이 후끈해지면서 시장기가 사라졌다. 눈앞의 광경이 망원경을 통해 보듯 멀어졌다 가까워졌고, 그녀는 취하기 시작한다는 것을 의식했다. 부지런히 손에 닿는 대로 안주를 집어 먹었다. 속을 웬만큼 채워야 술을 감당할 수 있을 것이다. 성근이 식탁에서 돌아와 음식이 담긴 접시를 그녀 앞에 놓아주었다. 눈으로 정아는 고맙다는 인사를 보냈다. 식은 닭고기와 탕수육, 초밥과 파인애플을 그녀는 가리지 않고 부지런히 입에 쑤셔 넣었다. 성근이 말했다. 마중을 나가야 하나, 생각 중이었어요. 저 나직하고 젖은 음성. 전혀 느끼하지는 않은. 노소를 가리지 않고 여자들을 사로잡는 성근은 타고난 배우 같았다. 하지만 연극 무대에서는 어떨까. 정아는 잠시 그를 맥베스라고 아니, 오이디푸스라 생각하고 바라보았다. 상상이 되지 않았다. 그는 부모에게 반항하는 스포츠카 마니아 정도가 어울리는 외모인 것 같았다. 양 감독이 두 손으로 사각형을 만들어 그 프레임으로 정아와 성근을 지켜보고 있었다.

노래방 기계가 켜지고 천장의 스트로보 조명이 번쩍이며 돌아가기 시작했다. 기훈이 노래를 불렀다. 그날 밤 극장 앞에서 그 역전 카바레에서 보았다는 뜬소문도 거짓이에요……. 사람들이 저마다 아는 노래를 찾아 책을 뒤적였고, 리모컨으로 번호를 찍어 넣었다. 양 감독은 연우의 손을 잡아 이끌었고, 한 장군이 정아에게 다가오는 것을 보자 성근은 얼른 그녀의 손을 잡고 일으켜 세웠다. 한 장군은 멀거니 그들을 쳐다보다가 근처의 의자에 주저앉았다. 성근이 그녀의 귀에 속삭였다. 저 사람 지금 상태가 별로 안좋아요. 누구냐고 정아가 물었다. 그는 놀란 듯 되물었다. 몰라요? 알아야 해요? 정아가 반문했다. 그는 고개를 갸웃거리다가 머뭇머뭇 대답했다. 아마…… 투자자? 그런 것 같아요. 이 펜션 사장님, 저기 저 양반은 투자자가 분명하다는데, 한 장군이라는 사람은 정말 투자잔지 그저 우리들 구경하러 온 사람인지 잘 모르겠어요. 성근은 노래할 차례가 되자 그녀의 손을 잡고 마이크 앞으로 데려갔다. 울고 싶어라 울고 싶어라 내 마음……. 두 사람은 나란히 서서 노래를 불렀고, 한 장군은 양주를 들이키며 그들을 지켜보았으며, 양 감독은 다시 두 손으로 프레임을 만들어 그의 두 주연배우를 상상의 필름에 담았고, 그 옆에서 영서는 어때요, 괜찮아 보이는데요, 하고 말했고, 연우 역시 정말이야, 아주 좋아, 하고 칭찬했다.

노래가 이어지고 짝은 꾸준히 바뀌었다. 여자가 셋밖에 없었으므로 남자들 사이의 경쟁이 심각했다. 한 장군이 틈이 날 때마다 쳐다보는 눈빛이 왠지 불길하여 정아는 괜히 휴대전화를 꺼내 들여다보았다. 그녀는 배우로 여기 왔다. 손으로 프레임을 만들어 살펴보는 양 감독만이 그녀를 평가하고 있는 것이 아니었다. 저 한 장군 같은 이 역시, 그들 모두가 그녀를 평가할 것이다. 무엇을? 미모를, 연기력을, 옷차림을, 말솜씨를, 춤솜씨를, 술버릇을, 옷맵시를, 말씨를, 말하자면 그녀의 모든 것을. 그들은 놀러 왔으므로 놀듯이 그녀를 평가할 것이요, 그녀는 놀러 오지 않았음에도 놀듯이 평가될 것이다. 억울할 것은 없었다. 세상에 그런 일은 흔했다. 이런 기회마저 없는 사람들이 무수하다는 것을 그녀는 알고 있었다. 그나마 다행이라면 그런 세상을 만든 것은 그녀가 아니라는 점이었다. 세 끼 밥 먹고 연극이나 하며 살 수 있다면 얼마나 좋겠는가. 그러나 세계는 그런 것을 허락하지 않았다. 연극만 하다가는 연극도 할 수 없게 되고 마는 곳에서 그녀는 살아내야 했고, 연극을 해야 했으며, 운이 좋다면, 이제 영화까지 해야 할 터였고, 그 모든 자리가 하나하나 다 정체를 알 수 없는, 정체를 알고 싶지 않은 무수한 사람들의 평가를 거쳐야 비로소 이를 수 있는 곳이었다.

영서는 내내 눈에 띄지 않게, 그러나 당연히 차근차근 조목조목 임정아를 살펴보았다. 뛰어난 미모는 아니었다. 그러나 인상이 단정했다. 눈도 코도 크지 않았으나 조화가 적절하여 깨끗하고 부드러웠다. 모난 데 없이 따뜻한 얼굴 윤곽, 그리고 흰 얼굴에 입술이 붉어 거기 강조점이라도 붙은 듯 눈에 띄었다. 그 입술에 자주 눈이 갔다. 그렇다. 그 입술 덕분에, 꼭 그 때문만은 아니겠으나, 그녀는 단정하면서도 뜨거워 보였다. 영서는 양 감독 쪽으로 고개를 기울이며 나직하게 말했다. 제목을 '투기꾼들'이 아니라 '붉은 입술'쯤으로 하는 게 어때요? 농담처럼 그녀는 제목에 대한 불만을 표시했다. 양 감독은 알아들었다. 투기꾼들, 꼭 이 영화에 투자하는 사람들을 빗대는 장치라 오해받을 수도 있었다. 붉은 입술, 뜨겁고 유혹적이잖아요. 저 배우처럼요. 관객 동원에도 훨씬 나을 거예요. 양 감독은 영서의 허리에 손을 가볍게 올려놓으며 눈으로 물었다. 투자 결정은 됐지요? 영서의 눈은 아무 대답도 해주지 않았다. 양 감독이 말했다. 제목이야 얼마든지 바꿀 수 있지. 나도 그 제목이 꼭 마음에 드는 게 아니거든.

영서는 〈투기꾼들〉 제작 결정을 언제 어떻게 알릴 것인지 생각해보았다. 오늘을 넘기는 것은 현명한 짓이 아니라는 생각이 들었다. 더 이상 감출 필요가 없을 것 같았다. 게다가 차츰 술에 취해가면서 그녀는 깜빡깜빡 그 사실마저 잊고 있었다. 더 취하기 전에 얘기해야 한다고 그녀는 다짐했으나 언제 얘기를 꺼낼 것인지 아직 판단을 내릴 수 없었다. 지금 얘기를 할까. 그러나 실내가 너무 소란스러웠다.

울렁울렁 울렁대는 가슴 안고 연락선을 타고 가면 울릉도라……. 연우의 트위스트였다. 사람들이 서로를 붙잡았던 손을 놓고 엉덩이를 흔들어댔다. 노래방 기계의 반주와 터무니없이 악을 버럭버럭 쓰는 노래와 그 와중에 온몸을 흔들어대면서도 고함을 질러가며 얘기를 나누는 사람들과 그 모든 사람들이 뿜어내는 열기와 붉게 푸르게 번쩍거리는 조명과 담배 연기와 누군가의 발 냄새와 땀 냄새와 식은 닭튀김 냄새와 된장찌개 냄새와…… 그들이 몸을 흔들어댈 때마다 마룻장이 위아래로 흔들리고 유리창이 덜렁거리고 탁자의 잔들이 흔들리고 술이 출렁거렸다. ……육지 손님 어서 와요 트위스트 나를 데려가세요…….

노래가 끝나자 그들은 숨을 헐떡이며 의자를 찾아 앉았다. 늙어서 춤도 못 추겠다. 늙은이들은 추지 말아라. 젊은것들은 더 출란다. 한 장군이 벌떡 일어서 고함을 지르기 시작했다. 반동간에 군가한다. 반동은 천당에서 지옥으로. 군가는 너의 아파트. 하낫둘셋넷! 그는 주먹을 천당에서 지옥으로 휘두르며 노래를 불렀다. 별빛이흐르는다리를건너바람부는갈대숲을지나언제나나를언제나나를기다리는너의아파트……. 그가 노래하면 유행가도 군가가되었다.

양 감독이 트럼프 카드를 꺼내 탁자 위에 늘어놓았다. 주 감독, 한판 붙자. 기훈은 창가에 서 있다가 탁자로 다가왔다. 벌써요? 다들 밤새울 각오가 되어 있습니까? 이게 쉬 걷힐 안개가 아닌데요. 한 장군이 카드를 움켜쥐었다. 그건 귀납 억측이야 연역 억측이야? 무한 베팅입니까? 하프 베팅? 아, 싱거워요. 영서는 계단에 앉은 정아에게 잔을 내밀었다. 맥주? 위스키? 정아는 위스키를 택했다. 성근은 두 사람 바로 앞에 버텨 서서 맥주를 벌컥거렸다. 성근

씨는 카드 안 해요? 좀 있다가 해도 되겠죠. 그의 턱으로 맥주가 흘러내리고 그의 실크셔츠 앞섶을 적셨다. 그는 손바닥으로 턱을 문질러 닦았다. 그는 실크셔츠가 잘 어울렸다. 슬프고 흰 얼굴, 그 아래 하늘하늘한 실크셔츠, 만져보고 싶은 욕망을 선사하는 얼굴, 특히 이마와 콧날을 만져보고 싶어졌다. 그러나 눈, 그의 슬픈 눈은 아무것도 보지 않았다. 사람들의 얼굴을 보는 것이 아니라 얼굴에서 10센티미터쯤 떨어진 허공에 머물다가 스쳐 갈 뿐이었다. 아무도 보지 않고 아무것도 느끼지 않았다. 성근아, 너도 이리 와. 그는 곧 양 감독에게 돌아갔다. 그것은 사람의 눈이라기보다 맹수의 눈, 포식자(捕食者)가 아직 살아 숨쉬는 먹이를 바라보는 듯한 눈이었다. 굶주리지 않을 때는 아무런 관심도 없다가 배가 고파지면 욕망으로 비로소 뜨거워지고 날카로워지는 그런 눈. 그는 사랑하는 여자를 잡아먹은 다음 트림을 두어 번 하고 이를 쑤시고 뼈와 손발톱, 머리칼 따위가 사방에 흩어진 사냥터를 떠날 것이다. 정아는 그런 남자와 키스를 하고 벌거숭이 몸뚱이를 끌어안고 몇 차례나 거듭 섹스를 해야 하는 것이다. 아니, 섹스를 하는 연기를 해야 하는 것이다.

영서가 정아에게 물었다. 댁이 어디에요? 고덕동이었다. 조용하고 깨끗한 동네였다. 시내에서 먼 것이 흠이었다. 정아는 그 동네에 정이 들어 떠나고 싶지 않았다. 그러나 전셋집이었고, 집주인은 지난봄부터 전세금을 올려달라고 보채고 있었다. 십중팔구 영화 계약금 모두를 전세금으로 넘겨줘야 할 것이다. 얘기를 하는 동안 정아는 조심스럽게 영서를 살펴보았다. 예쁘고 품위 있는 얼굴이었다. 미소에서도 말하는 모습에서도 단단한 자신감이 느껴졌다. 쉽게 절망하지 않고 쉽게 들뜨지 않을 사람, 자신의 위치를 정확히 알고 있는 사람의 태연함이 엿보였다. 남들에게 쉬 호감을 주는 인상은 아니었으나 적어도 쉽게 무시당하거나 홀대당할 인상 또한 아니었다. 시나리오는 읽어봤어요? 어땠어요? 벗는 게 많아서…… 겁나요. 너무 걱정 말아요. 그게 다 필요한 게 아닐 수도 있고, 촬영하는 동안 수위는 얼마든지 조절할 수 있을 거예요. 정아는 그보다는 양 감독의 양식을 믿었다. 그가 이제껏 만들어온 영화를 통해 그에 대한 믿음이 생긴 셈이었다.

카드를 나누는 잠깐 사이에도 양 감독은 술을 들이켰다. 그의 얼굴이 창백해지고 있었다. 연우가 작작 좀 마셔요, 하고 힐난하는 것을 영서는 보았다. 아, 저건 정상이 아니다. 그녀는 본능적으로 간파해냈다. 연우의 눈빛, 어조는 결코 평범하지 않았다. 그것은 우연히 술자리에서 마주친 평론가가 감독에게 할 수 있는 조언이나 걱정이 아니었다. 무척 자연스럽고 당당하고 그만큼 노골적이었다. 조언이라기보다는 잔소리였다. 그런 짜증스러운 잔소리쯤은 주고받아도 무방하다는 것을, 얼마든지 서로 이해될 수 있다는 것을 잘 아는 사이에서 비로소 오갈 수 있는 것, 그러니까 상당히 뻔뻔한 어조, 뻔뻔한 몸짓이었다. 영서는 그들의 때 묻은 속살을 얼핏 엿본 것 같은 기분이었다. 소문 하나 없이 저런 관계가 되었단 말인가.

돌이켜보면 연우가 일행에 끼어든 것부터 제법 어색했다. 그녀는 광주에 있는 대학교 교수였다. 집은 서울이었으나 일주일에 사흘은 강의 때문에 광주에 내려가 지냈다. 그녀가 서울에 돌아온 것은 오늘, 목요일이었다. 평소라면 당연히 집으로 돌아가 쉬기 바빴을 것이다. 어떻게 연우가 일행에 끼어들게 된 것일까? 그녀는 여기저기 얼굴을 함부로 들이밀고 다니는 부류가 아니었다. 깍쟁이처럼 이모저모를 계산하여 모임과 술자리를 선별하고 참석 여부를 결정했다. 어떤 산수가 그녀를 여기 이르게 한 것일까? 이런 자리에서는 좀처럼 심연우 교수를 보는 건 힘든 일이다. 이해할 수 없었다. 단 하나 이해가 가능한 산수를 지금 영서는 목격한 셈이었다. 언제부터였을까? 돌이켜보면 연우는 언제나 양 감독의 우군이었다.

영서는 종종 연우의 글을 지면으로 마주쳤다. CK 등 대형 투자사와 배급사의 역할에 대한 비판적인 내용이 적지 않았다. 그런 기사들을 모니터하여 그날그날 보고서를 작성, 제출하는 일을 맡아 하는 직원이 따로 있었다. 작은 기사 하나 놓치는 일 없이 빈틈없이 챙겨야 하는 업무였다. 그것을 회사 내에서는 '역홍보'라고 불렀다. 심연우 교수를 포함하여 한국영화를 아낀다 자처하는 평론가들의 입장이 어떤 것인지 구영서 부장은 잘 알고 있었다. 때로 아주 어처구니없는 얘기를 늘어놓는 자들이 없지 않다는 것도, 영화평론이 아니라 차라리 세계 혁명론에 가까운 글이 영화평론이라는 이름을 달고 올라오는 경우도 적지 않다는 것도 알았다.

대개 그런 입장에 공감할 수 있었다. 그녀 역시 가난한 집에서 태어나 가까스로 세계의 유리 천장을 뚫고 의자 하나를 차지한 처지였다. 그러나 공감일 뿐 그녀가 책임을 느끼거나 개선할 수 있는 사안은 아니었다. 그녀는 직원에 불과했고, 회사는 그녀가 제어할 수 없는 거대한 이윤 추구의 기계였다.

어디 CK만인가. 영화판에 큰 투자사·제작사가 CK뿐인가. 사실은 이 세계 전체가 그러했다. 이런 세계를 만든 것이 어디 CK만이라 할 것인가. 인간은 너 나 할 것 없이 이윤을 추구하는 기계와 기계 사이에 끼여 부대끼며 가까스로 삶을 지탱해가고 있었다. 영서가 보기에 그것은 새삼스러울 것 없는 당연하고 낯익은 풍경이었다. CK는 힘이 셌다. 내부 직원들에게는 그 힘은 더 노골적이고 더 무자비했다. 이윤를 좇는 억척스런 회사의 톱니가 직원 몇 따위 초개처럼 뭉개며 돌아가는 것은 일상이고 업무였다. 평직원이고 간부고를 별로 가릴 줄 몰랐다. 늘 그런 것을 보고 살면서도 그녀는 늘 회사 톱니의 관점으로 영화배우들, 감독들, 회사 직원들, 그리고 관객들을 관찰하고 예측했다. 그것이 그녀의 업무였고 즉 살아남는 방법이었다. 살아남는 데 실패한다는 것이 무엇인지를 그녀는 잘 알았다. 그녀가 세상을 조금씩 배워가던 열댓 살 무렵, 아버지는 아침에 일어나면 먼저 화투 패를 떼는 것이 습관이고 일과였다. 한 번으로 끝나지 않았다. 오전 내내 한자리에 앉자 화투 패를 떼다가 부스스 일어나며 점심때는 비빔국수나 먹어볼까, 하고 중얼거리고 몇 걸음 너머의 화장실로 들어가는 것이고, 이어 쪼르르 변기에 오줌 떨어지는 소리가 들려오는 것이다.

심연우 교수 부류가 기회가 생길 때마다 내놓는 그런 논의가 이미 상식에 불과하다는 것도 영서는 알고 있었다. 모르는 사람이 없을 만큼 잘 알려진 사실이었다. 깨우침도 놀라움도 없었다. 누구나 다 아니까 누구나 다 얘기하지만, 아무리 얘기해도 변화되지는 않았다. 아무리 얘기해도 더 이상 해로울 것도 이로울 것도 없었다. 재미없는 노래의 지루한 후렴구 같았다. 그것을 모를 리 없지만 심연우 부류는 같은 노래를 계속했다. 영화 기자들도 같은 노래를 불렀다. 영화 좀 안다는 이들도 같은 노래를 반복했다. 같은 노래가 만연하여 하루도 들리지 않는 날이 없지만 제작자들은, 감독들은, 배우들은, 스태프들은 대형 투자사들의 투자를 얻기 위해 노심초사, 동분서주했고, 대형 투자사들의 일거수일투족을 주목하였으며, 눈치를 보았으며, 대형 투자사의 투자를 쌍수를 들어 환영했다. 왜? 안전하게 영화를 만들 수 있어서였다. 그러니까 대형 투자사에 대한 비난의 이면에는 안전하게 영화를 만들고자 하는 제작자들을 포함한 영화 종사자들의 욕망이 자리 잡고 있었다. 모험하고 싶지 않고, 모험을 하되 남의 돈으로 하고 싶고, 돈 걱정하지 않고 편안하게 영화 만들고 싶은 욕망을 품은 채 그들은 이구동성으로 같은 노래를 부르고 또 불렀다.

욕망이라는 점에서 그것은 이윤을 추구하는 기계의 욕망과 별로 다르지 않다. 그것이 영서의 생각이었다.

지폐가 탁자 가운데 쌓여갔다. 콜. 올려. 콜. 체크. 죽어. 살살

해. 뭘 안다고 벌써 베팅이야. 더 올려. 이 양반들 보게. 차도 받아주고 집문서 땅문서 다 받아준다. 김 사장, 여기 펜션 문서는 언제쯤이나 내놓을 겁니까? 올리라니까. 죽어. 당신들끼리 해봐. 당신 깡통이 틀림없어. 허풍이지? 알고 싶으면 따라붙어야지 죽긴 왜 죽어? 정아는 양 감독이, 주기훈이, 박성근이, 그리고 심연우와 구영서, 나아가서는 김시헌과 한 장군까지도 그녀를 면밀하게, 멀찍이서, 비판적으로 관찰하고 있다는 것을 알았다. 특히 조감독 주기훈은 멀리 서서 때로 거의 노골적으로 그녀를 지켜보았다. 그들의 시선이 의식되는 바람에 몸가짐이 어색해졌다. 엄격한 연출자 앞에서 서투른 연기를 하고 있는 것 같은 기분이 들었다. 어쩌면 그들 모두가 정아에게 지금 연기를 기대하는 것인지도 모른다. 연기를 해야 할까. 그녀는 혼란을 느꼈다.

그들의 시선을 의식한다는 것은 어쨌건 이미 연기를 시작한 것과 별로 다르지 않았다. 이런 경우 연기를 시작하면 막이 내릴 때까지 그칠 수 없었다. 계속하는 수밖에. 시작될 때는 어떤 연기를 시작하는 것인지 그녀 자신 아직 알 수 없는 경우가 허다했다. 지금이 그러했다. 연기를 하는 도중에, 장과 막이 몇 번이나 바뀌고 난 다음에야 비로소 어떤 연기를 해야 하는 것인지를 깨닫는 경우도 있었다. 막이 내릴 때까지, 막이 내린 뒤에도 무슨 연기를 한 것인지 짐작할 수조차 없는 경우도 있었다. 대변을 질질 흘리며 돌아다니는 것 같은 기분이었다. 언제나 매우 고통스럽고 당혹스러운 노릇이었다. 최악은 막이 내렸는지 아닌지도 알 수 없고, 막이 언제 내릴 것인지도 알 수 없으며, 과연 언젠가 막이 내리기는 할 것인지마저 짐작할 수 없는 연기를 계속해야 하는 경우였다. 지금이 그런 때인 것만 같아 정아는 불안했다. 이 낯선 사람들, 배우와 감독과 투기꾼들과……. 더구나 양 감독은 그녀에게 말했다. 영화라고 연극이랑 다를 거 전혀 없어요. 잘할 수 있을 거예요. 난 임정아 씨 믿어요. 그러나 무슨 말이란 말인가. 영화와 연극이 전혀 다르지 않다니. 전혀 달랐다. 전혀 달라야 했다. 그녀는 그 둘이 전혀 다르지 않다는 양 감독의 말에 실망했다.

그녀가 저 깊고 완강한 안개를 뚫고 먼 길을 달려온 것은 속편한 친구들을 만나 회포를 풀기 위해서가 아니었다. 그녀는 배우로서 여기 왔다. 여기 와 있는 누구나 그녀를 배우로 보고 있었다. 그녀는 배우였다. 그러니 배우 연기를 해야 하는 것이다. 연기란 그녀의 직업이었고 천성이었고 성격이었고 재능이었으며 장애였고 또한 저주였다. 그 모든 것이었다. 그리하여 그녀는 때로 자신이 누구인지 무엇인지 혼란스러웠다. 배우 연기를 하는 사람인가, 사람 연기를 하는 배우인가? 배우 연기를 하는 배우인가, 사람 연기를 하는 사람인가? 제 배로 낳은 자식과 결혼을 한 여왕의 역할을 하는 배우인가? 아니면 그 여왕인가? 진정 그녀는 때로 그 여왕이 되어야 했다. 여왕이 될 수 있었으며 그것이 즐거웠고 슬펐고 무섭고……. 때로는 그녀 속의 배우가 그녀 자신을, 임정아를 압도해버렸다. 집에 돌아와 무심코 어머니에게 말하는 것이다. 내가 옛날 그 아이를 죽였는데 어떻게 그 아이가 그 후에 지 아비를 죽일 수 있단 말인가요? 배우라는 직업을 사랑하는 배우, 배우에 매혹당한 배우, 배우에 압도당한 배우, 배우를 두려워하는 배우……. 그것이 사실이라면 그녀는 지금 연기를 하지 않을 수 있을까. 사실이라 해도 아니라 해도 연기를 해야 하는 것은 마찬가지였다. 무대는 어디 있는 것인가. 배경은 어디 있는가. 어디에 제4의 벽이 있는가. 어디에서 어디까지가 무대고 어디에서부터가 분장실이고 객석인가. 그녀는 임정아 연기를 하는 배우인가. 임정아는 누구인가. 그녀 자신인가. 그녀 자신의 역할을 할 수 있다는 것이 과연 가능한 일인가. 가능하지 않다면 이 모든 연기는 무엇인가. 가능하다면 때로 온몸이 오그라드는 듯한 이 생경스러운 어색함의 정체는 무엇인가. 연기 같지 않은데 연기인가. 연기 같은데 연기가 아닌가. 이런 때마다 그녀는 자신이 도마 위의 고깃점처럼 조각조각 찢기고 해체되는 것 같았다. 자신이 사라져버리면서 자신의 진실마저 종적이 묘연해지는 듯 여겨졌다. 만일 마지막 한 조각의 진실마저 다 해체되어버렸다면 언젠가 되찾을 수는 있을 것인가. 아무리 사소하고 보잘것없는 진실이라 할지라도 그마저 남아나지 않았다면, 그렇다면 그녀는, 그녀의 연기는, 그녀의 삶이란 무엇인가. 찢기고 해체되었다는 것 역시 진실이라면 진실일 것이다. 그 존재를 부정할 수는 없을 것이다. 이오카스테가 되기 위하여 배우 임정아가 가는 힘들고 고통스러운 길은 공연이 끝난 후 이오카스테가 임정아로 되돌아오는 길과 동일하지 않았다. 어딘가 어긋나거나 낯선 지점, 잊혀지는 풍경들이 늘 있었다. 이

오카스테의 어딘가에 임정아가 남아 있고, 임정아의 어딘가에 또한 이오카스테가 남아 있는 것일까. 그리하여 그녀는 이오카스테요 레이디 맥베스이며, 거투르드요 안티고네였고, 메데이아이고 또한 창녀 셴테인 것인가. 그녀는 〈맥베스〉에서 여러 인물을 연기한 적이 있었다. 레이디 맥베스를, 기사들 가운데 하나를, 혁명군 가운데 한 사람을 연기했다. 무대 위에서 태연히 옷을 갈아입고 가면을 바꿔 쓰고 다른 인물로 조명 속으로 들어서는 식의 연기였다. 그녀는 칼을 휘둘러 적을 쓰러뜨리고 맨손으로 적의 목을 비틀었다. 그러니 임정아에게는 그 기사들의 자취도 남아 있을 것이요 그 살인의 피비린내도 남아 있을 것이다.

어쩌면 이 혼란마저 연기인 것일까. 연극의 일부일까. 연극 속의 거의 모든 인물들이 실상 그러했다. 그렇다는 것을 정아는 이미 알고 있었다. 뭔가를 상실하고, 또는 뭔가를 욕망하고, 되찾으려 발버둥 치거나 차지하려 발버둥 치고, 그 과정에서 자신을, 삶을, 인간을, 세계를, 그 밖의 무엇인가를 깨닫게 되는 것. 그것은 고전적인, 고답적인, 상징적인, 또는 상투적인, 거의 모든 연극의 플롯이고 줄거리였다. 인간이 있으므로, 그러니까 배우가 있으므로, 다시 말하자면 연기가 있으므로 그것이 가능했다. 구체적인 인물, 인물의 묘사, 그리고 인물과 인물 사이의 관계를, 플롯을 포착하는 일이 곧 연기의 전부라 해도 좋았다. 인물, 인물들 사이의 관계, 플롯, 그리고 거기에서 나오는 이야기가 연극의 내용이었다. 인물이 없다면, 그들 사이의 관계가 없다면 이야기도 없었다.

인물이 크고 작은 기둥이라면 이야기는 하나의 집이 될 것이다. 인물들이 크고 작은 짐승들이라면 이야기는 동물의 왕국이 될 것이다. 인물들이 크고 작은 괴물이라면, 아, 그렇다면 이야기는 고스란히 이 세계가 될 것이다.

인물도 이야기도 없는 연극이라는 것이 있을 수도 있을 것이다. 그러나 이야기가 없다는 주장 역시 하나의 이야기였고, 그 이야기를 전달하기 위해서 역시 인물이 필요했다. 인물이 필요 없다고 선언하기 위해서 인물이 필요하고, 이야기가 필요 없다고 주장하기 위해서 이야기가 필요했다. 그리고 인물은, 이야기는 어디에 있는가? 무대 밖에, 이 세계에 있었다.

이 세계로부터 벗어날 길은 없었다. 인물도 이야기도 그리고 이 세계로부터 벗어나고자 하는 욕망마저 이 세계 안에 존재했다. 만일 이 세계가 마음에 들지 않는다면, 그 세계를 부정하기 위해 세계를 필요로 하는 것이 연극이고 연기였다. 저 망할 놈의 세계. 정아는 물끄러미 눈앞에서 펼쳐지는 광경을 쳐다보았다. 그것을 쳐다보는 연기도 해보았다. 세계는 무엇인가? 어디에 있는가? 세계가 만일 저 밖에만 존재한다면, 그것이 분명하다면 차라리 연기는 크게 어렵지 않을지도 모른다. 그러나 세계는 동시에 그녀의 내면에, 그녀의 생각과 욕망 가운데, 아아, 그녀의 가장 깊은 곳에, 꿈속에, 가장 가느다란 혈관과 미세한 신경줄 속에, 그녀가 감히 들여다보려 시도해본 적조차 없는 영역에도, 그녀가 그 존재마저 의식할 수 없고 알 수도 없는 캄캄한 곳에 그 징그러운 뿌리를, 그 날카로운 촉수를 찌르고 있었다. 구별하고자 해도 자신과 세계는 더이상 구별되지 않았다. 언제부터? 그마저 알 수 없었다. 그녀의 욕망은 세계의 욕망이었다. 그녀의 혐오는 세계의 혐오였다. 그녀의 절망과 희망, 그녀의 기쁨과 눈물, 그녀의 것에 그치지 않았다. 다 세계의 것이었다. 그녀의 새로움? 그런 거 전혀 걱정할 필요 없었다. 역시 세계의 새로움이었다.

마찬가지로 그녀의 일거수일투족을 때로는 근거없이, 때로는 오천 년 전의 라틴어 고전을 들이대며 비난하고 평가하는 저 모든 시선은 또한 그녀 자신의 것이었다. 때로는 그것을 거부하고 무작정 반발하고 부정하고 증오하지만, 그렇다 할지라도 변하는 것은 없었다. 그것을 속속들이 알고 빈틈없이 의식하고 있다 할지라도, 어쩌면 저들은 그녀 자신의 일을 대신할 뿐이라는 점을 매순간 날카롭게 의식한다 할지라도 그들은 때로는 두렵고 때로는 경멸스러운 이물(異物)들이었다. 세계는 그러한 곳이고 연기는 그러한 것이었다. 정아는 그런 배우요, 이 자리는 그런 자리였다. 그녀는 벌거벗고 박성근과 섹스를 벌이는 연기를 전혀 두려워할 필요가 없을 것이다. 애초에 두려워할 것이란 전혀 없었는지도 모른다.

여기, 이 자리에서 그럭저럭 봐줄 만한 공연이란, 연기란 어떤 것일까. 그런 공연을 위해 그녀의 연기는 어떤 것이라야 할까. 지금 그녀가 하는 연기가 플롯이나 이야기와 어떤 관계인지, 인물들, 그 인물들 사이의 관계가 어떠한지 차근차근 돌아볼 여유란 없었다. 더구나 이 공연은 그녀가 등장하기 오래전에 이미 시작되어 있었다. 살피며 연기하고, 연기하며 살피고, 조금씩 방향을 수정하고, 조금씩 연기를 조정하며 계획하는 수밖에 없었다. 그것이 최선이었다. 플롯이나 이야기, 인물 관계 같은 것들이 완전히 파악되기를 기다렸다가는 아무것도 하지 못한 채 무대에서 내려가야 할 것이다. 그녀가 연기를 시작하기도 전에 어디선가, 그녀가 전혀 알지 못하는 곳에서 끝나고 말 것이다. 그러므로 더 이상 이 것저것 구별할 필요는 없을지 모른다. 구별은 차라리 해로운 짓이었다. 그녀의 연기를 방해할 테니까. 보는 것인지 보는 연기를 하는 것인지 구별할 필요는 없다. 보는 것과 보는 연기를 하는 것은 같다. 사랑하는 것과 사랑하는 연기를 하는 것 또한 마찬가지다. 그래도 되는 것일까. 그래야 하는 것이다. 죽는 것과 죽는 연기를 하는 것, 죽이는 것과 죽이는 연기를 하는 것, 다 마찬가지일 것이다. 정아는 쥐고 있던 잔을 뒤집어 위스키를 단숨에 삼켰다. 뜨거운 알콜덩이가 식도를 태울 듯 미끌어져 내려갔다.

그러므로 이제 다시, 정아는 삶과 연기의 경계, 자아와 배우 사이의 경계가 모호해지는 지점에 서 있었고, 거기 선 채 연기를 계속해야 했다. 중단할 수는 없었다. 여기에서 중단이란 극단적으로는 삶을, 세계를 포기한다는 것을 뜻했다. 그녀가 멍청히 서 있는 동안에도 공연은 진행되고 있었다. 온몸의 촉각을 다 기울여 이야기의 진행 방향을 살피고 예측하고 모색하고 궁리하며, 각 인물들을 살피고 연구하며, 그들 사이의 관계를 관찰하고 궁리하며 연기를 계속해야 했다. 세계는 그녀에게 살피고 궁리할 시간을 따로

준 적이 없었다. 누구에게나 마찬가지일 것이다. 적어도 그 지점에서 세계는 공정했다.

　서로 상대방을 읽고 살피고 예측하고, 그사이에 알게 모르게 관계가 생기고, 그 관계가 좋아지거나 나빠지고, 그사이에서 서사가 생기고, 서사의 방향이 생기고, 잠시 방심하는 사이에 누군가의 운명을 결정짓는 서사가 엉뚱한 자리에서 이루어지고…… 한순간 한순간 한 사람 한 사람이 그런 서사를 만들어가는 사이에 어느 시기에 이르면 벼락처럼 그 서사는, 인간들끼리 만들어냈음에도 불구하고, 인간의 의지로는 돌이킬 수 없는 지점으로 소용돌이쳐 가고, 마침내 오늘의 파국에 이를 것이다.

　이곳 구름다리 펜션의 객실 동 '봄'에서 어떤 서사가 생길 것인지, 그 서사가 그녀의 운명에 어떤 영향을 끼칠 것인지 배우 인정아는 꾸준히, 면밀하게 살피고 예측해야 했다. 어쩌면 여기 등장하는 인물 각자의 긴 서사는 서로 다를 것이나, 그렇다 할지라도 마찬가지였다. 여기, 각기 길다란 서사의 줄이 얽혀들었다. 퇴장하기 전까지 그들 모두가 크건 작건 하나의 서사에 등장하고 있었고, 그러니까 오늘의 파국이 준비되고 있었다. 어쩌면 아직 그들에게 분명한 역할이 지정되지 않았을지도 모르나, 역시 천벌처럼 역할은 그들의 머리에 떨어질 것이다. 그리하여 이들 가운데 주역과 조역이, 장기를 두는 자와 장기의 말이 결정될 것이다. 배우라는 사실 자체를 잊은 배우가 한쪽 극단에, 그 사실을 결코 잊을 수 없는 배우가 다른 쪽 극단에 자리 잡고 있었으며, 그들 모두가 그

사이 어딘가에 각기 서 있었다. 그 가운데에는 아직 연기자라는 것을 모르는 연기자들도 있는 것이 분명했다.

김 사장이 혼자 다 따네. 벌써 몇 번째야. 푼돈 좀 먹은 걸 가지고 뭘. 어디 거기에서 풀하우스가 나와. 양 감독이 투덜거렸다. 하나의 승부가 끝나고 하나의 작은 서사가 이루어졌다.

김 사장이 판돈을 채 거둬들이기도 전에 갑자기 실내의 모든 전등이 꺼졌다. 어둠이 모든 것을 뒤덮었다. 아무것도 보지 말라는 듯, 아무것도 연기하지 말라는 듯. 이제까지 그들이 본 모든 것, 그들이 연기한 모든 것, 그들이 이루어낸 모든 서사가 무효라는 듯.

정아는 생각했다. 단순한 암전(暗轉), 그저 장이 바뀌는 것에 지나지 않는다. 다시 불이 켜지면 그녀는 새로운 공간, 새로운 시간에 서 있게 될 것이다.

파가니니를 위한
인터뷰

인터뷰 No. 47

장 씨   이걸 천천히 읽으면 되는 겁니까?

양 감독   단순히 읽는 게 아니라 장 선생님 자신을, 자신의 일과 삶과 생각과 세계를 담는 겁니다.

장 씨   어떻게요?

양 감독   제가 드린 메모는 우리가 주고받을 질문과 대답의 대략적 개요에 불과합니다. 그것도 언제라도 버릴 수 있고 고칠 수 있는 불완전한 겁니다. 신경 쓰지 마세요.

장 씨   어떻게요?

양 감독   일을 그렇게 잘하신다면서요. 부지런하시구요.

장 씨   일이라도 하지 않으면…….

양 감독   언제부터 여기 사신 건가요?

장 씨	내가 여기 온 게…… 사 년, 아니 팔십 년…….
양 감독	사 년이라는 거죠?
장 씨	…….
주 감독	팔십 년일 리는 없구요. 연세가 몇이신데 팔십 년요?
장 씨	시간이라는 게 저어기…… (허공을 가리키며) 달라서…….
양 감독	네?
장 씨	(뒤를 가리키며) 저기 (앞을 가리키며) 저기 (아래를 가리키며) 저기…… 다 달라.
양 감독	여기저기, 각기 다른 시간이 있다는 건가요? 그건 참 재미있는 말씀입니다.
장 씨	여기는 밤, 저기는 새벽, 저기는 대낮, 그런데…….
양 감독	여긴 밤이지만 지구 반대편은 한낮이다, 이런 말씀이죠? 네, 그렇죠.
장 씨	무슨 수로 그걸……. 그런 게 어딨어?
양 감독	연세가 어떻게 되셨어요?
장 씨	연세라니. 내가 그런 걸 좀 알았으면 좋겠네요.
양 감독	주민등록번호는 아세요?
장 씨	당신은 알아요?
양 감독	알죠, 물론. 그거 모르고 대한민국에서 살 수 있나요, 어디?
장 씨	대한민국이 뭐라냐.

양 감독	네?
장 씨	잠을 잘 수가 없어.
양 감독	불면증이 있으시군요.
장 씨	내가 융거리안 뉴로사이카이어트리스트 센터에서 본 적이 있어.
양 감독	어디요?
장 씨	그게 언제냐면……. 정신병원.
양 감독	네? 정신병원엔 왜 들어가셨어요?
장 씨	틀림없어.
양 감독	누구를 보셨는데요?
장 씨	당신. 양주일 감독.
양 감독	네? 저를요? 어떻게요?
주 감독	아까 무슨 정신병원이라고 하셨어요?
장 씨	기억하면 안 되는 걸 기억하는 게 병이라는 거야. 그런 걸 치료라고도 하지만.
주 감독	융거리언이라고 하신 거 같은데……. 융거리언이라면…… 칼 융 학파를 말하는 거 아닐까요?
양 감독	이 할아버지가 어떻게 칼 융을……?
주 감독	할아버지에겐 그저 정신병원의 고유명사일 뿐인지도 모르지만요.
장 씨	시간이라는 게…… 나도 몰라. 여기 좋잖아. 청소나 하고 나무나 가꾸고 새랑 놀고……. 어제 그젠가, 고라니

가 새끼들 데리고 와서…… 노는데, 할맘이 들어오니까 순식간에 달아나버렸어. 망할 할망구 같으니.

주 감독 부인은 연세가 몇이세요?

장 씨 누구 부인?

주 감독 선생님 부인 연세가…….

장 씨 기억도 못 하는 놈이 누구를 진단하고 치료하겠어.

양 감독 누구를 치료하셨는데요?

장 씨 길이 있어도 안 보여. 못 봐. 저기 감나무 위에도 있고 물 밑에도 있고 산 중턱에도 있고…… 다 있어. 찾으면 다 나와.

양 감독 어디로 가는 길인데요?

장 씨 길이 토끼풀처럼 봄이 되고 때가 되었다고 저절로 나오는 게 아니야. 누가 만들어야 길이 생기는 거지.

주 감독 네, 그렇죠.

장 씨 봤어, 시간을? 뒤엉키고 꼬일 대로 꼬인 삶이 있고 그 곡절이 있을 뿐이고, 그걸 편의상 시간이라 부르는 것뿐이지. 시계는 있을지 모르지만 시간? 그런 거 없어. 여기가 오늘이라면 내일은 어제가 될지도 몰라. 한순간이 여긴 밤이고 저긴 낮이야. 여긴 순간이고 저긴 천 년이야. 저기는 오늘이라면 여기는 천 년 뒤가 될지도 몰라. 무슨 시간? 작년이 한순간 뒤고, 내년이 오백 년 전일지도 몰라. 당신들 시간 계산으로 말하자면 그렇다는 거야. 그런 놈의 걸 뭐에 써? 여긴 밤이지만 저긴 한밤이라면서. 이해가 안 돼?

양 감독 위치가 다르면 당연히 밤낮이 다르지요.

장 씨 그런 게 있다고 믿는 건 속는 거야.

양 감독 그런가요?

장 씨 속임수라고.

주 감독 속는 것이기도 하고, 속임수이기도 하고. 그렇다는 건가요?

장 씨 이 나무토막, 이건 시간이 아니라고? 내 눈엔 보이는데. 인간이 겨우 몇 년 살다 죽으니까 이해를 못 하는 거요. 잠깐 아웅다웅 살다 죽으니까 철딱서니가 없어. 청맹과니나 마찬가지야. 하루 일주일 한 달 한 해…… 그런 거 없어. 여긴 1번지 저긴 2번지, 여긴 한국 저긴 일본, 그런 것도 없어. 인간이 얄팍한 생각으로, 게다가 욕심까지 더해져 멋대로 만들어낸 장난감 같은 거요. 장난감 배로 바다를 건널 수 있겠어?

양 감독 재밌어지네, 이거.

장 씨 우리가 시간이고 우리가 살고 죽는 게 다 시간의 파편들인데.

주 감독 어떻게 그런 걸 다 아세요, 장 선생님은?

장 씨 난 몰라. 알면 이러고 살까. 인간에겐 오감뿐이지만, 괜시리 하나를 더해서 육감이라고도 하지만, 이놈의

세상은 칠만구천 감으로도 다 알 수가 없어. 알면 알수
록 모른다는 걸 알 뿐이지. 이 돌멩이 하나가 뭔지도
몰라. 석회암이니 현무암이니 하지만…… 터무니없
어. 먼지 같은…… 그런 거 하나 겨우 아는 주제에 나
는 잘나고 너는 못나고 하며 싸움질이나 하지. 붕어 비
늘 하나보다 더 가벼운 것들인데.

양 감독   그렇군요.

주 감독   공부를 참 많이 하신 거 같아요, 장 선생님.

장 씨   공부가 저주요. 그런 저주가 없어.

양 감독   그래서 공부를 많이 하셨습니까, 안 하셨습니까?

장 씨   공부는 무슨 공부. 자다 깨면 다른 세상인데. 처음엔
당황했지만 이젠 그러려니, 하고 거기 눌러 삽니다. 그
수밖에 없으니까.

양 감독   언제부터 그렇게 되셨습니까?

장 씨   언제부터냐면…… 참 말하기 애매하지. 고려 때부터
라 할까요, 단군 때부터라 할까요? 지금이 아니니 뭐라
할까. 나도 헷갈리거든. 내가 지금 나인지 아닌지, 지
금이 지금인지 아닌지, 그때 살던 내가 지금 사는 나랑
같은 사람인지 다른 사람인지……. 생시였는지 꿈이
었는지, 내 일이었는지 남의 일이었는지, 그저 남의 얘
기를 들은 것은 아닌지……. 얘기하려면 헷갈리지만
어디든 막상 살 때는 헷갈리지 않지요. 그냥 사는 거니

까. 은행나무가 살듯 직박구리가 살듯. 감독님들, 지금 사는 게 헷갈리시오?

양 감독 여러모로 아주 많이 헷갈립니다.

장 씨 아예 잠을 자지 않은 적도 있지요. 엉뚱한 데서 깨어나기 싫어서. 일 년 열두 달 한숨도 안 자고 악착같이 버티다가 잠깐 졸았는데 그만 엉뚱한 데서 깨어나면…….

주 감독 그곳을 떠나기 싫었던 모양입니다.

장 씨 호랑이 잡으러 다녔는데…… 백두산 호랑이가 태백산에서 물 먹고 지리산에서 짝짓기 하던 시절이었으니까. 호랑이 껍질 한두 장이면 색시집에서 몇 달 계집 끼고 넉넉히 지낼 만합디다. 깃치리는 년하고는 속정도 흠뻑 들었는데 깜빡 졸다가 그만…….

양 감독 혹시 깨어났더니 정신병원이더라, 그런 적은 없습니까?

장 씨 융거리언 제너럴 뉴로사이카이어트리스트 센터에서 깨어난 적이 있지요. 72층 병동.

주 감독 72층? 병원 전체가 도대체 몇 층이기에……?

장 씨 112층짜리 병동이 셋. 난 시드니에서 출퇴근했는데, 한 오십 분 걸립디다.

양 감독 환자가 아니라 의사였다는 건가요?

장 씨 글쎄, 아마…….

주 감독	웬 정신병자가 그렇게 많았을까요?
장 씨	그때 정신분열증 우울증 다중인격장애 경계장애 노동장애 보행장애 수면장애 같은 증상이 갑자기 만연해서…… 말해도 이해하기 어려울 거요. 그걸 규명하기 위해 글로벌 거버너에서 송도에 글로벌 뉴로사이카이어트리스트 센터를 건립했지요.
양 감독	아까는 제너럴이라고 하셨는데요.
장 씨	글로벌.
양 감독	융거리언 제너럴, 이라고.
장 씨	기억이 애매해. 내 기억만? 양 감독님 기억은요? 안 애매해? 전 세계 환자들이 다 그곳에 모여들었어요. 가짜 환자들도 적지 않았지. 살기 귀찮아진 연놈들이 저마다 보따리 싸들고 몰려들었거든. 센터 주변에서 구걸에 도둑질에 사기에 야바위에 도박에 노상강도에……. 담요 하나씩 덮고 살면서 입원 순서를 기다렸어. 센터에서 나눠 준 번호표를 암거래하는 놈들도 생겨나고…… 아주 시끄러웠어. 그 자체가 새로운 증상이 되어 융거리언 디스오더라는 병명이 생길 정도였으니까.
주 감독	또 융거리언?
장 씨	센터 주변이 곧 슬럼화되었어. 그놈들끼리 이스트윙이니 웨스트윙이니 하고 패를 나눠 싸우고 죽이고 난리를 벌이는데, 나중에 센트럴윙까지 생겨납니다. 이스

트윙이 제일 거칠었는데 거기 두목 노릇 하던 놈이 자칭 융거리언 닥터였지. 맞아, 아 그건 기억이 나네.

양 감독 그게 도대체 언제적 얘깁니까?

장 씨 맥주 먹다가 화장실 가기 전이었던가……. 남들은 안 그런가?

주 감독 양 감독님, 인터뷰 계속할 건가요? 무슨 말인지 도대체…….

장 씨 다른 데서 깨어나면 그때부터 기억이 희미해져. 잊어버린 게 많지. 나도 한군데서 조용히 살았으면 좋으련만. 나만 이러는 건지, 이렇게 사는 사람들이 또 있는 건지……. 나처럼 입 다물고 사니까 알려지지 않은 것뿐인지도 모르니까. 혹시 감독님들도 어디 다른 데서 살다 온 거 아니오?

양 감독 글쎄요.

장 씨 그래. 기억을 못 하는 것뿐일 거요. 그렇지? 내가…… 양 감독님을 본 적이 있거든.

양 감독 네? 어디서요?

장 씨 센터에서.

양 감독 정신병원 말입니까?

장 씨 융거리언 닥터를 참 많이 닮았어. 아까부터 융거리언이라는 말에 그토록 신경을 쓰는 이유가 뭐지?

양 감독 전혀 기억이 나지 않는 이유가 뭘까요?

장 씨   바로 그거야. 기억이 안 나는 것.

양 감독   아무래도 그건 미래에 벌어질 일 같은데요.

장 씨   아무리 얘기해도 소용이 없구먼. 미래도 과거도 없다
         니까. 시간이라는 게 있다 해도 일직선으로 가는 게 아
         니야. 뒤틀리고 엉키고 뒤집히고……. 날 보고도 모르
         겠어?

양 감독   장 선생님은 앞으로 벌어질 일도 기억의 형태로 아신
         다는 겁니까?

장 씨   그게 뭔 소린지도 모르겠는데?

주 감독   미래를 살다 오셨으니까 아실 것 같은데요.

장 씨   그런 건 모자란 인간들 머릿속에나 있다니까. 머릿속
         에 있는 것도 아니야. 있다고 착각하는 것뿐이지. 누가
         무슨 수로 미래를 살아? 깨어날 때부터 얼마나 고통스
         러운데. 후회스럽기도 하고. 이 짓을 당장 그만둘 수만
         있다면 무슨 짓이라도 하겠는데……. 아주 오래된 기
         억 같은 게…… 있기는 한데. 아주 어린애가 허공에 대
         고 절을 하고 있어. 눈물까지 흘리면서 일고여덟 살이
         나 되었을까. 그게 기도를 하는 건지 그저 조상들한테
         소원을 비는 건지는 모르겠고. 하늘을 쳐다보면서 뭔
         가 중얼거리는데, 그게 뭐냐면 완벽해지게 해달라는
         것 같아. 뭘 완벽해지게 해달라는 건지는 모르겠어. 기
         억이 안 나. 그 어린애는 눈물까지 흘리며 간절히 기도

를 해. 그 어린애가 누구였는지도 모르겠어. 그런데 그 때문에 이런 일이 벌어지는 것 아닌가 하는 생각이 좀 종 들기는 해. 기억이라는 게 이렇다니까. 내가 나무였던 적은 없을까? 꿩이었던 적은? 사냥꾼이었던 적은? 우린 기억 못 해.

아이고, 내가 입을 다물어야지. 기억이 날 둥 말 둥 하는 얘기들이야 많지만……. 기억이 워낙 애매해서…….

양 감독 걱정 말고 해보세요. 재밌는데요.

주 감독 해주세요. 제발요.

장 씨 무슨 백직인지 영의정인지 왕인지 대통령인지 하는 놈이 사람들 앞에 버텨 서서 소리치는 거야. 저놈들의 창자를 몽땅 뽑아 가야금 줄을 만들고 해금 줄을 만들고 거문고 줄을 만들어라! 그다음, 그 악기들을 연주하며 온 나라가 잔치를 벌여. 딱 그것뿐이야. 앞뒤는 전혀 기억이 안 나. 내가 그렇게 소리치는 놈인지 창자를 뽑히는 놈인지 그저 구경하는 놈인지, 악기를 연주하는 놈인지, 놀아나는 놈인지 그런 것도 모르겠어. 재미없지? 고만하는 게 낫겠지?

양 감독 아닙니다. 재밌어요.

장 씨 그런데 이게 전혀 터무니없는 기억이 아니라는 것은 분명해. 왜냐하면 또 이런 기억이 있거든. 내가 고양이를 죽여서 창자를 뽑아내고 있어. 그 창자를 몇 달을 말려서 바이올린 줄 첼로 줄을 만들어. 그 악기 소리가 좋다고 소문이 나서 음악하는 사람들이 돈 보따리를 싸들고 날 찾아와. 비발디도 오고 파가니니도 오고……

양 감독　돈 많이 버셨겠네요. 그 돈으로 뭐 하셨어요?

주 감독　파가니니요? 비발디……?

장 씨　해가 두 개가 있는데, 어떤 괴물이 활과 화살을 가지고 계속해서 그 해를 쏴. 해가 뜰 때부터 질 때까지, 날이면 날마다 거기 대고 화살질을 해. 해 하나가 나중에 겁이 나서 도망을 갔다는 거야. 그게 달이래. 그 괴물들이 사람을 잡아다 구덩이에 가둬놓고, 사람 심장에다가 빨대를 꽂고 맨날 피를 빨아 먹어. 그 구덩이에 똥도 싸고 오줌도 싸. 사람들은 그걸 먹어. 괴물들이 아주 가끔은 사람들에게 나무뿌리나 소금덩이를 던져줘. 그러면 사람들은 서로 그걸 차지하려고 싸움질을 벌여. 그러다 죽기도 해. 그걸 차지한 놈들은 소중히 간직하고 아껴가며 빨아 먹어. 괴물들은 구덩이 주위에 의자를 늘어놓고 앉아서 빨대로 피를 쭉쭉 빨아 먹으면서 문화와 예술에 대해 논하고 정의와 질서에 대해 논쟁을 벌이고 대학교 입시 제도를 개선하기 위해 회의를 하고 음악회를 열어 박수갈채를 보내. 사람들이 키가 조금씩 커. 잡초처럼. 칠 미터까지도 크고 십 미터까지 크기도 해. 그때쯤이 되면 사람들은 구덩이에서 탈출할 계획을 세워. 그런데 사람마다 다 계획이 달라. 오늘 나가자 내일 나가자 밤에 나가자 낮에 나가자 왼쪽으로 나가자 오른쪽으로 나가자 머리부터 나가자 발부터 나가자 손으로 기어 나가자 당당히 걸어 나가자 나무뿌리를 군량으로 삼자 소금덩이를 군량으로 삼자 음악회 때 나가자 영화제 때 나가자 도망가서 달이 되어버린 해를 되찾아와야 한다 그건 시간이 너무 걸리니 해를 새로 만드는 게 낫다……. 사람들 키가 구덩이 테두리에 닿을 정도가 되면 구덩이 속에서 전기톱이 나타나서 사람들 정강이를 한 번씩 스윽, 자르고 사라져. 다시 키가 줄어들고 사람들은 잠잠해져. 그러면 또 거기서 남녀가 만나고 애도 낳고 노래도 하고 공부도 하고 살아.

아무리 봐도 사람이나 괴물이나 생긴 게 똑같아. 그런데 그것들은 절대로 그렇게 생각하지 않아. 구덩이에 빠진 건 사람, 구덩이 위에 있는 건 괴물, 이렇다는 거지. 디엔에이가 다르네, 혈액의 구조가 다르네, 진화 유형이 다르네 하면서 절대로 다른 종이라고 믿어.

양 감독 한쪽은 사람 다른 쪽은 괴물이었다면서요.

장 씨 강이 있는데 폭이 천 리가 넘어. 그 강을 건너면 천 리가 넘는 숲이 나오고, 그 숲에는 천 리가 넘는 넝쿨을 늘어뜨린 나무들이 자라는데, 그 넝쿨들이 엉키고 또 엉켜 땅속에 박히면 또 거기 뿌리가 내리고 또 나무들이 자라고, 또 넝쿨이 나오고 또 뒤엉키고……. 거기 사는 사람들은 눈썹이 십 리고 코가 십 리여. 다리는 없고 팔이 여섯 개여. 입이 있으나 말을 않고 육십 개의 손가락으로 서로 뜻을 통해. 말 잘하는 사람은 손가락이 한자처럼 복잡하게 뒤엉켜 있어. 그린 사람들이 거기선 학자여, 학자. 넝쿨을 잘라 거기서 나오는 무지개색 즙을 먹고 살아. 천 년 이상을 살다 넝쿨을 타고 하늘로 올라가며 꼭 한 번 노래를 부르는데, 그 노래가, 그 노래를…… 못 들었네. 중간에 그만 잠이 드는 바람에…….

주 감독   참 안타깝습니다.

장 씨   일곱 개의 큰 바다를 넘고 일곱 개의 큰 하늘을 지나가면 붉은 모래로 뒤덮인 해변이 나와. 그 바닷가에는 십 미터 높이의 파도가 들이치고, 붉은 모래밭이 눈이 닿는 곳까지 길게 펼쳐져 있어. 해변을 지나면 잎이 붉은 단풍나무들이 아득하게 우거졌는데, 굵기가 사오십 미터를 넘어 사람들이 그 둥치 속에 집을 짓고 살아. 혀가 붉고 치아도 붉고 손바닥 발바닥이 붉고 손톱 발톱이 붉은 그곳 사람들은 새의 부리처럼 생긴 입을 가지고 있어. 너, 나, 라는 인칭대명사가 없고, 사람들은 이름이 없어 서로 이름을 부르지 않아. 아침에 눈을 뜨면 모두들 바닷가에 모여 앉아 하루 종일 하늘을 바라보며 새들을 기다리는 게 그 사람들이 하는 일이야. 온 세상 새들이 다 그곳에 와서 죽어. 새들이 날아와서 붉은 모래사장에 떨어져 죽으면 파도가 휩쓸어가기 전에 얼른 집어다가 장례를 치르는데, 음식을 만들고 음악을 연주하고 춤을 추고…… 잔치도 그런 잔치가 없지. 까마득한 옛날 그 조상들이 새들을 수천만 마리를 세상에 내보냈는데, 그 새들이 다 죽는 날이 세상의 끝이라고 했다는 거야. 새들이 와 죽을 때마다 그곳 사람들은 슬퍼하면서 또 기대를 해. 세상이 끝나면 곧 옛 조상들이 다시 나타나 새로운 세상을 만들 것이요, 새로운 새들을 세상에 내보낼 것이고, 그리되면 새들이 이곳에 날아와 죽는 일은 더 이상 벌어지지 않으리라는 게 그 사람들의 믿음이야. 그 고장을 붉은…… 붉은…… 아, 기억 안 나. 붉은 뭐, 라고 했는데.

양 감독   붉은…… 뭐라구요?

장 씨   빛이 없는 곳도 있어. 어둠이 없는 곳도 있고. 글자 없는 곳, 사람 없는 곳도 있어. 하지만 사람 없는 곳에 내가 어찌 갔을까. 나는 거기에서 무엇이었을까…….

주 감독   귀신이었다면……?

장 씨	기도하는 꼬맹이를 만났을 때 꼭 해줘야 하는 얘기가 있었는데.
양 감독	그게 뭔데요?
장 씨	기도 같은 거 그만두고 그냥 살라고. 우산이라도 고치면서 살다가 그저 때가 되면 조용히 엎어져 죽어버리라고.
주 감독	하필이면 우산을…….
장 씨	우산 고치는 게 참 좋은 일이야. 비가 와도 눈이 와도 햇빛이 쨍쨍해도 우산은 필요하거든. 그거 좀 배울까. 또 잠들기 전에.

형광빛
오르가슴

갑자기 전등이 꺼지자 소란하던 실내가 고요해졌다. 모두가 입을 다물고 어둠 속을 멍하니 응시하며 갑자기 혼자가 되어버린 자신을 발견하고 침울해졌고, 그 어둠으로부터 자신을 보호하기 위해 움츠러들었으며 적의를 느꼈고 두려웠고 답답했으며 속히 어둠으로부터 벗어나고 싶었다. 그 잠시의 순간, 장(場)이 바뀌고 무대장치가 바뀌고 그 어둠을 틈타 인물들이 퇴장하고 새로운 인물들이 등장하는 그사이, 안개는 물 위를 달리고 숲을 건넜으며, 물은 물을 떠밀고 헤치고 뒤섞이고 거품을 뿜어내며 내달았고, 별들은 보이지 않는 광막한 우주를 건너 우주의 변두리로 떠밀려갔으며, 오스트레일리아의 거대한 사막 한가운데 자리 잡은 머치슨 천문대 망원경은 그 별들의 신호를 데이터베이스에 옮겼다.

뭐야 이거. 왜 이래. 어떻게 된 거야. 초 없어? 이런 소리들이 터져 나온 것은 그 잠시의 시간이 흐른 뒤였다. 한 장군이 라이터를 컸다. 희미한 빛 속에 얼룩덜룩 연우의 얼굴이, 성근의 이마가, 영서의 콧날이, 정아의 붉은 입술이 띄엄띄엄, 사라졌던 조각 그림처럼 드러났다. 그들은 라이터 불빛 속에서 뭔가를 발각당한 듯 당황한 기색이었다. 정전인가, 고장인가? 이 사람들, 그사이에 키스했구먼. 음? 정말? 정전은 고장이 아닌가? 안개 때문인가, 이게? 안개 때문에 전기가 방전되어버린 거야? 허공으로? 북한 간첩이 전선줄을 끊었어? 유언비어가 이렇게 만들어진다니까. 누군가가 신경질적으로 웃었다. 그러니까 집집마다 소형 발전기를 갖춰둬야 해. 그런 세상이 되고 만 거야. 그 발전기 연료는 누가 담당하는데요? 각자 알아서 해야지. 니 집 연료를 누가 갖다 주나? 수많은 발전시설 변전시설 송전시설 배전시설 고압전선탑 고압전선줄 등등에다 지상·지하의 각종 전선 같은 걸 유지하고 관리하는 중앙집중화된 체제는 이제 비효율 고비용 때문에 이 무한 경쟁의 정글에서 생존과 유지가 불가능해진 거야. 그러다 물까지 공기까지 다 개인이 알아서 하라는 소리 나오겠네요. 좋지요, 뭐. 알아서 하고 돈 안 내는 거니까. 돈 안 내면 다 좋은 건가. 국가는 뭘 하겠다는 거지요? 도둑이나 잡는 거지요. 그야말로 경찰국가네. 당신 지금 야경국가하고 경찰국가하고 혼동한 거지? 이런. 오막살이 정전사고 때문에 온갖 국가론에 정치철학까지 다 나오겠네. 도둑은 뭐 하러 잡아줘요? 지들이 도둑인데 그놈들이 도둑을 잡겠어? 천만 원을 훔치면 도둑이지만 천억 원을 훔치면 정치다, 그런 말은 없습니까? 도둑도 개인이 알아서 잡으라고 하지요. 그것도 나쁘지 않겠네. 파출소 경찰서 검찰 법원, 그런 거 유지하느라 좀 비용이 많이 듭니까. 좋고말고요. 경찰 검사 판사 다 실업자 되는 겁니까? 차라리 우리가 다 도둑이 되는 게 낫지 않을까? 검사도 판사도 되고? 여기다 청석골을 차려요? 청석골은 청석골에 차려야지 왜 두물머리에다 차리냐? 아이, 누군가 비명을 질렀다. 저 창문에 안개…….

　창에 안개가 가득 밀려와 몸을 비벼대고 있었다. 희미한 라이터 불빛이 간신히 창에 비쳐 창밖의 흰 쌀죽 같은 안개가 엿보였다. 창을 열어달라고 몸부림치는 것 같기도 하고 물처럼 창을 부술 기세인 듯 보이기도 했다. 창을 열면 이내 안개의 범람으로 그들 모두가 휩쓸려버릴 듯했다. 안개야 구름이야, 저거. 누군가 탄식하듯 중얼거렸다.

　아야. 미안. 왜 그래? 포크를 밟았어요. 쥐가 아니라? 누군가 웃었고, 누군가 말했다. 초 같은 건 없어요? 초는 신발장에 있었다. 이곳 형편에 다소 익숙한 한 장군이 초를 찾아와 불을 켰다. 걱정 마요. 이 집엔 아주 굉장한 일꾼이 하나 있는데, 장 씨라고, 무슨 일이든 못 하는 게 없어요. 도깨비방망이를 갖고 다니는 것 같아. 그 사람이 금세 나타나서 뚝딱 고쳐줄 겁니다. 아침부터 저녁까지 이 큰 펜션 일을 혼자서 다 한다니까. 그렇지, 김 사장? 촛불이 희미하게 비치는 공간에 풍등처럼 얼굴이 여기저기 떠다녔다. 이제 숨 좀 쉬겠네. 간첩 어디 갔어? 잡으시게요? 이제부터 각자가 잡기로 한 거 아닌가? 너무 캄캄하면 갑갑해요. 안개에 정전에…… 날

참 잘 잡았네요. 어두운데 왜 숨을 못 쉬지? 숨을 빛으로 쉬는 사람도 있나요? 빛에 산소가 함유되어 있답니다. 누가 그래요? 인간의 피부가 빛을 감지한다는 연구도 있습니다. 눈만이 아니라 피부로도 본다는 거지요. 다만 보는 매체가 다를 뿐이지요. 그렇다면 내 피부는 틀림없이 장님이구먼. 『사이언스앤리서치』 최근 호에 발표되었답니다. 초만 켜고 있어도 좋은데요. 기계 계속 돌려? 이 촛불로? 낭만적이겠네. 차분해지는 것 같아요. 옛날 일부러 촛불 켜놓고 시험공부 하던 기억도 나구요. 난 촛불 켜놓고 공부해본 적은 없지만 담배 피워본 적은 있습니다. 담배 냄새 안 난다고 해서. 어머니한테 들켜 죽도록 얻어맞았지요.

시헌은 손전등을 찾아 들고 객실을 나섰다. 강 건너편의 전등을 내다보면 동네 전체가 정전인지 이 집만의 고장인지를 알 수 있었다. 그러나 안개 때문에 강 건너편은 전혀 보이지 않았다. 고개를 꺾어 살림집 쪽을 쳐다보았으나 역시 보이는 것은 안개뿐이었다. 일단 두꺼비집으로 가보는 수밖에 없었다. 어쩌면 장 씨가 벌써 내려갔는지도 모른다.

안개와 어둠을 헤치고 그는 걷기 시작했다. '봄' '여름' '가을' '겨울' 네 동의 객실 건물과 연결된 배전판은 '겨울'의 지하에 자리잡고 있었다. 물소리가 높아져 그의 발목에 감기는 듯했다. 발이 자꾸 헛놓였다. 나무 계단과 돌계단, 풀밭, 자갈길, 다시 나무 계단과……. 천지에 물소리뿐이었고, 그 소리 때문에 적막감이 더 도드라졌다. 안개가 목을 스치며 흘러다니는 듯한 착각에 빠져들

며 그는 부지런히 걸음을 옮겼다. 얼마 전 읽은 〈투기꾼들〉의 시
나리오를, 아침에 은행나무 가지 꼭대기에 올라앉아 있던 어머니
를, 그녀가 어머니인지 할머니인지를 생각했다. 가까워졌다 멀어
지고 넘쳤다가 잦아드는 물소리처럼 그런 생각들이 무심코 떠올
랐다가 사라졌고, 적막감이 어깨를 지긋이 눌러오는 것을 느끼며
그는 '겨울'의 지하실로 들어섰다.

지하실 전등 스위치를 올리자 전등이 멀쩡이 켜졌다. 그는 손전
등을 끄고 배전판으로 다가갔다. 정전이 아니었다. 정전이라면 펜
션 전체에 전등이 들어오지 않을 것이다. 퓨즈가 탄 것일까. '봄'
의 퓨즈만? 시헌은 배전판을 문을 열고 안을 들여다보았다. 커다
란 주 스위치 오른쪽에 각 건물로 연결되는 스위치들이, 그리고
전등, 전열, 난방, 냉방으로 이어지는 스위치가 일목요연 드러났
다. 퓨즈는 멀쩡했다. 각 스위치의 연결을 끊었다가 다시 잇는 방
식으로 하나하나 확인했다. 객실 '봄'에 이르러서야 그는 스위치
바로 밑에 퓨즈가 하나 얌전히 놓여 있는 것을 발견했다. 이게 무
슨 일일까. 퓨즈가 혼자 거기 떨어졌을 리는 없었다. 그는 꼼꼼히
퓨즈를 다시 연결하고 스위치를 올렸다. 계기판의 푸른 신호등이
깜빡거리다가 멎었다. 전기가 연결되었다는 신호였다.

시헌은 한 장군에게 전화를 했다. 불 들어왔어? 들어왔어. 어서
올라와. 카드는 벌써 돌아가기 시작했어. 한 장군의 말 너머로 웃
음소리가 밀려들었다. 시헌은 전화를 끊고 계단을 향했다.

그때 계단 밑의 어둠 속에서 그녀가 나타났다. 안미순이었다.

여기서 당신을 기다리다가……. 그녀가 머뭇머뭇 말했다. 붉은 트렌치코트에 붉은 운동화를 신고 있었고, 운동화에 흙과 풀이 묻어 있었다. 라일락 향기 같은 것이 시헌의 코끝을 스쳤다.

그제야 시헌은 자신이 하루 종일 그녀를 생각했다는 것을 깨달았다. 그가 말없이 미순을 껴안았다. 그녀의 입술이 그의 입술을 찾았고, 두 사람의 팔다리가 굳게 서로의 몸을 찾아 결박했다. 뜨거워진 몸이 서로의 체온을 찾아 급히 옷을 떼어냈다. 시헌의 몸이 드러났다. 아아아아. 미순의 입에서 감탄사가 불꽃놀이처럼 피어났다. 그녀는 곤두선 시헌의 성기를 그러쥐었다. 그것은 퍼렇게 번쩍거리고 있었다. 빛이 무척 강해요. 늘 이래요? 불을 꺼봐요. 시헌은 전등을 껐다. 사방이 캄캄해졌다가 그의 성기가 발하는 형광빛으로 차츰 희미하게 다시 모습을 드러냈다. 지하실이 낯선 푸른색 공간으로 되살아났다. 미순의 흰 몸이 푸르게 물들고 그녀의 눈이 푸르게 번득거렸다. 왜 이러는 거죠? 언제부터 이랬어요? 어릴 때부터. 아니, 몰라. 아마 열댓 살쯤부터? 이미 지난번 나눈 적이 있는 대화였다. 그때는 미순은 쉽게 그 형광빛 물체에 손을 대려 하지 않았다. 커질수록 그의 성기는 더욱 짙은 형광빛을 띠었고, 그 형광빛은 아랫배로 허벅지로 퍼져 나갔으며 차츰 그의 온몸이 형광빛이 되었다. 두 사람의 몸이 하나가 되어 더욱 뜨거워지기 시작하면서 미순의 몸까지 희미하나마 푸르게 물들어갔다. 아아, 내 손을 봐요. 그녀가 가쁘게 숨을 몰아쉬며 말했다. 희미하게 푸른빛을 띤 손가락 끝에서 더욱 짙은 형광빛이 된 손톱이 빛나고 금세라도 투명해질 듯 아른거렸다. 당신 얼굴, 당신 귀, 당신 등까지……. 내 귀도 그래요? 당신 입술도 당신 혀도……. 아아 아아……. 그녀의 몸에서 달래 냄새 미나리 냄새가 나고, 계피 냄새가 나고, 깻잎 냄새가 나고, 라일락 꽃향기가 나고, 젖은 신문지 냄새가 나고, 그 향기가 짙어지고, 그 냄새가 어우러져 그들의 푸른 공간 가득 넘쳐나고, 넘쳐나 바깥으로 안개 속으로 흘러 나가고, 안개와 더불어 바람을 타고 밤 속으로 떠다니고 물 위로 떠다니고……. 아아아아……. 안개 속으로 그녀의 형광빛 오르가슴이 퍼져 나갔다.

　한 이병 여기 와 있지요? 미순은 한 장군을 한 이병이라고 불렀다. 그 사람 권총 기지고 뭐 한대요? 권총이라니? 몰랐어요? 아까 권총 챙겨가지고 나갔어요. 권총을? 왜? 그 사람이 옛날 현역 때 독일 연수 갔다가 돌아올 때 몰래 들여온 게 있어요. 그가 시헌과 미순이 이런 관계라는 것을 아는 것일까? 그럴 리 없었다. 한 이병은 그걸 알면서 모르는 척해줄 줄 아는 인간이 아니었다. 가끔 외출할 때 그렇게 가지고 다녀요. 한때는 성묘 갈 때 차 안에 제사음식과 함께 넣어 다닌 적도 있었다. 성묘 때? 왜? 그걸 미순이 어찌 알겠는가? 당신하고 골프 치러 나갈 때도 몇 번이나 들고 나갔는걸요. 뭐라고? 조심해야겠네. 왜 그러지? 미순이 웃었다. 그녀가 이유를 알 리 없었다. 어쩌면 한 이병 자신도 알지 못할 것이다. 그는 총을 지니고 다니면 마음이 안정되는 것 같고 용맹심이 생기는 것도 같다고 말한 적이 있었다. 그 사람이 군대에 있을 때 특등

사수였어요. 박정희 때도 그렇고 전두환 때도 그렇고, 청와대 경호실로 들어오라는 제안을 몇 번이나 받았는지 몰라요. 군인이라는 걸 천직으로 생각하는 사람이라서 악착같이 거부했지요. 예편하고 나서 한 사오 년 동안 그는 늘 차에 권총을 싣고 다녔다. 이놈들을 내가 죽여버릴 거야. 그 무렵 그가 입에 달고 산 말이었다. 누구를? 아침에 일어나면서 내가 이놈들을…… 벽에 못질을 하다가도, 골프채를 매만지다가도, 이놈들, 이 더러운 놈들, 하고 중얼거렸다. 심심하면 총을 분해하고 조립하기를 반복했다. 이놈들이라는 게 누군데? 그런 놈들이 있나 봐요. 그는 부당하게 예편당했다고 믿었고, 그의 예편을 계획하고 집행한 비열한 자들의 일당이 있다고 믿는 것 같았다. 그러나 예편 신청을 하고 예편을 고집한 것은 그 자신이었다. 차라리 그때가 나았어요. 그땐 그래도 뭔가 해야 한다고 생각하는 일이라도 있었으니까요. 그것도 다 착각에 지나지 않았지만.

총을 가지고 다닌다는 것 자체가 위험한 짓이지. 미국처럼 아무나 총을 지니고 다니는 세상도 아니고. 그 사람 군인이었어요. 한 이병에게는 총은 숟가락 젓가락이나 다를 바 없어요. 과연 그런가. 시헌에게는 숟가락과 총을 나란히 놓을 수 있다는 것이 놀라웠다. 군인 부부는 그럴 수 있는 것일까. 그는 갑자기 미순이 낯선 사람처럼 여겨졌다. 실로 낯선 사람이나 다름없었다. 이처럼 때로 불현듯 만나 남몰래 섹스를 한다 해도 그들이 서로에 대해 아는 것은 지극히 한정되어 있었다. 그러니까 오히려 섹스는 달콤할지

112

모른다. 낯선 섹스니까. 그들은 서로 더욱 낯설어지기 위해 노력하는 편이 나을지 모른다. 섹스를 위해? 그녀가 웃어댔다.

미순과 한 장군은 낯설지 않을 것이다. 삼십 년 동안 한 집에서 살아온 부부니까. 부부라 하여 꼭 낯설지 않은 것일까. 한 집에서라뇨. 애들 좀 큰 다음엔 난 서울에서, 그 사람은 전방에서, 그렇게 떨어져 살았는데요. 주말에나 만나고. 한 달에 한두 번 겨우 만나며 산 기간도 꽤 돼요. 미순은 그들이 낯선 부부라는 것을 얘기하고 싶은 것일까. 어째서? 시헌은 그들이 부부라는 것을 잘 알면서도 그들이 낯선 사이가 아니라는 것이 낯설었다. 언젠가부터 그렇게 되었다. 한 장군의 발길질에 쫓겨 속옷 차림의 미순이 처음으로 시헌네 살림집으로 뛰어든 날부터. 그것이 벌써 2년 전이었다.

당신들 두 사람이 부부라는 게 낯설고, 당신들 두 사람이 부부라는 걸 낯설어하지 않는 당신이 낯설고, 저 위에 한 장군이, 그리고 여기에 당신이 와 있다는 것이 낯설고……. 화났어요? 내 말에 화났느냐 묻는 당신도 낯설고……. 미순은 웃었다. 조금 신경질적이고 조금은 방어적인 웃음소리가 조금 전 그들의 오르가슴으로 푸르게 빛나던 어두운 공간에 낯설게 메아리쳤다. 창이 흔들렸다. 반지하실 벽면 꼭대기 부근에 옹색하게 마련된 창이었다. 소스라쳐 미순은 그쪽으로 고개를 틀며 시헌에게 다가앉았다. 아. 그녀의 목에서 짧고 질린 비명이 새어 나왔다. 바람이었다. 다시 한 번. 또 한 번. 바람이 창을 떠밀었다. 한 장군인 줄 알았어? 그가 물었다. 미선은 대답하지 않았다. 시헌은 그가 총을 지니고 있다는 사실을 떠올렸다. 다시 올라가 한 장군을 대면해야 한다는 것이 꺼려졌다. 일말의 두려움 또한 없지 않았다. 총은 군인에게 숟가락과 같다는 미순의 말이 이제 냉정한 진실처럼 여겨졌다. 결국 총은 군인에게 밥벌이 수단이었다.

불 켤까? 아뇨. 형광빛이 사라진 지하의 어둠 속에서 사방의 벽들이, 금속판들, 계단, 작은 창과 어둠이 늙은 연인의 속삭임을 메아리로 만들어 반사했고, 그럴수록 그들의 속삭임은 더욱 작고 은밀하고 뜨거워졌다.

몇 년이 더 지나는 사이 한 이병은 하고 싶은 일도, 의지도 없는, 아무런 욕망마저 느끼지 못하는 사람처럼 변해버렸다. 식욕도 성욕도 거의 사라졌다. 과식하는 버릇이 생겼으나 그것이 식욕 때문이 아니라는 것을 미순은 알았다. 급히 많이 먹는 것, 식탁에 오르는 음식을 모조리 먹어치우는 것은 삼십 년 군대 생활로 생긴 버릇이었다. 몸뚱이 이곳저곳 무시무시하게 불어나는 살무더기와 술, 시도 때도 없는 잠, 가끔 이유도 없이 그를 사로잡아 미순을 구타하도록 내모는 분노, 요즘 한 이병을 구성하는 것은 그런 것들이었다. 영국 프로축구 경기가 펼쳐지고 있는 텔레비전 앞에서 리모컨을 손에 쥔 채 소파에 파묻혀 잠든 그를 볼 때마다 미순은 이 인간이 바로 저 뜨겁고 순수한 열정을 지녔던 그 젊은 장교라는 것을 믿을 수 없었고, 그가 이 꼴이 되어 살고 있다는 것을 믿을 수 없었으며, 이 꼴이 된 채로 어째서 사는 것일까 궁금했다. 그러나 어쩌면 그녀 또한 마찬가지가 아닌가. 그들은 사는 이유를 알지 못하는 채로 꾸역꾸역 먹고 꾸역꾸역 미워하고 미련스레 그 미움을 감추고 모르는 척하고 아무 일 없는 부부인 척 꾸미고 살았다. 그러니까 꾸미고자 하는 욕망만이 남았다고 할 수 있을까. 세상을 속이려는 욕망과 의지가 그들을 지탱해주는 셈이었다. 왜 헤어지지 않는가? 헤어지다니? 그런 이유로 헤어졌다가는 세상에 부부가 별로 남아나지 않을 것이다. 정말 그렇게 믿는가? 다행이건 불행이건 그들은 부부로서 삼십여 년을 살아왔으며, 다행이건 불행이건 거기에 익숙해지고 말았고, 다행이건 불행이건, 다른 시도를 해봤자 기실 얻을 것이란 거의 없다는 것을 아는 나이가 되었다. 그런 의지도 욕망도 남아나지 않은 그들에게 가장 두려운 것은 남은 삶이 불안정해지는 것이었다. 그러니까 그들은 그런 점에서 서로를 믿었다. 서로가 품은 그 두려움을, 서로의 지루함을, 지루한 삶을. 믿음이란 또한 이러한 것일 수도 있었다.

한만수 중위는 미순이 대학에 입학하자마자 나타나 그녀의 마음을 사로잡았고, 막무가내로 그녀를 모텔로 끌어들였으며, 그녀가 임신을 하자마자 그녀의 집으로 무작정 밀고들어와 부모님 앞에 무릎을 꿇고 앉아 청혼을 했고, 그리하여 그 어렵게 입학한 한국 유수의 여자대학교에서 2학년 1학기를 채 마치지 못하고 미순은 젊은 장교의 아내가 되었다. 그녀의 나이 열아홉 칠 개월, 젊다기보다 아직 어린 나이였다.

그런데 어째서 한 이병이야? 한 중위, 아니면 한 중사쯤으로는 안 되는 거야? 그가 예편하기 전, 미치광이가 되어버린 그를 감당할 수가 없어 속옷 차림으로 집에서 도망하여 아파트 뒷산에 숨어 오들오들 떨며 밤을 새우다가 그녀는 혼자 군사법정을 열었고, 엄중히 그의 죄를 물어 이병으로 강등시켰다. 그의 예편은 그녀의 재판에 대한 확정인 셈이었다. 그 이래 미순은 그를 진급시킨 적이 없었다.

미순이 벗은 옷이 계단 난간에 걸려 있었다. 붉은색 트렌치코트와 분홍색 치마바지였다. 치마바지의 엉덩이에는 핑크색으로 'PINK'라고 커다랗게 새겨져 있었다. 왼쪽 엉덩이 부분에는 'PI', 오른쪽 엉덩이 부분에는 'NK'였다. 그녀가 즐겨 입는 옷이었다. 그것을 볼 때마다 시헌은 거기 세 개의 핑크가 있다고 생각했다. 핑크색 운동복, 핑크라는 글자, 그리고 핑크색 엉덩이. 그녀는 웃어댔다. 왼쪽 엉덩이만 보면 파이였다. 오른쪽 엉덩이만 보면 노스코리아였다. 통일하면 다시 핑크. 미순이 또 웃어댔다.

또 해봐요. 시헌의 성기는 더 이상 빛나지 않았다. 미순이 자꾸 쓰다듬자 그것은 희미하게 푸른빛을 띠다가 이내 짙은 형광빛을 토하기 시작했고, 인공의 달이 떠오른 듯 지하실 전체가 푸른빛으로 물들었다. 또 이렇게 됐어요. 빨강이면 더 좋을 것 같아요. 아니 징그러울까? 주황이면? 노랑이면? 분홍이면? 핑크면……? 아아아아……. 비눗방울처럼 안개처럼 그녀의 푸른 목구멍에서 푸른 숨소리가 터져 나오고, 그와 더불어 계피 냄새 깻잎 냄새 젖은 신문지 냄새가 퍼져 나왔다.

잃어버린 사랑을 위한 인터뷰

구영서　회사에서 모나코 영화제에 다녀오라는 지시를 받았을 때 정말 가고 싶지 않았어요. 일이 무척 밀려 있었거든요. 더구나 거기가 좀 멀어야 말이죠. 기간은 일주일이나 되구요. 갔다 오면 시차 적응에 또 며칠 일도 온전히 할 수 없을 거구요. 하지만 어쩌겠어요. 회사의 명령인데. 영화감독 황명수 씨하고 동행이었어요. 그분 영화 〈연애소동 무박 4일〉이 초청되었을 때였거든요.

양 감독　그게 2011년이었지요?

구영서　2009년요. 오진미 선생님, 지윤희 선생님, 주연을 한 지창돈 씨도 같이 갔구요. 지긋지긋하게 영화를 봤어요. 회사에서 저에게 맡긴 업무가 해외 영화 모니터 하고 수입 영화 선별하는 일이었거든요. 낮에는 견본시장에서 살았어요. 게다가 시차 적응이 힘들어 온몸은 젖은 솜뭉치처럼 늘어지고……. 영화를 보는 일이 징그러워 나중에는 영화 생각만 해도 구역질이 날 지경이었어요.

그런데 거기에서 그 사람과 마주친 거예요. 처음에는 눈으로 보면서도 몇 번이나 혼자 반문했어요. 그 사람이 맞나? 저 사람이 분명 정우석인가? 모습이 너무 달랐어요. 머리를 어깨까지 기르고, 얼굴이 수염으로 뒤덮이고, 귀에 피어싱을 하여 주먹만 한 금속 구슬이 번득이고, 찢어진 청바지에 낡고 지저분한 스웨터와 구질구질한 털실 외투를 걸치고, 검정 털실로 짠 길다란 머플러를 아무렇게나 목에 휘감고 머리엔 역시 털실로 짠 커다란 모자를 쓰고……. 내가 아는 정우석이라면 결코 그런 차림일 리가 없었어요. 게다가 그 사람 옆에는 금발의 미녀가 서 있었어요. 검정 스타킹에 엉덩이를 겨우 가린 청바지 핫팬츠를 입고, 검정 블라우스, 흰 카디건, 거기에 푸른색 상의를 걸치고, 흰 머플러를 감은 모습이었는데, 운동화를 신고 있는데도 다리만이 미터는 되어 보였어요. 풍만한 가슴, 엄청난 엉덩이에 한 줌도 안 될 듯한 허리……. 이제 갓 스물이 된 듯 어려 보였어요. 그 젊음과 미모 앞에서 시차와 피로에 지친 나는 구겨놓은 행주 같은 꼬락서니였어요. 우석은 천으로 만든 커다란 배낭? 아니면 백팩? 암튼 그런 걸 메고 있었어요. 옆구리가 터져 구멍이 나 있고, 그 구멍으로 책 모서리가 삐져나오고, 물통 같은 것이 백팩 옆구리에 박혀 있고…… 여자와 그 남자가 서로 알아들을 수 없는 말로 빠르게 얘기를 주고받다가 여자가 남자의 입술에 키스를 하고, 남자가 여자의 벗은 어깨에 입술을 묻고…… 그 꼴을 다 지켜보고 있었어요. 웃는 얼굴, 그걸 보자 분명히 그 사람이 우석이라는 것을 알 수 있었어요. 눈웃음, 그리고 웃을 때 입술 오른쪽 귀퉁이가 비틀어지면서 묘하게 일그러지는 표정…… 틀림없었어요.

그 순간 내 귀엔 아무것도 들리지 않았어요. 아무것도 보이지 않았어요. 무수한 사람들이 오가며 내놓는 얘기와 웃음과 환호…… 부스마다 켜놓은 영화, 모니터에서 터져 나오는 비명과 음악과 고함과…… 영화사 직원과 고객들이 주고받는 얘기 소리, 그 모든 것들을 메아리로 만들어 무수히 증폭시켜 되쏘는 거대한 실내…… 부스가 설치된 곳이 커다란 체육관이었거든요. 그 가운데 내 눈에 보이는 것은 오직 우석과 그 금발 여자였어요.

나도 모르게 일어나서 그의 앞으로 걸어갔어요. 우석

씨, 하고 불렀죠. 그 남자보다 그 여자가 먼저 날 쳐다 보았어요. 그 크고 푸른 눈동자, 아아, 그 앞에서 나는 커다란 잘못을, 무슨 철면피한 짓을, 무슨 범죄라도 저 지른 듯 창피하고 부끄럽고 면구스러운 기분이 들었 죠. 내 작은 키, 구겨진 정장 투피스와 흰 블라우스, 빗 질도 제대로 하지 않아 뒤엉킨 머리칼, 아침에 급히 아무렇게나 혼자 해치운 화장이 지워지고 번진 꼬락 서니……, 이런 것들이 하나하나 고스란히 의식되었 어요.

마침내 우석이 나를 발견했어요. 그의 눈이 놀라움으 로 커졌다가 잠깐 당혹감이 스쳐 가고 이어 반가움으 로 숨 가쁘게 경련했어요. 그런 표정이 떠오른 순간 온 몸에 긴장감이 다 풀어지면서 울컥 눈물이 났어요. 간 신히 눈물을 참고 그가 내미는 손을 맞잡았어요. 그가 얼른 나와 그 여자에게 인사를 시켰어요. 마이 올드 프 렌드, 그게 나였어요. 내 아내, 그게 그 여자였어요.

아내? 결혼을 했다는 거야? 그렇게 거부하던 결혼을? 나는 배신감을 느꼈어요. 만일 그가 그토록 결혼을, 그 제도를 거부하지 않았더라면 어쩌면 우리는 헤어지지 않았을지도 몰라요. 우리가 헤어진 원인이 오직 그것 때문이 아니었던가, 하는 생각도 들었구요. 물론 그건 과장이지만요.

양 감독   목 좀 축여요, 구 부장. 맥주라도, 아니면 물이라도 한
          잔 드시고.

  그녀의 이름은 셀마, 스웨던 여자였다. 여기는 어떻게 왔어? 영
서가 묻자 우석은 주머니에서 두툼한 영화제 브로슈어를 꺼내 뒷
부분의 단편영화제 부분에서 한 귀퉁이를 가리켰다. 거기 그의 이
름이 기록되어 있었다. Jung Woo Rockc. 로케? 그녀가 묻자 우석
은 웃었다. 그래, 스웨덴식으로 지었어. 셀마도 웃었다. 영화 제목
은 〈In Your Grandmom's Womb〉.
  우석이 영화를 만들었다는 것인가? 그는 고개를 끄덕였다. 언제
부터? 이번이 처음이었다. 처음? 처음. 우석과 셀마는, 아니, 로케
와 셀마는 서로를 쳐다보며 즐거이 웃었다. 그들에게 영화제 참가
는 경이로운 일이었다. 처음 영화제에서 초청을 받았다는 소식을
들었을 때 우석은 믿지 않았다. 학교에서 낸 숙제로 18분짜리 단
편영화를 만들어보았을 뿐이었다. 셀마도 잠깐 출연했고, 우석 자
신도 출연했다. 학교? 우석은 학교를 다니고 있었다. 무슨? 스웨덴
웁살라대학 인류학과. 그 학교에서는 인류학과 숙제가 단편영화
인가? 천만에. 숙제를 하지 못한 2학년생 로케가 대신 얼렁뚱땅 영
화를 만들어 제출한 것이었다. 우연히 담당 교수가 영화제 심사위
원 피터의 방문을 받았고, 피터가 그 영화를 보고 나서 '그레잇!'
을 연발하며 영화제에 초청하겠다고 하더니, 모나코로 귀국하자

마자 초청장을 보냈다. 처음 우석은 장난인 줄 알았고, 셀마는 페널티라고 생각했다. 그녀의 반응이었다. 와서 무슨 봉사활동이나 하라는 거 아냐?

공식 초청이라는 것이 알려지자 로케의 학교에서부터 소동이 벌어졌다. 대학신문에, 학교 방송에 기사가 나고, 인터뷰 요청이 들어왔다. 늙은 동양인 학생 로케는 돌연 학교의 총아가 되었다. 셀마의 직장에서도 비슷한 일이 벌어졌다. 셀마는 작은 협동조합에서 발간하는 32페이지짜리 주간지 잡지사에 근무했는데, 무심코 남편이 모나코 영화제에 초청받았다는 사실을 알리자 회사가 발칵 뒤집혔다. 사장이 찾아와 사실 여부를 확인하고, 회사에서 감독을 초대하면 와서 강연을 해줄 수 있는지를, 물론 적지 않은 강연료를 지불하겠다는 제안과 함께, 정중히 물었고, 셀마가 남편과 함께 영화제에 가야 할 테니까 기꺼이 휴가를 보내주겠다고 약속했다.

영서에게는 꿈 같은 얘기였다. 그와 헤어진 지 육 년 사이, 그녀가 주식회사 CK의 엔터테인먼트에 인턴으로 입사하여 부장이라는 직위에 오르는 사이 지구의 정반대편 어딘가에서는 우석에게 그런 일이 벌어지고 있었다. 도대체 왜 그는 스웨덴까지 날아간 것일까? 그곳이 세상의 끝이었을까?

영서가 물었다. 영원한 생명의 샘은? 로케는 셀마에게 뭔가를 스웨덴 말로 한참 동안 설명했다. 셀마는 알아듣기도 하고 못 알아듣기도 했다. 로케의 스웨덴 말이 아직은 서투른 모양이었다.

그의 입에서 간간이 영어가 튀어 나왔다. 그 바람에 영서도 그들 사이에 오가는 대화의 내용을 어느 정도 알아들을 수 있었다. 그는 말하고 있는 것 같았다. 내가 세상의 끝으로 여행을 가야겠다고 하고 한국을 떠났거든. 세상의 끝에 있는 영원한 생명을 주는 샘을 찾는 게 청년 시절 내 꿈이었어. 셀마는 황홀한 표정을 지었고, 영서는 젊은 그녀의 그런 표정이 언젠가 자신의 것이었으리라 생각했으며, 그러자 더욱 속이 쓰리고 화가 났다.

밥 먹었어? 아, 배고파. 같이 먹으러 갈까? 그들은 가장 가까운 레스토랑을 찾아 들어갔다. 샌드위치와 파스타, 치킨 샐러드와 맥주를 주문했다. 셀마는 한국인 남녀 사이의 야릇한 낌새를 뭔가 눈치챈 듯 말수가 적어지고 예리한 눈빛이 되어 두 남녀를 살폈다. 영서 역시 그녀가 한국어를 전혀 알아듣지 못한다는 사실 때문에 우석과 한국말로 오랫동안 얘기를 주고받기가 쉽지 않았다. 음식점에 들어서면서부터 그들 세 남녀는 어색해지고 말았다. 말도 별로 나누지 못한 채 먹기만 했다. 맛있어요. 괜찮죠? 맥주 한 잔 더? 좋지요. 그런 얘기들이 띄엄띄엄 오갔다. 여긴 언제 왔어? 일주일 전에. 나도 나흘 전에. 숙소는? 우석은 앙티브의 레지던스 아파트에 들었다고 말했다. 그곳은 모나코 시내에서 30여 킬로미터 거리였다. 매일 그곳까지 오가는 것인가? 시내의 숙소가 비싸서 어쩔 수 없이 그곳을 얻었으나 경치도 좋고 한가하여 장점도 있었다. 풀장도 있다고 말하며 그는 웃었다. 더블 침대가 있는 객실이 일박에 70유로였다. 아침에는 간소하지만 뷔페도 나왔다. 무척 싼 가격이었다. 우리로선 그 정도면 충분해. 셀마도 그레잇, 하며 고개를 끄덕였다. 스톡홀름의 우리 집보다 좋아. 정말? 그들은 마주 보며 또 웃었다.

그래, 세상 끝으로 와보니 어때? 영서는 묻고 싶었으나 참았다. 우석이 셀마를 쳐다보며 그래, 나의 셀마가 세상의 끝이야, 하고 대답할 것만 같아 두려웠다. 그런 대답을 들으면 영서는 집으로 돌아갈 수 없을 것 같았고, 집으로 돌아간다 해도 깊은 병에 걸릴 것만 같았다. 그에게 나쁜 놈, 하고 소리치게 될 것 같았다. 그의 머리에 맥주를 들이붓는 만행을 저지르게 될 것 같았다. 별로 얘기도 하지 못한 채 그들은 헤어졌다. 로케와 셀마는 광장에 세워둔 낡은 시트로엥에 올랐다. 그들 부부가 니스 공항에서 빌렸다는 차였다. 거대한 부가티와 벤틀리 사이에 끼어 서 있는 노랑 시트로엥은 정말 낡은 구두 같았다. 떠나는 그들을 향해 영서는 웃는 낯으로 손을 흔들어주었으나 이미 그때 속이 부글거리고 있었다.

급히 숙소로 돌아와 화장실을 세 번 들락거리며 먹은 것을 다 토해낸 끝에 비로소 그녀는 잠자리에 들었다. 그러나 피로 때문에 온몸이 욱신거리는데도 잠은 오지 않았다. 얼핏 잠에 빠졌다가도 무엇 때문인지 알 수 없이 화들짝 깨어났다. 깨어나면 이내 로케와 셀마가 한여름 등나무 덩굴처럼 머리 가득 자리 잡았다. 황명수 감독과 지창돈이 번갈아가며 전화를 하여 나와서 술 한잔 같이 하자고 권했으나 그녀는 끝내 사양했다.

이튿날 행사장으로 나갔으나 영서는 일이 손에 잡히지 않았다.

로케와 셀마 생각에서 헤어날 수가 없었다. 인파를 헤치고 우석이 곧 나타날 것만 같았다. 어제 그와 나눈 얘기들이 한 마디 한 마디 고스란히 떠올랐다. 나쁜 놈, 어떻게 그 어린 여자와 결혼할 생각을 한단 말인가? 그녀는 아이폰을 이용하여 셀마와 로케가 머물고 있다는 앙티브 숙소의 전화번호를 찾아냈다. 전화는 하지 않을 것이라고 스스로 다짐했다. 그저 심심해서 한 짓일 뿐이었다. 그러나 몇 번이나 전화번호를 눌렀다 지우고 또 눌렀다 지웠다.

점심 식사를 마친 후 영서는 직원에게 부스를 맡기고 행사장을 나섰다. 발길 닿는 대로 걸었다. 이름난 관광지였으나 영서는 일에 시달려 여기 도착한 이래 한가히 산책 한번 할 수 없었다. 출장일 따름이라고 스스로를 채근해야 했다. 거리에 관광객이 넘쳐났다. 비좁은 골목을 관광객들이 서로 떠밀며 오가는 형국이었다. 오랜 건물들, 그 건물들 사이의 골목, 거기 어김없이 작은 카페와 기념품 가게와 음식점 들이 문을 열고 관광객들을 기다렸다. 어쩌면 이곳에 문을 연 것은 단순한 가게나 음식점이 아니었다. 역사라는, 혹은 세월이라는 이름의 이미 존재하지 않는 환상, 그리고 관광이라는 상품을 소모하기에 혈안이 된 사람들의 욕망이 서로를 사고파는 중이었다.

할리우드 여배우가 이 나라의 국왕과 결혼식을 올린 곳이라는 안내판이 서 있는 성당을 지나, 관광객들에 떠밀리다시피 경사진 골목길을 오르다 보니 왕궁이었다. 왕가의 문양과 대포와 포탄, 붉은 소매의 제복에 푸른 모자를 쓴 레고 인형 같은 근위병으로 장식된 왕궁은 그 자체가 박물관 같았고, 역시나 관광객들에게 공개되어 있었다. 국왕이 해외로 휴가를 떠나면 왕궁마저 관광객들에게 공개한다는 것이었다. 궁으로 들어가기 위해 관광객들이 뙤약볕 아래 길게 줄을 지어 늘어서 있었다. 그 줄을 살피며 우석을 찾는 자신을 발견하고 영서는 낙심했다.

영서는 그 줄에 끼어들지 않았다. 눈 아래 펼쳐진 바다와 항구와 시가지를 내려다보며 왕궁 앞의 광장을 서성거렸다. 지중해는 맑고 푸르고 항구에 빽빽히 정박한 요트의 흰 돛들은 천사의 날개 같았으며, 달력 속의 풍경 같았다. 그렇게 생경스러웠다. 아니 그녀에게는 감탄할 여유가 없었다. 모든 것이, 푸른 지중해마저 장식품처럼 여겨졌다. 속초나 채석강 같은 바닷가가 아니었다. 갑자기 우석과 더불어 두어 번 드나든 적 있는 속초 민박집의 조개탕이 생각났다. 우석은 모텔이나 펜션을 좋아하지 않았다. 동네 골목에 야트막한 담장을 둘러친 민박집, 때로는 담장마저 없는 여염집 뒷방 한 칸에 들기를 좋아했다. 발바닥에서 모래가 서걱거리고 거미가 집을 짓고 그리매가 재빨리 장판 밑으로 숨어들고 벽에 파리 때려잡은 자취, 비닐 장판에 모기향 탄 시커먼 자취가 얼룩덜룩 누추한 방, 그런 방에 들어설 때면 그는 우와 좋다, 하고 감탄했다. 여기서 살까? 난 배 타고 물고기 잡고 넌 그물 깁고. 넌 갈치 회 떠서 술 퍼먹고 난 식당에서 설거지하고? 그녀가 힐문하면 우석은 웃어댔다. 어찌 그런 최악의 상상을? 그것도 나쁘진 않지만.

우석이 목적지도 알리지 않은 채 출국한 뒤 회사에 적응하기 위해 발버둥 치던 어느 깊은 밤, 다섯 식구가 살던 17평짜리 아파트의 세면대와 변기 사이에 몸을 틀 공간마저 없는 비좁은 화장실에서 치약 거품과 머리카락과 입김과 물때와 침방울로 얼룩덜룩한 거울을 들여다보며 세수를 하다가 그가 보고 싶어 눈물을 찔찔 흘리던 어느 순간 영서는 그녀의 젊은 날이 어느새 끝장이 나버렸다는 것을 깨달았다. 우석이 사라지고 젊은 날 또한 사라졌으며, 끝없는 시침과 분침과 복사지와 스프레드시트와 PPT와 덜 완성된 시나리오와 되지 못한 소견서와 무수한 계약서들로 가득 찬 직장, 그리고 A4 크기의 일상이 남았다. 그녀는 소금으로 가득 찬 정사각형의 풀장을 헤엄쳐 나가듯 발버둥 쳤고, 그리하여 몇 년 후 가장 젊은 나이에 적어도 그 회사에서는 여성으로서 아직 아무도 올라본 적이 없는 자리에 승진했다.

다음 날에도 일정은 강행군이었다. 오전에 두 편의 영화를 보았다. 오후에는 행사장 부스에 나갔다. 그러나 오래 앉아 있을 수가 없었다. 눈앞을 오가는 모든 남자들이 적어도 어느 순간에는 우석으로 보였다. 영서는 행사장을 떠나 걷기 시작했다. 시가지 한가운데 왕궁보다 호사스러운 카지노 건물이 서 있었고, 그 주변에 은행 간판들이 호위하듯 늘어서 있었다. 노천 카페와 관광객들, 꽃과 육중한 벤틀리와 날렵한 포르쉐와 콜벳과 총알 같은 검은색 페라리와 전위적인 람보르기니, 그리고 관광객들로 들끓는 가마솥처럼 부글거리는 광장을 부지런히 걸어가는데, 붉고 흰 모나코 FC 축구 유니폼을 입은 남자가 스쳐 가며 그녀의 어깨를 능란한 오입쟁이처럼 쓰다듬었고, 푸른 바지를 입은 관광객이 생수가 담긴 비닐봉지로 그녀의 어깨를 치고 익스큐즈미, 하고 중얼거렸으며, 검은 탑이 그녀를 내려다보았고, 해는 내리쬐고 그늘은 보이지 않았으며, 골목으로 들어서 주황색 건물과 흰색 건물, 살색 건물, 그 앞에 세워진 검정 오토바이에 앉아 샌드위치를 우물거리는 소년을 보았고, 작은 옷가게와 기념품 가게를, 아이스크림 가게를 지나고, 사이버스페이스 간판을 내건 피시방을 지났으며, 지쳐 계단에 주저앉은 배만 비대한 남자를 보았고, 기념품 가게 앞에서 텐, 나인, 하고 흥정하는 붉은 머리칼의 비쩍 마른 여자를 보았으며, 골목에 깃발처럼 나부끼는 축구 유니폼들을 보았고, 그리말디 가문의 문장이 펄럭이는 것을 보았으며, 여전히 그늘은 찾을 수 없었고……. 그레이스켈리 대로를 건너자 라보토 해변이었다. 인공적으로 조성한 해변이라는 얘기를 관광 책자에서 본 기억이 났다. 인공 해변이건 아니건 그곳은 아름답고 한적했으며 눈앞에 시원하게 펼쳐진 지중해는 가까이서 보니 비로소 바다 같았다. 멀리 가슴을 드러낸 두 여자가 모래사장에 엎드려 있다가 고개를 들어 이쪽을 넘겨다보며 환히 웃었다. 금발이 셀마인가 싶어 놀랐으나 다행히 아니었다. 그녀들의 환한 웃음보다 아무렇지 않게 드러낸 가슴이 더 눈부시고 부러웠다.

영서는 해변 카페에 들어가 맥주를 주문했다. 비치파라솔이 널찍하게 자리 잡았으나 아직 손님은 영서 한 사람뿐이었다. 왜 이런가. 무엇이 잘못된 건가. 자꾸 그런 생각이 들었고 그 때문에 짜증이 났다. 잘못된 것은 없다. 그녀가 우석과 헤어진 것은 어제오늘의 일이 아니었다. 어째서 그녀의 이제까지의 삶이 이다지 보잘것없는 듯 여겨지는 것이냐. 맥주를 한 병 더 주문했다. 술꾼 다 됐네, 우리 영이. 우석이 말했다. 영서는 놀라 주위를 두리번거렸다. 물론 우석은 없었다. 그녀가 술을 좀 마시려 들면 우석이 종종 장난처럼 내놓던 말이었다. 우리 영이, 우리 영이.

풍류는 혼자 즐기고 있네, 구 부장. 돌아보니 황 감독과 지윤희가 서 있었다. 영서가 권하기도 전에 두 사람은 그녀 앞에 앉았다. 아침 먹고 나가서 왕궁에 들렀다가 점심 먹고 카지노에 들어가서……. 윤희가 나섰다. 나 덕분에 그 정도 잃은 줄 아세요, 감독님. 날 내버려뒀으면 크게 따는 건데 지 여사가 자꾸 고만하라고 하는 바람에……. 아, 좋다. 윤희는 바다를 내다보며 감탄했다. 한때는 나라 안의 세 미녀 가운데 하나라는 소리를 들은 배우였다. 두 차례의 이혼과 세월은 그녀에게도 돌이킬 수 없는 자취를 남겼다. 그녀의 목덜미에서 바닷바람에 나부끼는 것은 갈 데 없는 노파의 머리칼이었다. 영서는 얼른 외면했다. 그러니까 이게 문명의 요람이라는 지중해야? 전쟁터지. 포에니전쟁 페르시아전쟁 스파르타와 테바이, 델로스동맹 펠로폰네소스동맹……. 저게 지금 저렇게 맑지만 사실은 피바다라구, 지 여사. 왕궁 봤잖아. 그게 궁궐이 아니라 요새라니까. 그것도 나라의 요새가 아니라 그리말디라는 일개 가문의 요새. 황 감독 참 심술쟁이야. 날 좀 내버려두면 안 돼? 꼭 그렇게 초를 쳐야겠어?

영서는 그들이 성가셨다. 피하고 싶었으나 당장 일어설 수는 없었다. 두 분 사귀시는 거예요? 늘 붙어 다니시네요. 구 부장, 여기 지금 전 세계의 미녀들이 다 와 있어. 내가 하필 지 여사 같은 늙다리하고 사귀겠어? 어머, 이 양반 말하는 것 좀 봐. 구 부장, 넌 또 왜 이러니? 내가 사귀면 어제도 만난 디카프리오랑 사귀지 쓰다 내던진 이런 비닐 주머니 같은 노인네하고? 두 노인은 지중해 바람을 향해 게걸스레 웃어댔다. 보드카 한 잔? 좋지, 보드카. 황 감독이 일어서 판매대로 갔다. 윤희의 목소리가 갑자기 한 옥타브 높아졌다. 디카프리오 그 녀석 말야, 눈이, 아, 그 푸른 눈이 정말 황홀하더라. 내가 열 살만 젊었으면 어떻게 했다, 정말. 그녀는 얼굴까지 붉히며 웃어댔다.

영서는 다시금 되물었다. 뭐가 잘못된 거지? 답답했다. 지중해도 바닷바람도 소용이 없었다. 아침에 출발했던 바로 그 지점으로 되돌아와 있었다. 늙은 감독과 늙은 여배우는 그녀를 제자리로 되돌려놓기 위해 나타난 것 같았다. 황 감독이 가져 온 술은 보드카가 아니라 데킬라였다. 데킬라를 단숨에 목구멍으로 넘기고 소금을 혓바닥으로 길게 핥고 레몬을 깨물고 그 신맛에 얼굴을 찡그렸다. 무심코 그녀는 숄더백 속의 영화제 브로슈어를 뒤적였다. 거기 단편영화제 상영 시간표가 눈에 들어왔다. 로케의 영화는 30분 뒤에 한 고등학교 강당에서 상영 예정이었다. 그녀는 벌떡 일어섰다. 왜 그래, 구 부장? 어디 아파? 영화 보러 가야 해요. 그녀는 부지런히 걷기 시작했다.

구영서 상영관 앞에서 로케를 만났어요. 셀마도 옆에 서 있었
        어요. 그에게 물었어요. 스웨덴이 세상 끝이었어? 그가
        말했어요. 아직. 세상 끝까지 가면 저기 세상 끝이 새
        로 보이고, 거기 가면 다시 저기가 세상 끝이더라구.
        그의 영화는 별로 재미없었어요. 그런 시나리오가 CK에
        들어왔다면 제작 추천 같은 건 결코 받지 못했을 거예
        요. 그것이 그와 나 사이의 거리를 얘기해주는 것 같았
        어요. 하지만 영화를 보고 나오면서 적어도 그가 그리는
        세상 끝이 무엇인지 조금 더 알 것 같았어요. 그와 마주
        치지 않은 채 상영관에서 나왔어요. 그는 기자들과 관객
        들에게 둘러싸여 있었거든요. 하지만 그때 그가 손짓 한
        번만 했더라면 그를 따라 어디라도 갔을 거예요. 서울도
        가족도 직장도 다 포기해버릴 수 있었을 거예요. 서울로
        돌아가서 내가 계속해야 하는 삶이라는 것이 참으로 진
        부하고 한심했으니까요. 그것이 더없이 분명해졌으니
        까요. 거지꼴이 된 그를 통해서 그것이 더 확실해졌으니
        까요. 하지만 어떻게 그에게 얘기를 꺼내야 할까요?

양 감독 어떻게 꺼냈어요?

구영서 이튿날이 그가 모나코를 떠나는 날이었어요. 난 망설
        이다 니스 공항으로 갔어요. 셀마는 날 보자 이번엔 눈

에 띄게 경계심을 드러냈지만 난 모르는 척 말을 건네고 인사를 건넸어요. 기회를 봐서 나는 밑도 끝도 없이 우석에게 물었어요. 나도 갈까? 그가 어디로 갈 건지 물었어요. 세상 끝으로. 옛날 내가 그에게 한 질문을 이번에는 그가 나에게 했어요. 거기가 어딘데? 한동안 파도 같은 것이 복잡하게 출렁거리는 눈으로 나를 내려다보고 있다가 그가 말했어요. 찾아봐. 알게 될 거야. 날이 갈수록 분명해질 거야. 지금 여긴 결코 아니라는 게. 그는 같이 가자고 하지 않았어요. 아아, 꿈에라도 그런 걸 기대한 적은 없었지만 맥이 다 풀리는 기분이었어요. 그가 내 얼굴을 한동안 들여다보다가 말했어요. 난 알렉산더가 아니라 그가 데리고 떠난 요리사인지도 몰라. 도대체 그게 무슨 말이었을까요?

양 감독 글쎄. 묘하네.

구영서 스피커가 승객들에게 여객기에 탑승하라고 재촉하고 있었어요. 갑자기 우석은 내 얼굴 앞으로 지 얼굴을 들이밀고 분주히 말하기 시작했어요. 모나코, 다음 영화 제목이야. 며칠 전 시나리오 쓰기 시작했어. 왕궁은 달동네에, 도박장하고 은행은 시내 한복판에 어깨를 나란히 버티고 서 있잖아. 아 씨발, 이게 나라냐? 도박으로 운영되는 하나의 회사지. 하지만 다른 덴 어때? 한국은 어때? 일본은? 중국은? 스웨덴은? 많이 다른 것 같아? 천만에. 바닥 생긴 건 별로 다를 거 없어. 좀비들. 아 씨발. 이런 얘긴 안 하려고 했는데.

우석은 옛날 서울 포장술집 벤치에 쪼그리고 앉아 소주잔에 얼굴을 들이박고 고군분투하던 젊은이로 돌아간 것 같았어요. 나는 여전히 대꾸도 못 하고 멍청히 그가 하는 얘기를 들었어요. 다시 한 번 그와 나 사이의 거리가 어떤 것인지 알 것 같았어요. 결국 나는 그가 다시 한 번 내 곁을 떠나가는 것을 다시 한 번 멍청한 얼굴로 지켜봤어요.

이튿날 우리 일행도 서울로 돌아왔어요. 서울로 향하는 어깨기에 오르기까지 내가 스톡홀름으로 갈까 오스트레일리아의 천문대로 갈까 서울로 갈까를 두고 끝없이 망설였다면 믿어지세요?

양 감독 사실 놀라운 일이네. 구 부장에게 이런 면이 있었다니.

구영서 여객기가 이륙하고 니스 공항이 발아래 멀어지는 걸 내려다보면서 난 간절히 원하고 있었어요. 세상 끝이라는 것이 꼭 있기를.

서울로 돌아온 뒤부터 산다는 게, 먹고 자고 일하고…… 그런 매일의 일상이 무척 다르게 느껴지더군요. 매사가 소금이 빠진 김치처럼 싱거웠죠. 하지만 며칠 지나지 않아 나에겐 아주 간단한 해결책이 있다는 것을, 언제나 그랬다는 것을 새삼 알게 됐어요. 정우석

따위, 세상 끝 같은 거, 그저 잊어버린 척 사는 거요. 그 거 내가 잘하는 거거든요. 어머니와 아버지가 싸우건 말건 책에 얼굴 파묻고 시험공부 하던 것처럼요.

양 감독   그렇군요.

구영서   출장일뿐이었어요.

양 감독   웃는 게 아주 슬퍼 보이네, 구 부장.

구영서   그래요? 왜 이러지?

양 감독   거참 안타깝네.

구영서   안타깝긴요. 대본 읽은 것뿐인데.

양 감독   대본은 무슨. 대본엔 이렇게 써 있을 뿐인데. '자신의 애기를 하는 것.'

구영서   '사실대로'라는 제한은 없잖아요.

양 감독   정우석이라고 했죠? 그 친구도 인터뷰하면 재미있을 것 같은데.

구영서   그렇다면 감독님 다음 작품에 나도 정우석도 캐스팅될 수 있다는 뜻인가요?

양 감독   이건 시나리오 준비야. 잘 알잖아. 어떤 식으로 영화가 시작되는지.

구영서   시나리오로 시작되죠.

양 감독   그 작업이 얼마나 지지부진일 수 있는 것인지도 잘 알 지, 구영서 부장?

구영서   스톡홀름으로 날아가실 거면 꼭 나하고 같이 가요.

양 감독   요즘은 페이스타임도 있고 이메일도 있고…… 꼭 비행기 타고 날아갈 필요가 있는 건 아니야.

구영서   그래도 현장감이라는 게 있잖아요.

꽃과 쥐

주말이었다. 한만수 대령은 철원을 떠나 서울로 돌아왔다. 연희동에 집을 마련한 것은 첫아들 성구가 중학교에 들어가기 직전이었다. 그 밑으로도 딸이 둘이었다. 아이들 교육 때문에 서울에 집을 마련하고 주민등록을 옮겨야 한다는 것이 아내의 주장이었지만, 그가 꼭 그녀의 말을 들어준 것은 아니었다. 그것은 한 대령과 같은 고급장교들의 일반적인 삶의 방식이었다. 주말이면 서울에서는 동기들 모임, 선배 기수들과의 격의 없는 모임이 이루어졌다. 그런 모임에도 간간이 얼굴을 내밀어야 진급이나 보직에서 손해를 보지 않을 수 있었다.

육군 전투부대를 지휘한다는 것은 수천 명의 서툴고 어리석고 때로는 위험한 인간들을 교육하고 통제하는 일이었다. 전시에는 모르지만 평상시에는 그들을 탈 없이 관리하는 일이 지휘관의 가장 중요한 업무였다. 언제 어떤 어리석은 인간이 무슨 짓을 저지를지 몰랐다. 탈영, 무장탈영, 총기사고, 그리고 뜬금없이 벌어지는 자살사건, 하극상 사건, 군수사고 같은 것들이 벌어지는 경우 사건을 무마하거나 조용히 처리하는 데에도 동기들, 그리고 선배들과의 관계는 중요했다. 군의 모든 체계 곳곳에 그의 동기들 선배들이 포진하고 있었고, 그것은 대한민국에서 가장 빼어난 기강과 조직력을 자랑했다. 육사를 입학, 졸업함으로써 그 기관의 일원이 되었다는 것은 그가 얻은 가장 큰 자산이었다. 또한 오래지 않아 밝혀지듯 그것은 업보이기도 했다. 그에게 그 업보는 자산만큼 가혹했다.

아내와 함께, 두 딸과 함께 맛있는 저녁을 먹었다. 아들 한성구에 대한 이야기도 간간이 나왔다. 역시 사관학교를 우수한 성적으로 졸업, 현직 중위로 최전방에서 소대장으로 근무 중인 성구는 만수에게는 더없는 자랑거리였다. 오래지 않아 만수가 별을 달고, 그 뒤를 이어 성구 역시 별을 달 것이다. 시골 초등학교 소사의 집안에 두 사람의 장군이 등장하는 것이다. 이는 그의 고향에서는 경이로운 소식이 될 것이다. 만수가 사관학교에 입학했을 때에 그의 고향 면사무소에는 현수막이 내걸렸다. '예송의 아들 한만수 군, 사관학교 우수한 성적으로 입학!' 그 현수막 아래 당시에도 소사였던 그의 아버지가 눈부신 듯 이마를 찌푸리고 면장과 함께 찍은 사진이 아직도 그의 앨범에는 소중히 간직되어 있었다.

미순은 침대에서 눈물을 찔금거렸다. 성구가 최전방에서 얼마나 고생을 하고 있을지 걱정이라는 것이었다. 당신 전방에서 고생

할 때 내가 얼마나 애를 태웠는지 알기나 해요. 웬만한 여자들은 평생 한 번도 겪지 않는 일인데, 이번엔 아들애가 그 꼴 당하는 걸 또 지켜봐야 하다니……. 만수는 걱정하지 않았다. 성구는 탄탄대로에 올라서 있었다. 최전방 전투부대의 소대장·중대장 경력은 그의 창창한 미래를 위하여 가장 눈부신 전력이 될 것이다. 게다가 만수는 기회가 생길 때마다 아들을 보살필 것이다. 성구는 동기들보다 더 일찍 진급할 것이요 더 좋은 보직을 얻을 것이다.

전화가 온 것은 새벽이었다. 헌병대였다. 통신보안 헌병대 오 소령입니다. 헌병대라는 말을 듣고, 그리고 새벽 3시를 가리키는 시계를 보고 만수는 사고가 생겼다는 것을 직감했다. 그러나 무슨 사고가 났건 어째서 연락을 하는 사람이 연대 당직사관이 아니라 사단 헌병대란 말인가. 만수는 화가 치밀었다. 그날의 당직사관이 누구였는지 그는 떠올렸다. 임 대위, 인사과의 중대장이었다. 오징어처럼 길죽한 얼굴이었지만 성적은 특출했다. 이 녀석이 무슨 꿍꿍이로 그에게 보고도 하기 전에 사단으로 연락을 했단 말인가. 무슨 사고요? 그가 물었으나 오 소령은 같은 말을 반복했다. 즉시 귀대하시라는 사단장님 지십니다. 알았소. 인명사고요? 급히 사단으로 들어오셔야 합니다. 만수는 다시 인명사고냐고 물었다. 그제서야 오 소령은 그렇다고 대답했다. 몇 사람이오? 장교요 병이오? 죽었소, 다쳤소? 오 소령은 대답하지 않았다. 안 사단장님이 즉각 들어오라고 명령하셨습니다.

그 말을 듣고서야 만수는 뭔가 앞뒤가 맞지 않는다는 것을 깨달았다. 안범준 소장은 A사단의 사단장이었다. 한만수 대령은 B사단 소속 35연대 지휘관이었다. 어째서 안 사단장이 그를 부른단 말인가?

다음 순간 불칼 같은 것이 그의 머릿속을 깊숙이 파고들었다. 그의 아들 한성구가 A사단 소속 19연대 수색중대의 소대장이었다. 사고는 어쩌면 35연대가 아니라 19연대에서 벌어졌을지도 모른다. 그러나 다음 순간 만수는 강하게 부정했다. 그럴 리가 없었다. 성구에게 사고가 벌어졌을 리가 없었다. 그런 일은 결코 벌어질 수 없는 일이다.

만수는 애써 목소리를 가라앉히고 물었다.

"나는 B사단 35연대장이오. A사단 안 소장님이 날 호출한다는 겁니까?"

잠깐 사이를 두었다가 오 소령이 대답했다.

"그렇습니다."

"사고는 그러니까 B사단이 아니라 A사단에서 난 건가요?"

"그렇습니다, 연대장님."

만수는 털썩 주저앉았다. 결코 하고 싶지 않은 질문을 그는 가까스로 뱉어냈다.

"한성구 중위에게 사고가 난 거요?"

옆에 앉아 그 말을 들은 미순의 입에서 통곡이 밀려 나왔다. 만수는 방정맞은 그녀의 주둥이를 주먹으로 패려다 참았다. 오 소령의 대답이 흘러나왔다.

"네, 대령님."

만수는 한동안 아무 생각도 할 수 없었다. 사방의 벽이 그의 몸뚱이를 조여오는 것 같았다. 아내가 방바닥에 주저앉아 아이고, 아이고, 소리 지르고 있었으나 그 소리가 들리지 않았다. 귓속이 이명으로 가득했다.

"사망이요 부상이오?"

만수는 가까스로 물었다. 오 소령은 곧 대답하지 않았다. 머뭇거리는 듯 대답을 궁리하는 듯 애매한 숨소리가 들리더니 이윽고 그는 대답했다.

"아직 확인이 되지 않습니다."

만수는 전화통에 대고 고함을 질렀다. 그 소리에 연희동의 모든 골목이 들썩거리는 것 같았다고 나중에 미순은 회고했다.

"죽었어 살았어, 이 개새끼야!"

미순의 통곡이 더욱 커졌다. 전화통 너머 나직하게 선고가 떨어졌다.

"사망입니다."

인터뷰 No. 29-2

한 장군　　　군대는 다 갔다 왔을 테지만, 단기 사병으로 복무하고
　　　　　　돌아오는 경우, 군대의 껍데기만 아는 겁니다. 깊은 내

막은 모르지요.

양 감독   그런가요? 군대 생활 2년 동안 얻어맞고 패고 짬밥 먹은 기억밖에 없습니다.

한 장군   군대라는 데가 총알도 팔아먹는 뎁니다.

양 감독   총알을 판다구요? 누구한테요? 적군에게요?

주 감독   하기야 옛날 모택동 군대 총은 다 미군이 갖다 준 거라더군요. 미군이 장개석 군대에 실어다주면 장개석 군대 장군들이 다 모택동 군대에게 돈 받고 팔아먹었다던가. 베트남에서도 비슷한 일이 벌어졌다고 하고.

한 장군   예하 부대에게 팔아먹는다는 얘기요.

양 감독   총알은 보급품 아닙니까? 그걸 팔아요?

한 장군   팔아먹습니다. 작은 규모로, 큰 규모로. 군대라는 게 뭐든 다 팔아먹는 뎁니다.

양 감독   누가 어째서 그걸 삽니까?

한 장군   거기 군대의 요지경이 있는 겁니다. 사병들이 사격을 하면 탄피를 꼭 찾아 상급 부대 군수과에 제출하게 되어 있습니다. 그러면 그 탄피를 근거로 군수과에서는 예하 부대에 탄약을 보급합니다. 그런데 총을 쏜 뒤 탄피를 빠짐없이 찾아낸다는 게 쉬운 일이 아닙니다. 더구나 야간 사격하고 나면 탄피를 무슨 수로 다 찾겠습니까. 고참 사병들은 그럭저럭 잘 찾아냅니다. 물론 국방부 훈련교범에 그런 과목은 없습니다. 하지만 절로

훈련되지요. 신병들은 못 찾습니다. 고참 병사들이 찾아준다고 하지만, 완벽할 리가 없습니다. 못 찾는 탄피가 많아지면 그 예하 부대에서 무슨 일이 벌어지겠습니까? 필요한 탄약을 보급받지 못하게 되고, 그러면 사격훈련이 미비하게 되고…….

양 감독   전투력이 떨어지게 되겠네요.

한 장군   물론입니다. 부대 지휘관의 입장에서는 감찰이 문제가 됩니다. 육본 감찰, 국방부 감찰에서 걸리면 진급에 문제가 생기고, 그런 일이 반복되면 군인의 최고 명예, 별 달고 장군 자리에 오르는 데 지장이 생깁니다.

양 감독   그래서 총알을 사고판다…….

한 장군   그런 식으로 총알 사던 사람이 나중엔 팔아먹는 사람이 되고, 그 사람이 나중에 연대장이 되고 사단장이 됩니다. 예하 부대에서 총알 팔아먹은 혐의로 부하 장교가 붙잡혀옵니다. 봐줍니다. 그게 어째서 벌어지는 일인지 다 알기 때문이지요. 범죄가 아니라고 생각하는 겁니다. 범죄로 보이질 않는 겁니다.

양 감독   비밀이라고 할 것도 없겠군요.

한 장군   비밀입니다. 하지만 다 압니다. 모르는 놈이 바봅니다.

주 감독   아주 냉소적이시군요. 한때는 그 조직에서 출세를 보장받고 승승장구하던 양반이.

한 장군   군대에서 보급되는 모든 물품이 다 판매됩니다. 그러나 공짜로 배포되는 경우도 있습니다.

양 감독　그거야 군 보급품이니까 배포되는 건 당연한 일이죠.

한 장군　사단에서 또는 군단에서 연대로 정기적으로 보급 트럭이 나갑니다. 쌀에서부터 돼지고기에 고추장 된장까지 다 실려 있습니다. 예를 들어 사단에서 연대로 보급을 나가는 트럭에 우리가 동승했다고 생각해봅시다. 먼저 어디로 갈까요? 연대 본부로? 천만에요. 연대장 집에 갑니다. 거기에서 쌀 된장 고추장 돼지고기 때로는 건빵에 달걀까지 다 일정량 실어내립니다. 그다음 어디로 갈까요? 연대로? 아닙니다. 대대장 집에 들릅니다. 거기서도 실어 내립니다. 중대장 집에도 들르지요. 소대장 집에는 들르지 않습니다. 소대장들은 대개 영내 생활을 하니까요. 늙은 준사관들, 대개 영외 생활합니다. 거기에도 들릅니다. 맨 마지막에 가는 곳이 연대 보급창이고, 맨 마지막에 입을 대는 게 병사들입니다.

주 감독　그거 참 재밌네요. 상부상존가요, 상호부팬가요?

한 장군　유서 깊은 한국군의 전통입니다. 병사들 군화에 문제가 있다구요? 사단 본부가 아니라 이번에는 국방부를 생각해보면 됩니다. 국방부에서 보급 트럭이 출발했다고 가정해보면 답이 나옵니다. 어떻게 군화가 온전히 보급이 되겠습니까. 사병들에게 철제 관물대를 설치해주던 시기가 있었지요. 그러나 품질은 엉망이었습니다. 어째서일까요? 군복이 말썽이라구요? 마찬가집니다. 전투기가 문제라지요? 포가, 미사일이 문제가 된 적이 있었지요? 아까 우리 탑승했던 보급 트럭이 역사와 전통을 자랑하는 수송로마다 우뚝 솟아 있는 수많은 경유지들을 하나라도 놓치고 지나칠 것 같습니까? 안 됩니다. 더구나 군대는 지휘 체계가 분명하고 기강이 생명인 조직입니다. 그래서 병사들 철제 관물대를 뭉개고 앉아 수천만 원의 뇌물을 받은 강 모 소장은 결국 기소유예, 그리고 예편으로 처벌이 끝날 수 있었던 겁니다. 드러난 것만 수천만, 사실 조금만 들여다봐도 수억이라는 걸 알 수 있었을 겁니다.

양 감독 그것 참. 입맛이 쓰네요. 하기야 그게 사회 전반의 문제이기도 하니…….

한 장군 사회 전반의 문제는 난 모릅니다. 하지만 그것으로 군대 전반의 문제를 희석시키거나 원인으로 삼는 것은…….

주 감독 물론 안 되겠죠. 교과서적 계몽적 결론입니다. 하지만 참으로 무력하고 무의미하고 대책 없고 순진한 결론이죠.

운전병을 호출해낼 시간은 없었다. 한만수 대령은 오랜만에 운전석에 앉아 모든 신호등을 무시하고 번쩍번쩍 플래시를 터뜨리는 모든 감시 카메라들을 무시하고 고속도로와 국도와 군사도로를 달려 두 시간 만에 A사단에 이르렀다. 차를 달리는 사이 하늘이 푸른빛으로 밝아오기 시작하여 그가 A사단 정문에 이르렀을 때에는 사단 뒤에 둘러선 1125 고지와 하늘이 가위로 오려낸 듯 선명하게 분리되어 있었다. 하늘도 검푸르고 산도 검푸른 빛이었으나 그 경계는 날카로워 봉우리 하나하나, 푸른 바윗덩이 하나하나가 적의를 드러내고 밝아오는 하늘에 맞선 듯 보였다.

정문 앞에서 오 소령이 기다리고 있다가 그를 맞았다. 죄송합니다. 그가 인사를 건넸으나 만수는 들을 수 없었다. 그는 혼이 나간 얼굴로 오 소령을 쳐다보았을 뿐, 앞장서서 휘적휘적 걷기 시작했다. 사단장실이 어디 있는지 그는 너무나 잘 알고 있었다. 뒤에서 오 소령이 따라붙으며 왼쪽입니다, 계단 쪽입니다, 하고 안내했으나 그는 듣지 못했다. 갈증이 나고 속이 아프고 뜨겁고 배 속에서 고드름이 자라는 듯 떨렸으나 그는 그것도 의식하지 못했다.

5시를 넘긴 무렵 한만수 대령은 A사단장 집무실로 들어섰다. 안 소장은 하늘하늘한 봄 양복을 입고 책상 앞에 앉아 있다가 벌떡 일어나 그를 맞았다. 어서 와, 어서 와, 만수야. 만수는 충성, 하고 소리치며 경례를 붙였다. 그는 놀랐으나 자신은 의식하지 못했다. 서울에서 때로는 공개적으로 때로는 은밀히 이루어지는 선후배들과의 모임에서 종종 만난 적이 있긴 했으나 안 소장이 그의 이름을 부를 정도로 친근한 사이라 믿어본 적은 없었다. 앉아. 어서 앉아.

안 소장은 검정 가죽 소파로 만수를 이끌었다. 거기, 탁자 위에

22년산 발렌타인이 한 병 놓여 있었다. 만수가 앉자마자 안 소장은 위스키의 뚜껑을 비틀어 커다란 유리컵에 한 잔 가득 따랐다. 마셔, 마셔. 만수는 주저없이 받아 단숨에 들이켰다. 술은 달고 뜨거웠으며, 배 속이 얼어붙은 듯하던 추위가 사그라지기 시작하면서 비로소 그는 그 한기를 의식했다. 그와 더불어 배 속에 괴물 한 마리가 들어앉아 내장을 갈갈이 찢어발기는 듯한 통증에 자신도 모르는 사이 으으, 하고 신음을 뱉어냈다.

"내가 일부러 너에게 전화하라고 했다. 그게 도리다, 싶어서. 많이 놀랐지?"

만수는 고맙습니다 소장님, 하고 말했다.

"한 잔 더 해."

안 소장은 위스키병을 내밀었고 만수는 빈 잔을 내밀었다. 다시 컵 가득 위스키가 찼고, 그 술은 곧 만수의 입과 식도와 괴물이 들어앉은 배 속으로 사라졌다.

"마음 단단히 먹어. 부인은 어떠신가? 이 소식 같이 들었어?"

안 소장 부부와 한만수 대령 부부는 서로 아는 사이였다. 그러나 그것도 아는 사이라 할 수 있을까. 그들은 부부 동반 모임에서 꼭 한 번 만났다. 서로 인사를 했을 뿐이었다. 안녕하세요. 네, 안녕하세요. 부인이 아주 미인이십니다. 우리 한 대령이 행운의 사나이였군요. 아마 오간 대화는 그것이 모두였을 것이다. 그러나 아무튼 그들은 아는 사이였고, 안 소장이 안부를 묻는 것을 전혀 이상하다고만 할 수는 없었다. 그러나 만수에게는 이상스럽게 여겨졌다.

"네, 같이 들었습니다."

안 소장이 위스키병을 들었다. 한 잔 더 하겠나? 네. 안 소장은 술을 따르고 만수는 마셨다. 안 소장은 마시지 않았고, 만수는 그에게 술을 권하지 않았다. 그들은 마치 채무자와 채권자 같았다.

그사이 날이 밝아 창 밖이 훤해졌다. 점호 나팔이 울려 퍼지고 병사들의 고함이 멀리서 들려왔다. 안 소장이 마침내 인터콤을 누르고 말했다. 오 소령, 들어와. 오 소령이 들어와 부동자세로 섰다. 충성 오중호 조사단장입니다. 충성. 안 소장이 말했다. 보고해.

오 소령은 암기라도 한 듯 일사천리로 보고했다. 15일 새벽 02시 20분경 A사단 19연대 GOP 19K에서 한성구 중위가 M16을 두 발 자신의 좌우측 가슴에 발사, 자살했습니다.

그 말을 들은 순간 만수는 순간적으로 목에서 비명이 터져 나올 것만 같아 이를 악물고 참아냈다. 오 소령의 보고는 계속되었다.

총성을 들은 조신일 중사가 즉시 GOP로 들어가 시신을 발견했고, 중대에 보고하였고, 지휘 계통을 따라 사단에서 보고를 받은 직후 헌병대에서 조사관을 파견, 현장을 확보하고 조사에 임했습니다. 현장에서 M16 탄피 두 개를 발견하였습니다. 유서는 발견되지 않았습니다.

보고가 끝났다는 것을 만수가 알아채기도 전에 안 소장이 말했다. 나가 봐. 오 소령은 충성, 하고 외치고 나갔다. 만수는 아무 말도 할 수 없었다. 움직일 수도 없었다. 누군가 뒷덜미를 짓누르는 듯 고개를 들 수도 없었다.

"한 잔 더 하겠나?"

안 소장이 술병을 잡았다. 만수는 말했다.

"자살 아닙니다. 그럴 리 없습니다."

안 소장은 대답하지 않았다.

"그럴 이유가 없습니다."

여전히 안 소장은 그를 지켜볼 뿐이었다.

"앞길 창창하고 명랑하고 군대 생활 적응 잘하고……. 아무 문제 없는 아입니다."

만수는 그런 말을 하면서도 그것이 설득력도 없고 근거도 없으며 하나 마나 한 소리라는 생각에 시달렸다. 더 이상 할 말이 생각나지 않았다. 비로소 안 소장이 입을 열었다.

"그 말, 어디선가 많이 들어본 것 같지 않아, 한 대령?"

만수는 그렇다는 것을 깨달았다. 어디서 들었던가? 생각이 나지 않았다. 그는 생각을 할 수 없었다. 아들이 죽었다는, 그놈이 총상을 입고 죽었다는 사실만이 반복을 거듭하며 그의 머릿속을 가득 채우고 있었다. 다른 생각이 비집고 들어설 틈이 없었다. 그는 나무토막처럼 앉아 있다가 잔을 내밀었고, 안 소장은 그 잔에 술을 따랐다.

"신중히 생각해. 우리 부대의 명예가 걸렸고, 내 명예가 걸렸고, 우리 부대와 나의 앞날이 달렸어. 물론 자네의 앞날도."

만수는 그 역시 어디선가 들어본 말이라는 것을 상기했다. 그는 마셨다. 배 속이 후끈 달아올랐다.

"나에게 맡기고 넌 집으로 돌아가. 조용히 처리하자, 한만수. 내가 기억해두마."

안 소장이 암시하는 바가 무엇인지 그는 알았다. 돌연 M16, 두 발, 이라는 오 소령의 보고가 의미하는 바가 명백해졌다. 슬픔을 느낄 겨를도 없이 만수의 눈에서 눈물이 흘러내렸다. 무표정한 얼굴인 채 그는 손등으로 눈물을 닦았다. 안 소장이 그의 어깨를 두들겼다. M16이라니. 두 발이라니. 만수는 M16 탄환이 어떤 파괴력을 지니고 어떤 궤적과 충격을 남기는지를 잘 알고 있었다. 아들놈의 꼴이 어떤 지경일지 상상조차 하기 싫었다. 그는 소파에서 일어섰다.

"현장을 보고 싶습니다."

안 소장은 앉은 채로 눈을 들어 빤히 한만수 대령의 눈을 쏘아보았다. 그 눈은 많은 것을 묻고 있었으나 한만수 대령의 눈은 아무것도 대답하지 않았다.

인터뷰 No. 29-3

주 감독 이런 얘기 재미없어요. 정의와 불의, 참과 거짓, 그 사이의 싸움, 이게 재미있게 만들어내기가 결코 쉽지가 않거든요. 이미 만들 만큼 충분히 만들었고.

양 감독	재미있게 만드는 것은 우리들 몫이고. 인터뷰 대상에게 재미있게 얘기를 해달라고 하는 것은 무리지.
한 장군	그놈이 직업군인의 길로 들어선 것은 내 책임입니다. 육사에 들어가라고 권한 것도 나고…….
주 감독	권한 정도가 아니라 강요하셨을 것 같은데…….
한 장군	약간의 갈등이 없진 않았으나 결국 그놈이 자발적으로 내 뜻을 따라주었지요.
주 감독	자발적이라는 말이 무슨 뜻인지 아십니까?
양 감독	아드님은 고교 시절에 뭘 하고 싶어했는데요?
한 장군	어처구니없게도 밴드를 하겠다고 하더군요.
양 감독	밴드? 아, 예술가 지망생이 육군 장교가 된 셈인가요?
한 장군	그런가요?
양 감독	아드님에게 육사 진학을 권한 것을 이제는 후회하십니까?
한 장군	내가 육사에 진학한 것도 후회합니다.
양 감독	아드님이 자살한 것이 아니라는 사실을 알았다면서요?
한 장군	네. 처음부터 자살이 아니라는 걸 알았지요.
양 감독	어떻게요?
한 장군	조사보고서가 엉터리였고, 조작된 것이 분명했고, 앞뒤가 맞지 않았고, 조사의 목적이 조사가 아니라 은폐였다는 것이 너무나 뻔했고……. 초등학생이라 해도

믿지 않았을 겁니다. M16으로 자기 가슴에 세 발을 쏘고 자살을 하다니? M16은 파괴력이 엄청난 화깁니다. 스스로에게 세 발을 쏠 수 있는 사람은 없습니다. 한 발 쏜다 하여 즉사하지는 않는다 할지라도 스스로 두 발을 더 쏠 수는 없습니다.

양 감독	세 발이라구요? 아까는 두 발이라 하지 않았습니까?
한 장군	그랬지요. 탄피가 두 발 발견되었다, 두 발을 쐈다. 그런데 부검을 하니 총상이 세 발이었어요. 이미 그것만으로도 저놈들이 조작과 은폐가 시도했다는 것이 드러납니다.
양 감독	탄피 하나는 어찌 된 겁니까?
한 장군	끝내 밝혀지지 않았어요. 현장이 콘크리트 바닥이라서 탄피가 어디 도망갈 데가 없어요. 누군가 감췄다고 생각할 수밖에요.
양 감독	누가 왜 은폐했을까요?
한 장군	진실을 두려워하는 놈들. 은폐하는 것이 이익이라 판단한 놈들. 그것으로 이익을 취한 놈들.
양 감독	누군지 아십니까?
한 장군	압니다. 군에선 다 압니다.
양 감독	누굽니까?
한 장군	공개할 필요 없습니다. 다 아는 일인데요, 뭐.
양 감독	난 모르는데요.

한 장군	곧 알게 될 겁니다.
양 감독	한 장군은 피해잡니다. 어째서 가해자를 감싸는 겁니까?
한 장군	피해자가 아닙니다. 가해잡니다.
양 감독	어떻게요?
한 장군	시작되는 순간 내가 이미 진 싸움입니다.
양 감독	이게 싸움입니까? 또 지금 우린 싸움의 승부를 얘기하는 게 아닙니다. 아드님의 죽음에 관한 진실 그 자체를 말하는 겁니다.
주 감독	진실이란 그 자체가 가치요 존재 이유입니다. 다른 아무 설명도 근거도 필요치 않아요.
한 장군	진실이 은폐되고 있다는 사실을 모르는 사람은 없었습니다. 조사단이 기자회견을 하고 난 뒤 쏟아져 나온 기사들을 보니까 내가 품은 의문들이 거기 고스란히 담겨 있더군요. 내가 굳이 입을 열 필요가 없었지요.
주 감독	그 가운데는 한만수 대령이 별을 달기 위해서 덮어두신 거라는 추측 기사도 있었습니다.
한 장군	내가 사건 직후 예편했다는 것은 모든 공공 기록에 나옵니다. 덮어둬야 할 일도 있는 법이오.
양 감독	직후가 아니라 서너 달 뒤였지요.
주 감독	한성구 중위의 죽음을 조사한 자들도 그렇게 말했을 겁니다. 덮어둬야 할 진실도 있는 법이라고.

양 감독   금으로 덮어도 덮는 거고 똥으로 덮어도 덮는 겁니다.

한 장군   난 졌어요. 나 자신에게. 나 자신의 모든 경력이 그 진실을, 내 아들의 죽음에 관한 진실을 배신하는 쪽에 서 있었습니다.

양 감독   당시에 기자들의 인터뷰 요청이 빗발쳤을 때 단 한 번도 거기 응하지 않은 이유는 뭡니까?

한 장군   아직 저들에게 일말의 기대를 걸고 있었다고 해야 할까요? 또 저들이 조사를 끝내기까지는 내가 역시 침묵을 지켜줘야 한다는 의무감도 있었습니다.

주 감독   신사도 같은 것?

양 감독   뻔히 진실을 은폐하려는 자들에 대한 의무감이라니, 이해할 수가 없군요.

한 장군   더 이상 무슨 말이 필요하겠습니까? 난 아들에게도 애어미에게도 무엇보다 나 자신에게…… 죄인입니다. 그래서 예편을 신청했습니다. 하루도 더 거기 있고 싶지 않았습니다. 나도 자살하고 싶었다고 하면 믿어집니까?

양 감독   좋습니다. 한 가지 질문에만 대답해주십시오. 사건이 발생하고 나서 석 달 뒤, 정확하게는 6월 29일에 더 이상의 진상 조사는 필요치 않다는 성명을 발표하신 것으로 되어 있습니다. 이게 사실입니까? 정말 한 장군이 이 성명을 발표하신 겁니까?

한 장군	그렇습니다.
양 감독	진상은 점점 더 오리무중으로 끌려가는 중인데 더 이상의 조사가 필요치 않다뇨? 도대체 그 이유가 뭡니까?
한 장군	필요치 않았으니까요.
양 감독	어째서요?
한 장군	그 이유가 그겁니다. 필요한 일은 그런 게 아니었어요.

오 소령이 전화를 한 것은 나흘 뒤였다. 그는 저녁 식사를 같이 하자고 했다. 한만수 대령은 연대 근처의 한식집을 제안했다. 오 소령은 서울에서 만나자고 했다. 서울에서?

"네. 주말에 뵈었으면 합니다."

오 소령은 청담동의 한 식당을 알려주었다. 만수는 들어본 적도 없는 곳이었다.

"주말까지 기다릴 필요가 뭐가 있습니까, 오 소령? 할 말 있으면 지금 당장 철원쯤에서 만납시다."

"제가 드릴 말씀이 있는 게 아니라 사단장님이 하실 말씀이 있는 겁니다."

한식당 '밀원'에 들어서자 만수는 은밀한 방으로 안내되었다. 대가 댁 안방처럼 꾸며진 실내에 오 소령이 기다리고 있었다. 안 소장은 없었다. 만수는 묻지 않았다.

가야금 음악이 흘러나왔다. 풍부하고 흥겨운 가락이었다. 오 소령은 더 기다릴 생각도 않고 이것저것 음식을 주문했다.

"여기 신선로가 일품입니다. 꼭 드셔야 합니다."

너무 많은 음식들이, 너무 빠르게 나왔다. 오 소령은 셔츠 소매를 걷어붙이고 갈비를 뜯고 동치미 국물을 마시고 흰 쌀밥에 게살을 올리고 입 안에 밀어 넣고 총각김치를 전투적으로 베어 물고 법주를 들이켜고 상추에 산적과 마늘과 된장을 싸서 입 안에 틀어넣고 신선로의 탕을 사발에 옮기고 숟가락을 빨고 손가락을 빨고, 눌은밥을 마셨다. 만수는 음식 맛을 알 수 없었다. 무슨 얘기를 듣게 될 것인지 마음이 조마조마했다. 더 이상 오 소령에게 어서 얘기해 이 개새끼야, 하고 소리칠 수도 없었다. 오 소령은 안 소장의 심복이 분명했다. 그를 거슬려 좋을 일이 없었다.

법주 한 병이 다 비기까지 안 소장은 오지 않았다. 오 소령은 이번에는 조니워커를 주문했다. 그것마저 바닥이 났다. 안 소장은 오지 않았다.

"못 오시는 모양입니다."

오 소령은 그제야 포기했다. 적어도 그때까지는 만수는 그런 줄 알았다. 밑도 끝도 없이 오 소령이 말했다.

"한 대령님이 스타 진급 기수가 되는 게 내년이더군요."

만수는 대답하지 않았다.

"사단장님이 틀림없이 힘이 되어주실 거라고 말씀하셨습니다."

이것은 무슨 소린가? 만수는 믿을 수가 없었다. 거래를 하자는

것인가? 도대체 무엇을 놓고 무엇으로? 이들은 어떻게 이런 파렴
치한 거래를 생각할 수 있단 말인가?

"그 점은 믿으셔도 될 겁니다. 연말이나 내년 초에 공개되겠지만,
안 소장님이 이번 군 개편 때 정보사령관으로 들어가실 겁니다."

그런 소문은 만수도 이미 듣고 있었다.

"사단장님이 청와대에도 국회에도 막강한 줄을 가지고 계시다
는 건 제가 굳이 말씀드릴 필요가 없을 거구요."

안 소장의 장인이 여당의 실력자였고, 맏사위가 초선 국회의원
이었다.

"여당 야당을 막론하고 아주 관계가 좋으십니다."

부러운 일이었다. 만수로서는 꿈도 꿀 수 없는 배경이었다.

"이해하시죠? 사단장님은 그때까지 조용하기를, 원만하기만을
바라십니다."

안 소장이 얘기하고자 하는 바는 분명했다. 입 닥치고 조용히
복종하라는 명령이었다. 대가로 별을 주겠다는 제안이었다.

"전 중위 때 안 소장님을 만났습니다. 약속하신 건 반드시 지키
는 분이십니다. 그분 입에서 나온 말씀이면 그건 틀림없습니다."

만수는 묵묵히 그를 지켜보았다. 오 소령은 점점 더 자신만만해
졌다.

"1차 공식보고서가 미처 밝혀내지 못한 진실, 공개하지 못한 진
실이 전혀 없다고 할 수는 없을지 모릅니다. 하지만 비공식적 조
사, 안 소장님 지시로 이틀 전 시작된 재조사는 철저하고 완벽하

게 진실을 밝혀낼 겁니다."

"비공식적 조사? 따로 시작했다는 거요?"

"그렇습니다. 제가 그 조사를 지휘하고 있습니다. 한 점 의혹도 남기지 않을 작정입니다. 조금도 걱정하실 필요 없습니다, 한 대령님."

"오 소령이 1차 조사단장이었지요? 그런데 이번 조사도 오 소령이 지휘를 합니까?"

"물론 저는 극구 사양했습니다. 하지만 사단장님 명령이었습니다."

어째서 따로 비공식 조사를 시작할 필요가 있는 것일까. 만수는 비로소 깨달았다. 그가 의문을 제기한 몇 가지 사항에 대한 안 소장의 답변이 바로 이 비공식 조사였다. 의문이 비공식적이었으므로 조사도 비공식적인 것일까? 만수가 기대한 것은 이런 것이 아니었다.

만수는 오 소령에게 차근차근 말했다. 나 역시 이 문제로 시끄러워지기를 바라지 않는다. 나 역시 군에 몸을 담은 사람이다. 언론의 입초시에 오르내려 흙탕물이 튀는 것을 원치 않는다. 그러나 아들의 죽음이다. 누구를 끌어내리고 누구를 범인으로 지목하고 벌하기 위해서가 아니라 사고의 경위를 사실대로 밝히는 것이 최소한의 아비로서의 의무가 아니겠는가. 오 소령은 안 소장 역시 잘 알고 있다고, 염려 말라고 거듭 확인했다.

"어떤 점이 제일 걸리십니까, 한 대령님?"

오 소령은 수첩과 만년필을 꺼냈다. 이미 취하여 그가 삐뚤빼뚤 수첩에 휘갈겨 쓰는 글자들을 보며 한 대령은 말했다. 말하면서 이미 절망스러웠다.

"세 가지만 말하겠습니다. 하나, 탄피요. 시신에는 세 발, 탄피는 두 발. 그것이 밝혀져야 할 겁니다. 둘, 시신이 옮겨졌다는 정황이 있습니다. 사건이 벌어진 곳이 GOP가 아닌 것 같다는 겁니다. 어째서 신고를 하기 전에 소대에서 시신을 옮겼을까? 혹은 신고를 하고 나서 옮긴 것일까? 이 두 번째 의문이 해명되면 첫 번째 탄피 문제는 절로 설명이 되리라 봅니다. 셋, 그날 같이 근무한 사병들의 진술이 이다지 모순이 많고 앞뒤가 맞지 않는 까닭은 무엇일까? 모순된 진술을 정리해야 합니다."

"잘 알겠습니다."

오 소령은 고개를 끄덕이며 수첩을 주머니에 쑤셔 넣었다.

"여긴 똥별들끼리 종종 모이는 자리랍니다. 사단장님이 추천하셨습니다."

식당을 나오며 오 소령이 말했다.

똥별은 장군들끼리 쓰는 말이었다. 별을 비하하는 것이기는커녕 은근한 자부심이 깔린 말이었다. 별만이 별을 똥별이라 부를 수 있었다. 영관이 그런 말을 쓰는 것은 건방지고 어색했다. 그는 기껏해야 안 소장을 따라와 똥별들이 호기롭게 취흥에 젖는 동안 뒷방에서 요리 한두 접시를 얻어먹은 것이 고작일 것이다. 또 하나, 그의 말을 통해 안 소장이 처음부터 약속 자리에 나올 계획이란 없었다는 것을 만수는 알 수 있었다.

"믿으시고 기다리시기만 하시면 되십니다."

오 소령이 헤어지기 전 남긴 말이었다. 믿으시고 기다리시기만 하시면 되십니다. 존대형 보조어간이 반복되는 그 어색하고 비굴한 말투를 오랜 세월이 흐른 뒤에도 만수는 잊을 수 없었다.

M16이 있는
뷔페

시헌이 카드를 섞고 있었다. 카드의 팽팽한 탄성력으로 그의 두 손에 나누어진 카드 뭉치가 교차하여 섞이며 넘어가고 또 넘어갔다. 섞고 나누고 또 섞고 다시 나누고 또 섞었다. 그다음 한 장씩 카드를 나눴다. 일곱 사람에 한 장씩. 다음에는 일곱 사람에게 두 장씩. 그들은 두 장의 카드를 엎고 한 장의 카드는 노출시켰다. 한 사장이 킹을 내놓았으나 연우의 에이스가 더 높았다. 베팅! 체크. 체크. 올려. 만 원. 콜. 올려. 이만. 콜. 콜. 콜. 콜. 죽었어. 콜. 시헌이 살아남은 여섯에게 다시 한 장씩의 카드를 배포했다. 한 장군의 킹 옆에 에이스가 붙었다. 그때부터 그는 베팅을 높였다. 오만 원을 던졌다. 콜. 콜. 죽어. 콜. 올려. 육만. 콜. 콜. 콜. 올려. 십만. 콜. 죽어. 올려. 십이만. 콜. 죽어. 올려. 이십만. 콜. 연우가 떴다. 한 장군의 카드는 7 페어 하나뿐이었다. 전형적인 허풍이었다. 연우는 에이스 투 페어였다. 그녀만이 한 장군의 허풍을 꿰뚫어보았다. 카드는 허공을 날고 재빨리 정리되고 잠깐 사이 승부가 결정 났다. 안되네. 한 장군이 투덜거렸다. 연우가 깔깔거렸다.

이번에는 양 감독이 카드를 섞었다. 그는 천천히, 두 손을 위아래로 움직여 화투를 섞듯 카드를 섞었다. 찬물이라도 한 사발? 찬물 먹고 속 차리라는 거요? 돈 잃으면 다 답답하지요. 기훈은 석 장의 카드 가운데 클로버 4를 노출시켰다. 돈 따면 낫는 병이지. 성근이 대꾸했다. 두 사람이 서로를 돌아보며 낄낄거렸다. 누가 보기에도 농담이었으나 한 장군은 그렇게 듣지 않았다. 젊은 양반들이 늙은이를 놀리네. 그는 전등이 다시 켜진 뒤부터 꾸준히 돈을 잃었다. 에이스 석 장을 쥐고도 6 풀하우스에 꺾이는 식이었다.

한 장군이 탁자에서 일어서자 양 감독이 물었다. 어디 가십니까? 기훈이 정색을 했다. 탈영입니까, 한 장군님? 한 장군은 아직은 농담으로 받아넘길 여유를 잃지 않고 있었다. 탈영이라니. 전쟁터도 아닌데. 카드가 돌아가는 곳이 전쟁텁니다. 이런 전쟁터가 또 어디 있겠습니까. 도망병, 한 장군 각하? 위협을 느끼면 누구나 도망가서 숨고 싶은 법이지요. 내가 도망은 왜 가고 숨기는 왜 숨습니까? 왜? 왜라고 하셨습니까? 왜? 이유를 중요시하는 분이셨군요. 기훈과 양 감독 사이에 왜, 왜, 왜, 하고 대화가 반발하는 탁구공처럼 오갔다. 왜 카드를 하십니까? 왜 졌어요? 왜 허풍을 쳤어요? 결혼은 왜 했어요? 애는 왜 낳았어요? 도대체 왜 살아요? 왜 죽지 않아요? 펜션은 왜 만들었어요? 장사가 왜 안 된다는 겁니까? 도박을 왜 그렇게 좋아해요? 마누라는 왜 패요? 애는 왜 죽여요? 애는 왜 안 낳아요? 이혼은 왜 안 해요? 돈은 왜 그리 못 벌어요? 한 장군이 술병을 쥐고 돌아와 앉았을 때 탁구공은 이렇게 튀었다. 술은 왜 자꾸 퍼먹냐구요? 한 장군은 탁구공으로 이마를 맞은 사람처럼 멀거니 양 감독을 쳐다보았다. 이 많은 '왜'에 하나라도 제대로 답할 수 있습니까, 한 장군 각하? 숨 막히네요, 감독님들. 왜, 왜, 왜…… 왱왱거리지 좀 말아요. 똥파리처럼. 한 장군이 뭘 잘못했다는 겁니까? 신문에 눈곱만 한 기사 쪼가리 하나도 다 육하원칙에 따라 써야 한다는데. 그럼요. 이유를 탐구하는 게 나쁜 건 아니지요. 한 장군이 중얼거렸다. 어디서 젖은 신문지 냄새나는 것 같지 않아요?

그사이에도 카드는 꾸준히 돌아갔다. 체크. 콜. 죽어. 연우가 쥐었던 카드를 버렸다. 그녀는 양 감독 겨드랑이에 머리를 들이밀기라도 할 듯 바짝 붙어 앉아 있었다. 별로 보기 좋은 광경이 아니었다. 영서는 어째서 자꾸 그런 꼴이 눈에 거슬리는지 알 수 없었다. 올려요. 오만. 심 교수, 좋습니다. 훌륭한 지적입니다. 왜냐고 자꾸 묻는 건 세상이 아직 이치에 따라 돌아간다고 믿는 사람의 습관이라고 할 수 있겠지요. 세상이 이치에 따라 돌아가야 한다는 어리광이거나. 세상이 이치에 따라 돌아가지 않는다는 것에 대한 불평, 혹은 앙탈이거나. 한 장군은 마시던 조니워커를 탁자 위에 놓고 지폐를 돈더미 위에 던졌다. 콜. 아직 카드를 다 뒤집어보기도 전이었다. 체크. 체크. 이만 원. 이만 원이 뭡니까. 오만 원. 콜. 죽을래요. 감독님은 세상이 이치에 따라 돌아간다고 믿는 겁니까,

믿지 않는 겁니까. 나요? 난 암것도 안 믿어요. 내 카드만, 손에 쥔 카드만 믿지요. 연우가 또 깔깔거렸다. 내가 뭘 믿기라도 하면 이 지경이겠습니까? 그는 카드를 던져버렸다. 그래요? 이 따위 카드. 한 세트에 몇 달러나 합니까? 날카로워요. 멋진 반격입니다. 돈을 못 따서 그렇지. 그거 참, 왜냐고 물을 수도 없고. 그랬다가는 또 무슨 소릴 듣게 될지 무서워서요. 들어봤자 헛소리 몇 마디겠죠. 성근이 웃었다. 그는 카드를 받자마자 죽는 짓을 반복하고 있었다. 영서는 카드를 쥐고 있기는 했으나 눈에 들어오지 않았다. 차츰 취해가고 있었고, 그럴수록 술잔을 자주 비웠다. 그녀는 위층의 방에 올라가 누워야 할 것 같다고 생각하면서도 일어나지 않았다. 아직 할 일이 남아 있다는 것을 그녀는 점점 더 강하게 의식하고 있었고, 그 일을 할 순간이 다가오고 있다는 것 또한 점점 더 강하게 의식하고 있었다. 그것은 마치 지글거리는 기름 속에 고깃덩이를 떨어뜨릴 결정적 순간을 기다리는 듯한 기분이었다. 지금 그녀의 눈 밑에 놓인 프라이팬에서 뜨겁게 달구어진 기름이 지글지글 끓고 있었다. 저 한 잔 줘요. 성근이 위스키병을 내밀었다. 과연 세상은, 적어도 그녀는 이치에 따라 움직이고 있지 않았다.

연우가 카드를 섞었다. 그녀는 너무나 느리게 한 장 또 한 장 카드를 뽑아 나누어주었다. 빨리 좀 해요. 양 감독이 말하자 그녀는 눈을 들어 그를 바라보며 깔깔거렸다. 영서는 그 깔깔거리는 주둥이를 한 번만 탁, 때려주었으면 기분이 좋아질 것 같았다. 저 색정적인 눈, 어서 방으로 들어가고 싶은 거로군. 한 장군은 그녀를 보며 생각했다. 연우는 여전히 한 장 또 한 장 세듯이 느린 동작으로 카드를 나누었다. 밤새 카드 구경 다하겠나, 어디. 성근이 투덜거렸다. 연우는 다시 깔깔거렸으나 전혀 속도를 내지는 않았다. 사실 왜, 라는 질문은 이유나 이치가 아니라 사실은 욕망을 추구하는 경우가 많아요. 이치라뇨. 이치를 거부한다면서요. 내가요? 천만에요. 누가 그걸 거부하겠습니까. 이거 왜 이래, 하고 말하는 건 사실 이유를 묻는 게 아니거든요. 그러지 말아달라는 뜻이죠. 그러면 나한테 혼날 줄 알아라, 하는 위협이거나. 누가요? 감독님이요? 아뇨. 한 장군 각하께서? 난 왜 또 끼워 넣으시나? 기훈이 웃어댔고, 영서도 따라 웃었다. 에이스 다이아몬드를 내려놓은 한 장군이 기세 좋게 지폐를 내던졌다. 베팅! 십만! 죽어. 죽어. 죽어. 죽어. 모두가 카드를 던졌다. 그러니까 이치에 따라 세상이 움직인다고 믿는 사람은 아직 순진한 사람, 유치원생, 아니면 낙제생이라고나 할까. 썩 부적절한 비유로군요. 아무도 따라오지 않았으므로 한 장군은 겨우 푼돈을 땄다. 그는 카드를 던지며 투덜거렸다. 이게 뭐냐. 겨우 만 원짜리 몇 장이라니.

그게 단순히 왜, 라는 말의 문젠가? 언어 자체의 문제가 아닐까. 언어라는 게 의사소통이나 이치를 추구하는 수단으로서 무력하거나 부적절하다는 사실을 입증하는 것 아닌가. 그래요. 언어 일반의 문제라고 해야 할 거예요. 하지만 언어 외에 무슨 의사소통 수단이 있어? 이치를 추구하는 수단은? 그런 거 소통도 말고 추구도 말고, 그냥 살면 되는 거 아닙니까. 그렇게 살 수가 있는 존재인가,

인간이? 이미 그렇게 산 지 오래인데 새삼 무슨 그런……. 정말 그런가요? 우리가 그렇게 살고 있어요? 그렇게 생각하세요? 학문도 예술도 언어로 하고 있는데. 감독님은 시나리오 쓰는 작가이기도 하잖아요. 그런 행위에 대한 자의식 같은 건 전혀 없으신가요? 연우가 말짱한 낯으로 양 감독을 추궁했다. 눈매가 날카로워진 그녀는 더 이상 색정적으로 보이지 않았다. 발그레한 볼도 창백해졌다. 아니아니, 어째서 갑자기 총알이 나에게 튀지? 난 그냥, 뭐, 일반적으로…… 언어라는 게 오늘날 참으로 무력하고, 뭐, 그렇다는……. 심 교수도 언어로 학생들 가르치고 논문도 쓰고 그러니까 그런 생각 해봤을 거 아닙니까. 심 교수가 대답해보시지. 언어라는 게 학습의 수단으로 많이 부족하다는 생각은 종종 해봤지요. 아까 말입니다, 전기 나갔을 때, 난 누가 누구랑 키스하는 거 봤어요. 성근이 말했다. 키스만 했어? 정말? 누구하고 누구야? 캄캄한데 어떻게 봤어? 라이터 불이 켜지니까 두 사람이 금세 떨어지더라구요. 두 사람이 키스한 게 뭐 이상해? 세 사람이 키스를 했다면 좀 이상한 일이지만.

한 장군이 카드를 돌리고 있었다. 두 장씩들 더 받으시고. 이제 베팅들 해요. 체크. 만 원. 콜. 콜. 콜. 올립시다. 이만. 또 허풍이시죠? 왜 이런 얘기가 나오는 겁니까? 남녀가 모였는데 그러다 보면 키스하는 사람도 생길 수 있는 거죠, 뭐. 카드나 합시다. 콜. 콜. 오만으로 올리시고. 난 죽어야겠네. 나도. 콜. 한 장씩 더 받으시고……. 사실대로 말해봐. 키스만 했어, 아니면……? 아니면 뭐요? 거 왜 있잖아. 그 잠깐 불 나간 사이에 어떻게 그런……. 잠깐이라니. 한참 걸렸어요, 불 다시 들어오기까지. 하지만 촛불이 있었잖아. 혹시 화장실로 몰래 숨어들어가서……? 아까 전기 들어왔을 때 이분들 다 여기 그대로 있었나? 한 장군이 카드를 들여다보며 뜬금없이 중얼거렸다. 저기 어딘가에 있는 공중화장실은 게이들의 미팅 장소로 아주 유명하다고 합디다. 이 양반들, 화제가 어째 이렇게 돌아가요? 이러다 성추행 소리 나오겠네. 여기 여성들이 얼마나 민감한 분들인데. 성추행? 거기에 그런 게 있다, 하고 말하면 그게 성추행? 사실을 직시한 것뿐인데. 아, 거참 성가시네. 카드나 하자구요. 놀며 하고 얘기하며 하고 그러는 거지, 뭘 그다지 보채십니까, 한 장군 각하. 돈 딴 양반들이야 무슨 걱정이 있겠소만. 엉뚱하게 성추행이니 뭐니 법으로 옭아맬 필요가 어디 있어요? 어두운 데서 키스를 할 수도 있고, 게이들이 그런 데서 미팅을 할 수도 있는 거지, 무슨 성추행? 그거 참 아주 독창적인 판례가 되겠네. 필요가 아니라니까요. 욕망입니다. 그렇게 얽어매두기를 욕망하는 자들이 있다는 겁니다. 도대체 어느 똥구멍 같은 놈들입니까? 남들이 뭘 욕망하건 내비둬요. 그런 데 일일이 신경 쓰면 반사회적 인격장애 진단을 받는 겁니다. 정말요? 언제부터요? 국회의원들이 뭐 하는 것들입니까? 노동면허법도 상정하고 통과시키는 놈들인데. 통과됐어요? 아직 몰라요. 누가 뉴스 본 사람 없어요? 내일모레쯤 그 정신 빠진 것들이 인격장애면허법 같은 거 발의하지 말라는 법 있겠어요? 또 법이네. 시민들을 늘 감시하고 통제해

야만 직성이 풀리는 놈들 있잖아요. 늘 법을 어기고 반항하고 질
서를 교란하는 자들이 있는 건 사실이지. 경찰들 형사들 봐요. 얼
마나 바빠요? 집에도 못 들어가고 맨날 야근하고 범죄자들 집 앞
에 차 세워놓고 밤새우고……. 정아가 웃음을 터뜨렸다. 아무도
따라 웃지 않았으므로 그녀는 곧 웃음을 그쳤다. 그런 정치적인
발언 그만두고 게임이나 하자니까. 돈이나 따자구요. 이것 봐요.
벌써 감시와 통제가 나오잖아. 무슨 반사회적 인격장애야? 좀 위
험하긴 하지요. 반사회적 인격장애는 모르겠지만 소수자 차별 혐
의가 살짝 보일까 말까 하는 정도였죠? 누가 뭘 죽인 것도 아니고
뭘 훔친 것도 아닌데 무슨 범죄니 법이니……. 과잉 반응입니다.
다른 한쪽에는 정치적 법적 윤리적 종교적 계몽적 인간적 철학적
으로 늘 옳은 소리만 하고 늘 옳은 짓만 해야 한다는 강박에 사로
잡힌 자들도 있는 법이고. 그런 놈들도 사실 징그러워요. 그놈의
철학이 왜 안 나오나 했네. 기훈이 웃었고 연우가 따라 웃었다. 저
양반들은 철학 얘기만 나와도 좋아 죽는구먼. 사람이 잘못도 저지
르고 실수도 하고 사는 거지. 안 그런 사람 어디 있어요? 잘못? 실
수? 그걸 구별하지 말라는 거요? 이 경우엔 굳이 구별할 필요가 없
을 것 같은데. 왜요? 지금 실수하시는 겁니다. 웃자고 하는 얘긴데
정색하고 덤비시는 거라구요. 우리 지금부터 '왜'라는 말은 넣지
말고 얘기 좀 해봅시다. 얘기는 무슨. 게임이나 하자니까. 그런 말
말자, 이거나 하자, 그런 것도 통젭니다. 우린 그런 거 아주 지긋지
긋해요. 아, 머리 시끄러워 못살겠네. 지금 카드를 하는 거요, 논

쟁을 하는 거요? 카드도 하고 논쟁도 하고 술도 마시고 떡도 먹고 키스도 하고 혀도 깨물고 똥도 싸고 화장실 가서 게이 미팅도 하고……. 좀 좋아요? 그런 어려운 거 나에게 물어보지 말아요. 총이라는 게, 그런 놈들이 총까지 쥐게 되면 큰일이잖아. 총을 빼앗아야지. 총이라는 게 돈하고도 분리해둬야 하고 권력하고도 분리해둬야 하고……. 총이란 게 내가 가만 보니까, 영화 촬영할 때만 있으면 되겠더라. 양 감독이 말하자 와자하게 웃음이 터져 나왔다. 다 빼앗아서 영화판에다 끌어모아두면 되겠네요. 그게 말처럼 쉽겠어요. 총 가진 놈에게서 총을 빼앗으려면 총을 쥐어야 할 텐데. 그러면 싸움이 나지. 숨어서 빼앗을 수 없잖아요. 권력은 총구에서 나온다. 밑도 끝도 없이 한 장군이 부르짖었다. 예편한 지가 언젠데 아직 이렇게 군기가 바짝 들어 있는 겁니까, 한 장군 각하? 죄송합니다, 양 감독 각하. 군기가 그게 한 번 들면 평생 가는가 봅니다. 치료 불능이로군요.

올립시다. 기훈이 지폐 한 줌을 탁자 가운데 던졌다. 이십으로 만드는 겁니다. 성근이 죽고 정아가 죽고 양 감독이 죽었다. 남은 것은 기훈과 영서와 연우, 그리고 한 장군이었다. 연우는 만화라도 보는 듯 카드를 들여다보며 키득키득 웃고 있었다. 영서는 자신이 쥐고 있는 카드가 무슨 뜻인지 알 수도 없었다. 올인원? 아니, 뭐지? 한꺼번에 이렇게…… 돈을 모두 다? 음? 그녀는 돈을 내놓을 듯 지폐를 주물럭거리다가 몰라, 하더니 돈은 거둬들이고 카드를 동댕이쳤다. 올인 말이죠? 성근이 말했다. 아, 올인. 왜 올인

하시려구요? 아직 돈 많으신데. 이제껏 한 번도 해본 적이 없어서요. 언젠가 한 번은 해보고 싶었어요. 성근과 기훈이 웃어댔다. 영서 씨 도박하면 큰일 내겠네요. 아, 머리 아파. 정아도 죽었다. 하기야 그녀는 아까부터 한두 번 콜을 하다가 죽는 것으로 일관하고 있었다. 카드보다 얘기에 열중했다. 참 힘들었어요. 제가 집에서도 라면, 특히 떡라면을 안 먹어요. 젊을 때 연극하면서 몇 날 며칠 끼니를 떡라면으로만 때운 적이 있거든요. 생각만 해도 가슴이 묵직해지면서 소화가 안 되고 속에서 시디신 위액이 솟구쳐요. 식도가 타요. 떡라면, 그 맛있는 걸. 영서가 탄식했다. 한 장군은 차례가 오자 삼십으로 만듭시다, 하고 기세 좋게 베팅을 올렸다. 기훈은 망설이지 않았다. 삼십이 뭡니까. 까짓 거, 오십으로 만듭시다. 문제는 연우였다. 그녀는 망설이다가 나직하게 물었다. 팬디 얼마 쳐줘요? 정아는 믿을 수가 없었다. 팬티? 팬티라니? 남자들이 할 말을 잃은 채 멍청히 심연우 교수를 쳐다보았다. 그녀는 그 남자들을 둘러보며 물었다. 이십? 삼십? 양 감독이 갑자기 박수를 쳤다. 좋아, 좋아. 남자 놈들, 뭘 고민해? 그러자 여기저기 박수와 함께 환호성이 터져나왔다. 좋습니다. 벗어요! 영서는 처음에는 깜짝 놀랐으나 남자들의 박수소리와 함께 탁자를 두들겨대며 같이 웃어대기 시작했다. 어머, 어머, 어머! 박수소리와 웃음소리, 환호성 속에서 연우는 스커트를 조심스럽게 엉덩이 부근으로 끌어올리고, 속살이 보이지 않도록 천천히 팬티를 끌어내려 탁자 위에 던졌으며, 모든 남자들의 눈이 그녀의 이미 탄력을 잃은 허연 다리에 끈적하게 달라붙었다. 정아는 믿을 수가 없었다. 귀가 아득히 멀어지고 눈앞이 아득히 멀어지고 모든 소리와 시야가 캄캄해지는 듯한 충격 속에서 웃어대는 양 감독의 시커먼 입 속이, 거기 엿보이는 금니가, 요란하게 박수를 치는 성근과 기훈의 시커먼 손이, 탁자를 마구 두들겨대며 머리를 흔들어대는 영서의 길고 검은 머리칼이, 생각에 골몰한 얼굴로 점퍼 안주머니에 손을 밀어 넣고 그 광경을 신중히 지켜보고 있는 한 장군의 비대한 뱃살이, 그 모든 것들이 한꺼번에 거대한 시궁창이 되어 콸콸거리며 흘러내리고, 그 속으로 자신이 휩쓸려드는 듯한 착각에서 발을 빼내기 위해 안간힘을 다해 두 눈을 부릅떴다. 한 장군이 주머니에 손을 찌른 채 물었다. 빤쓰는 남자 것만 쳐주는 거요? 남자 것은 백 원, 여자 것은 호가. 양 감독이 부르짖었다. 그런 인종차별이, 아니 아니, 남녀차별이 어디 있습니까. 내가 딸년 키우다 보니 집 안에 널린 게 여자 빤쓴데 그걸 몇십만 원씩 쳐줘야 하다니. 이건 언어도단이야, 모순이라구. 빤쓰 색깔에 다른 가격 차이는 없습니까? 멀쩡한 흰색하고 야들야들한 보라색하고 값이 같아요? 실크팬티하고 면팬티하고도 같아요? 그래서야 너무 불공정하지. 연우가 쏘아붙였다. 어떤 색을 원해요? 말만 해봐요. 지금 그게 문젠가, 어디? 팬티라는 게 중요해. 지금 입고 있는 팬티, 그거 아니면 금딱지로 세공한 팬티라 해도 안 쳐준다니까. 그걸 모르겠어? 정말 몰라? 아, 그 양반 참 둔하시네. 그래 가지고 어떻게 전쟁을 하겠어, 한 장군 각하? 그들의 얘기가 장난에 불과하다는 것을 짐작하면서도, 어린애들이 물가에 서서 누가 물수제비를 잘 뜨는지 내기를 하는 것과 다름없다고 생각하면서도 정아는 혼란스러웠다. 금세 연우가 각종 색깔의 팬티를 두 다리 사이에서 차례차례 끌어내릴 것만 같았다. 스타킹은요? 스타킹은 얼마예요? 영서는 혼자 질문하고 대답도 듣기 전에 웃어댔다. 팬티스타킹이냐 그냥 스타킹이냐에 따라 값이 다르지. 어디 한번 팔아보시려고? 성근이 옆에 앉아 눈으로 그녀의 다리를 쓰다듬었다. 누군가가 박장대소하고 누군가 박수를 치는 사이 팬티와 스타킹과…… 어쩌면 여자들이 몸에 걸친 모든 것에, 어쩌면 여자들 자신의 몸뚱이 하나하나에 가격이 정해지려는 것 같았다. 그들은 규칙을 정하고 있었으나 그 규칙은 장난과 다르지 않았고, 장난과 다르지 않았으나 그것은 통용되었다. 누군가 묻고 누군가 대답하고 누군가 빈정거리고 시비를 걸고 다투는 듯하다가 이내 웃음을 터뜨리는 사이 규칙이 결정되고 변하고 적용되었다가 취소되기도 하고 새로운 규칙이 만들어졌으나 그들은 무엇이 변하고 변하지 않았는지 재빨리 간파하고 적응했으며, 또 다른 변화를 만들어내고 또 다른 시비를 끌어들였으며, 어느새 거기 적응했다. 이제 팬티를 사고파는 일까지 계약의 일부가 된 셈인가. 정아는 카드를 들여다보기라도 하고 싶었으나 그녀의 손에는 이미 카드가 없었다. 그녀는 다시금 안개 속을 헤매는 기분이었다. 모든 것들이 안개처럼 녹아 끈적거리고 분초 따위 유의미한 마디들마저 그 속에 녹아내렸다. 술과 장난과 농담과 담배와, 어디로 전개될지 알 수 없는 서사가 그 자리를 차지했으나 그 서사 역시 안개 속에서 질퍽거리고 있었으며, 정아는 그 서사의 줄기를 따라잡기 위해 안간힘을 다해 버둥거렸다. 올려, 올려. 카드가 채 교환되기도 전에 베팅이 계속되고 지폐가 수북히 쌓이고 더 쌓이고 그 위에 팬티가 쌓이고 누군가 차 열쇠를 내놓고 신용카드를 올려놓고 시계를 풀어 올려놓고 수표와 반지와 목걸이와 도장과…… 그런 것들이 높다랗게 쌓이고 더 이상 장난인지 아닌지 알 수 없는 지경이 되어가는 어떤 순간, 돈 없는 놈 떨어져, 돈 없는 년은 빤쓰 벗어, 하고 누군가 부르짖고 웃어대는 어떤 순간, 그 모든 것 위에 검은 금속덩이 하나가 툭 떨어졌다. 백으로 올려!

모든 소리가 잘려나갔다. 정아는 거기 갑자기 떨어진 물건이, 그 시커먼 쇳덩이가 권총이라는 것을, 틀림없는 권총이라는 것을 몇 번이나 보고 또 확인하고 확인했다. 늘씬하게 생긴 그 물건, 피를 머금은 듯 검붉은 금속덩이는 분명 권총이었다. 이게 진짜야? 진짜 권총이야? 장난감 아냐? 왜 누가 권총을 가져왔어? 그때 한 장군이 소리쳤다. 그게 발터 P1이라는 겁니다. 이걸 판돈으로 내놓는다는 거요? 물론입니다. 빤쓰보다는 월등 나은 거 같은데요. 이거 정말 장난감같이 생겼다. 영화에서 나오는 총은 진짜 총 같은데. 기훈이 권총을 쥐었다. 총알은, 총알은……? 누군가가 겁을 먹은 듯 중얼거렸다. 내가 다 빼놨지. 한 장군이 득의의 미소를 지었다. 총알 없는 권총은 그야말로 장난감이지, 뭐. 성근이 다가와 권총을 넘겨받으려 했으나 기훈은 자리를 차고 일어나 두 손으로 굳게 권총을 쥐고 팔을 뻗어 허공을 겨누었다. 꼼짝 마! 그가 부르짖었다. 순간적으로 모든 사람들이 얼어붙어 그를, 아니, 그가 쥔 발터 P1의 총구를 주목했다. 실내가 고요해졌다.

그때 문이 열리고 시헌이 들어섰다. 한 장군이 그를 쏘아보았다. 시헌이 그를 쏘아보았다. 연우는 양 감독 뒤로 몸을 숨겼다. 그녀의 얼굴에 더 이상 색정적인 웃음 따위는 보이지 않았다. 성근의 이마는 여전히 수려했으나 이제 거기 얼룩처럼 두려움이 묻어 있었다. 양 감독은 아직 웃음을 머금은 입술을 연우의 머리칼에 묻을 듯하다가 곧 정신을 되찾아 총구로 시선을 옮겼다. 기훈은 총구를 서서히 돌려 한 장군을 겨누었다. 뭇 시선이 그 총구를 따라 한 장군을 향했다. 영서는 몽롱한 눈으로 고요해진 실내를 두리번거리다가 총을 겨누고 있는 기훈을 발견하자 갑자기 비명을 지르며 탁자 밑으로 기어들어갔다. 아무도 그녀의 착각을 시적하지 않았다. 그것이 착각인지 아닌지 아직 아무도 알 수 없었다. 아무도 웃지 않았다. 기훈이 총구를 서서히 돌려 이번에는 시헌에게 겨누었다. 시헌은 멈춰 서서 두 손을 허공으로 번쩍 들어올리고 말했다. 항복. 장난 같은 대사였으나 어쩌면 초연한 연기 같기도 했다. 양 감독이 혀를 찼다. 연기가 저래서야…….

"어떻게 할까, 한 장군 각하?"

기훈이 물었다. 한 장군은 혀를 빼물어 입술을 핥았다.

"뭘?"

"땡겨버려?"

"뭘?"

"젠장, 이 방아쇠."

이제 모든 사람들이 한 장군을 주목하고 있었다.

"그런 걸 왜 나에게 물어요?"

그들은 기훈이 정말 방아쇠를 당기기를 바라는 것처럼 보였다. 적어도 정아가 보기에는 그랬다. 그녀 또한 그랬다. 그녀의 내부에서 무엇인가가 이 안개를, 이 어처구니없는 서사를 찢어발겨버릴 총성을, 그리고 피를, 죽음을, 충격적이고 흥미진진한 사건을, 아아, 그녀에게만은 전혀 무해할 것이 분명하다면, 태연히 여기 앉아 감상할 수 있는 구경거리를 요구하고 있었고, 그것에 놀라 그녀는 차마 볼 수 없다는 듯 고개를 꺾었다. 그다음에야 그녀는 아까 누군가 총알은 이미 빼냈다고 얘기했다는 것을 기억해냈다.

한 장군이 느릿느릿 기훈 앞으로 다가가는 듯하더니 어느새 그의 팔을 꺾었고, 그가 비명을 지르는 순간 간단히 권총을 빼앗았다.

"총기를 가지고 그런 장난 하는 거 아니야, 이 사람아."

양 감독이 웃음을 터뜨리자 모든 사람들이 웃음을 토해냈다. 듣기 싫은 웃음소리, 틀어진 문 경첩이 삐걱거리는 것 같은 웃음소리들이 이 사람 저 사람의 목구멍에서 밀려 나왔다. 기훈은 카드, 카드, 하고 부르짖었다. 기훈과 한 장군, 그리고 연우가 각기 움켜쥐고 있던 자신의 카드를 펼쳤다.

기훈이 스트레이트 플러시를 쥐고 있었다. 그는 수북히 쌓인 판돈과 카드와 목걸이와 반지와 도장과 연우의 팬티까지 차지했다. 주 감독, 너 라스베이거스에 좀 갔다 와라. 한 번만 갔다가 오면 우리 영화 제작비 나오겠다. 가면 안 옵니다, 감독님. 거기서 영화 만듭니다. 만일 와도 저 사람이 그 돈으로 양 감독 영화 만들어주겠어요? 지 영화 만들지. 또 패배한 한 장군은 병째 조니워커를 꿀꺽거렸다. 김 사장은 전기 고치러 나간 사람이 왜 이제야 들어와요? 전기 들어온 게 언젠데. 돈 따더니 어디 빼돌리고 온 거 아닙니까? 따기는. 겨우 본전치긴데. 그럼 누가 땄다는 거지? 나도 잃었는데. 아직 시작인데 벌써부터 돈 계산은. 정말 밤새울 겁니까? 이 사람들이 영화 촬영할 때는 밤새우자고 하면 짜증을 내면서 이런 거 하며 밤새울 땐 눈이 반짝반짝해요. 기훈은 연우의 팬티를 손가락에 끼고 뱅글뱅글 돌리며 말했다. 이건 제가 잠시만 맡아두겠습니다, 교수님. 연우는 웃어댈 뿐이었다. 내일 정오까지만 기다리겠습니다. 그때까지 부채가 변제되지 않으면 충무로에 심연우 교수 팬티, 라고 내걸고 경매에 붙일랍니다.

그러나 발터 P1은 보이지 않았다. 총 어디 있어요? 아무도 대답하지 않았다. 총 어떻게 했어요, 한 장군 각하? 한 장군은 시무룩한 낯으로 몰라, 하고 소리치며 시헌에게 다가갔다. 아까 나한테서 빼앗았잖아요. 난 다시 거기 던졌어. 내 총 누가 가져갔어요? 기훈이 외쳤으나 대꾸하는 사람은 없었다. 그 장난감 권총, 고만 찾아. 카드나 돌려.

한 장군은 시헌 옆에 주저앉더니 그를 쏘아보았다. 시헌은 물끄러미 그를 마주 바라보았다. 그 눈을 들여다보며 한 장군이 말했다. 어디서 젖은 신문지 냄새 나는 것 같지 않아?

그 뒤에 서서 기훈은 그 두 사람을 흘끗거리며 투덜거렸다. 도대체 내 총 어디 간 거야? 양 감독이 그에게 쏘아붙였다. 이 사람이 은행 강돈가 암살잔가. 왜 이리 집요하게 총을 찾아? 연우가 어느새 색정적인 눈빛을 되찾아 애걸했다. 내 팬티는 좀 돌려주라. 음? 영서가 참지 못하고 쏘아붙였다. 내가 한 장 빌려드려요? 아니, 그냥 드릴게요.

악어

한만수 대령은 텔레비전을 통해 기자회견을 지켜보고 있었다. 오 소령이 정복 차림으로 뻣뻣이 서서 기자들의 질문을 받고 있었다. H일보 오영선 기잡니다. 시신이 옮겨지지 않은 거라면 한성구 중위가 흘린 피가 다 어디로 간 겁니까? 사병들이 당황하여 일부 치웠다고 하시는데 그렇다면 그 흔적은 어디 있습니까? 군 수사기관의 현장 보존과 처리는 늘 이런 식으로 이루어집니까? 누군가 적극적인 은폐 시도가 있었다고 판단할 수밖에 없을 것 같은데요. 오 소령이 대답했다. 우리도 그런 부분의 의혹을 불식시키기 위해 온갖 노력을 다 기울였습니다. 하지만 조사 결과에서 밝혔듯이 그것은 사병들이 당황한 나머지 시신을 병원으로 옮기기 위해 차로 가다가 되돌아왔고, 그사이 몇몇 사병들이 현장에 더 드나들면서 현장이 훼손된 것으로 드러났습니다. 탄피가 망실되고 피가 오염된 것 역시 그 때문으로 확인되었습니다. 그에 대해서는 일병원용준, 상병 김태준, 중사 조용희 등의 증언이 뒷받침한다고 사료됩니다.

기자회견이 시작되기 두 시간 전 오 소령이 만수에게 팩스를 통해 미리 보내온 3차 조사보고서의 사본과 대동소이한 내용이었다. 진실은 없었다. 은폐와 덧칠이 있을 뿐이었다. 한 달 동안 그들은 몇 사람의 무의미한 증언을 더 확보하고, 진실을 은폐하기 위한 좀 더 그럴듯한 이야기를 구성하기 위해 보낸 것 같았다. 세간의 관심도 점점 멀어져갔다. 시간이 저들의 편이라는 것이 명백해지고 있었다.

기자회견이 끝나자 오 소령은 만수에게 전화를 했다. 그가 의견을 말하자 오 소령은 대답했다.

"잘 알았습니다. 최선을 다했습니다만 여전히 불만이시군요. 다시 조사하겠습니다. 한 대령님이 만족하실 때까지 백 번이라도 조사를 하라고 사단장님이 지시하셨습니다."

날이 저물고 있었다. 연병장에 저녁 어스름이 내리고 연대 정문 너머 띠처럼 좁다란 논에서 푸른 벼들이 물처럼 출렁거렸다. 일개 분대쯤의 병력이 모래주머니를 짊어지고 연병장을 구보하고 있었다. 연방장가에 늘어선 포플러와 가지들, 꼭대기 가지 사이에 까치집이 희끗한 하늘빛을 배경으로 그려 넣은 듯 선명했다.

성구야, 성구야 이놈아. 그는 혼자 탄식했다. 도대체 어쩌다 이리된 거냐. 주말에 서울로 돌아가 아내를 마주할 일이 막막했다. 딸들은 또 어떤가.

심증으로는 하극상이 분명했다. 어떤 음험한 놈이 성구에게 결정적인 약점을 잡혔을 것이요, 청년 장교가 쉽게 타협하려 들지 않자 죽이는 수밖에 없다고 판단했을 것이다. 임무 교대로 GP에서 철수하여 귀대하면 소대장은 그 즉시 상급자에게 사건을 보고할 것이요, 범인은 그렇게 되면 자신은 끝장이라고 생각했을 것이다.

저놈의 DMZ, 저 남의 법도 북의 법도 미치지 못하는 기묘한 영역, 거기 요새처럼 군데군데 자리잡은 콘크리트 벙커 GP, 그곳에서 실제로 어떤 일들이 벌어지는지 구체적으로 아는 지휘관은 많지 않았다. 한만수 대령도 잘 알지 못했다. 그는 GP 생활을 해본 적이 없었다. 대대장 시절, 잠시 지휘 통제를 위해 두어 시간 들어가 본 것이 전부였다. 각 GP 사이를 이동하며 석 달, 그사이 한성구 중위와 범인 사이에서 어떤 일이 벌어진 것일까. 누가 사실대로 증언해줄 것인가. 한 달을 GP에서 벗어나 철책선 안에서 생활하다가 그들은 다시 GP로 투입될 것이요, 다시 석 달 동안 거의 같은 병사들, 같은 구성원들과 고립무원의 벙커에서 생활하게 될 것이다.

한성구 소대장의 구성원들은 조사가 끝나지 않았으므로 한 달이 지난 지 오래였으나 아직 GP에 투입되지 않은 채 대기 중이었다. GP에서는 임무 교대로 철수를 기다리는 병력이 불만에 차 있을 것이다. 즉 사건이 발생한 GP의 구성원들 역시 오래지 않아 다시 GP에 투입될 것은 분명했다. 시간은 안 소장의 쪽에 서 있었다.

그렇다. 안 소장과 오 소령은 그것을 잘 알고 있었다. 그들은 만수에게도 시간이라는 전술을 구사하고 있었다. 조건이 변하지 않는 한 투지의 강도는 시간의 흐름과 반비례한다. 백 번이라도 조사를 하라. 백 번이라도. 만수는 자신이라면 그런 지시를 내릴 수 있을 것인지 생각해보았다. 그것이 말장난뿐이라는 것을 그는 곧 깨달을 수 있었다. 누구의 장난이었을까? 오 소령? 아니면 안 소장? 백 번이라도 더 조사하겠다는 것은 백번이라도 더 은폐하겠다는 뜻이었고, 만수에 대한 도발이었다. 진실이 드러나지 않는 것은 당연했다. 진실을 은폐한 자들이 진실을 추적하는 조사를 벌이고 있었다. 그들은 진실을 깊고 험한 굴속으로 몰아넣는 중이었다.

증언이라니. 이제라도 명령이 떨어지면 즉각 GP로 투입되리라는 것을 아는 저 소대원들이, 그리고 사건이 벌어졌을 때 같이 근무한 바로 그 소대원들과 함께 그 폐쇄된 콘크리트 벙커에서 석 달 동안을 서로 의지하며 꼬박 같이 살아야 한다는 것을 아는 그들이 어떻게 마음놓고 사실을 증언할 수 있을 것인가. 그들로부터 도대체 무슨 증언을 듣기를 기대할 수 있다는 것인가.

최소한의 진실된 증언을 듣기 위해서는 그들 소대 구성원들을 GP 임무로부터 해제해야 했다. 그럴 권한은 한만수 대령에게 없었다. 오 소령에게도 없었다. 오직 안 사단장만이 그것을 명령할 수 있었다. 그에게 그럴 의지가 있는가? 없다. 그의 엉덩이는 이미 정보사령관의 회전의자에 엉거주춤 걸쳐 있었고, 엉덩이를 거기 완전히 붙일 수 있을 때까지 조용히, 아무 일 없이 사단이 운영되기를 바랄 뿐이었다.

만수는 급히 집무실을 빠져나와 주차장으로 향했다. 엉뚱한 곳에서 그와 마주친 장교와 사병 들이 기겁을 하여 부동자세로 멈춰 섰다. 충성! 어느 틈에 운전병이 쫓아 내려왔으나 만수는 직접 지 프를 몰았다. 오 소령이 아니라 안 소장을 만나 담판을 지어야 했 다. 전화가 더 편할 수도 있었다. 그러나 일단 A사단으로 찾아가 는 것으로 그는 결의를 보여주고 싶었다. 기자회견이 끝난 지 한 시간이 지나지 않았으므로 적어도 오 소령은 만날 수 있을 것이 다. 어쩌면 두 사람은 같이 앉아 대책을 상의하고 있을지도 모른 다. 가장 큰 문제는 기자들이 아닙니다. 바로 한만수 대령입니다. 오 소령은 그런 보고를 하고 있을지도 모른다. 지프가 정문을 통 과할 때 위병들이 기겁을 하여 고함을 질렀다. 받들어총!

군사도로를 지나 시빙도로를 타고 이십여 분을 달리다가 다시 군사도로로 접어들어 570 고지의 구불구불한 산길을 넘어가면 A 사단이었다. 만수는 될 수 있는 대로 천천히, 침착하게 차를 달렸 다. 기자들과 마주치는 일은 피하고 싶었다. 기자들의 힘을 빌리 는 것은 어쩌면 그가 다른 모든 것을 포기한 다음에 비로소 생각 할 수 있는 대안이었다. 그는 평생을 군인으로 살았고, 군의 치부 를 기자들 앞에서 떠벌이는 짓은 피하고 싶었다.

그는 무엇이 필요한지를 생각해보았다. 우선 조사단을 전면 재 구성해야 한다. 사단 헌병대만이 아니라 민간 수사전문가, 그리고 법률전문가가 조사에 참여해야 한다. 다음, 한성구 중위의 소대원 들을 GP 수색대의 임무에서 해제시켜야 한다. 그 사실을 그들에 게 주지시킨 다음 그들로부터 다시 증언을 들어야 한다.

안 소장이 쉽게 받아들이지 않으리라는 것을 그는 알고 있었다. 그러나 요구해야 했다. 그가 요구하는 바가 정당하다는 것을 주지시켜야 했다. 필요하다면 애걸할 것이다. 필요하다면 위협할 것이다. 필요하다면, 아아, 정녕 필요하다면 그는 총이라도 뽑아 들 것이다. 그렇게 하여 진상을 밝힐 수만 있다면.

570 고지의 언덕길은 어둠에 잠겨가고 있었다. 왼쪽은 벼랑 오른쪽은 축대였다. 차 두 대가 근근히 교차하여 지나칠 만한 너비였다. 빈 군용 트럭이 지나고, 자전거를 탄 소년이 지나고, 한 마리 누렁이가 도로 위를 달리다가 허겁지겁 벼랑 쪽 풀숲으로 뛰어들고, 귀대하는 병사들이 먼지를 차며 행군하고, 경운기가 한가롭게 탈탈거리고……. 추월하는 동안 그는 무심코 경운기를 운전하는 노인과 눈이 마주쳤다. 목에 누런 타월을 걸친 노인은 손을 흔들며 어서 지나가라고 재촉했다.

그 순간, 만수의 뇌리에 떠오르는 얼굴이 있었다. 어쩌까 어쩌까……. 말소리까지 선명했다. 그들의 검은 얼굴, 깊은 주름, 그를 쳐다보던 그 젖은 눈…….

만수는 차를 세웠다. 그렇다. 겨우 2년 전의 일이었다. 헤드램프를 껐다. 이제껏 그 일을 잊고 살았다는 것이 기이했다. 한성구 사고가 벌어지고 이제까지 두 달 사이, 그 사건을 떠올리지 않았다는 것을 믿을 수 없었다. 안면이 경련했다. 손이 떨렸다. 그는 한성구 중위가 사고를 당한 또 하나의 이유를, 그 진상을 밝히는 것이 이다지 어려운 근본적 원인을 비로소 깨달았다. 그 자신이 공

182

범이라는 것을 깨달았다. 눈물이 쏟아졌다. 그는 황급히 손등으로 눈물을 훔쳤으나 그 위로 새로운 눈물이 쏟아졌다.

그가 대령으로 진급하고 연대장으로 부임한 지 두 달이 채 지나지 않았을 때에 대대에서 사고가 벌어졌다. 2대대 1소대 차 이병이 같은 내무반의 민 병장을 M16으로 사살하고 도주하다가 사로잡혔다. 그는 군대 생활이 끝장났다고 생각했다. 별이 바로 눈앞에서 번쩍이는데 이런 어처구니없는 일이 벌어지다니. 그러나 사단 참모로 근무하는 사관학교 선배는 그렇게 생각하지 않았다. 정신 차려, 한 대령. 사단 헌병장교를 보낼 테니까 상의해서 소리 없이 신속하게 처리하는 게 최선이야. 한 대령은 그때부터 오직 자신의 인사과만을, 그리고 저 앞에서 빛나는 별만을 생각했다. 헌병대와 보안사의 협조를 받아 그는 가해자인 차 일병의 신병을 사단 헌병대 독방으로 옮겨 외부와의 모든 접촉을 철저히 차단시키고, 조사보고서를 작성, 민 병장의 죽음을 자살로 분석했다. 헌병대장은 말했다. 얼마 전 이웃 사단에서도 비슷한 일이 벌어졌습니다. 불운한 일이지만 가끔 벌어지는 일입니다. 그렇다고 고참들이 졸병들 군기를 잡는 걸 막을 수도 없는 노릇 아닙니까.

민 병장의 부모가 경북 청송의 산골짜기에서 올라왔다. 약초를 캐는 것이 생업이라는 두 노인의 시커먼 얼굴에는 밭고랑처럼 굵고 깊은 주름이 가득했다. 대대장이 보고를 하는 동안 그들은 말한 마디 하지 않았다. 항의도 통곡도 탄식도 없었다. 그저 굵은 눈물만을 쏟을 뿐이었다. 노인은 가끔 으윽, 어윽, 짐승이 목을 떠는 듯한 소리를 냈고, 노파는 한두 번 어쩌까, 어쩌까, 하고 탄식했다. 울고 또 울었다. 한 대령이 하는 말을 알아듣는 것인지 아닌지도 알 수 없었다. 기이한 일이었다. 노인과 노파는 연대장 집무실에 들어선 순간부터 한 대령을 쳐다보고 있었다. 부관이 보고를 하는 동안에도 한 대령에게서 시선을 옮기지 않았다. 마치 무슨 말인가 해주기를 기대하는 듯했다. 그러나 한 대령은 가능한 한 입을 열지 말아야 한다고 생각했다. 무더운 날씨에 시신을 장기간 보관하기에는 부적절한 군의 시설 때문에 이미 시신을 화장했습니다. 양해를 바랍니다. 대대장이 유골이 담긴 상자를 그들 앞에 내놓았다. 노인은 쳐다보지도 않았다. 쳐다보기를 거부하는 것 같았다. 한 대령을 쳐다보며 여전히 울기를 그치지 않았다. 노파는 유골 상자를 끌어안았다. 여전히 말은 없었다. 이제 어쩌까, 하는 소리도 하지 않았다. 쪼글쪼글한 눈꺼풀 사이 균열처럼 찢긴 눈으로 눈물을 쏟으며 한 대령을 쳐다보고 있었다. 눈물로 번쩍이는 그들의 시선이 송곳처럼 그의 폐부를 찔렀다. 그는 얼른 이 자리를 끝내고 싶었다. 어서 그들의 눈물과 시선으로부터 벗어나고 싶었다.

그가 죄의식을 느꼈던가? 불편했던가? 자책감에 시달렸던가? 그런 기억은 별로 없었다. 만일 그런 것을 느꼈다 할지라도 곧 잊혀졌다.

아들의 유골 상자를 안고 떠나는 그들을 버스 터미널까지 배웅하고 도시락 두 개와 양념 닭튀김 한 봉지를 위로금 봉투와 함께 전한 것은 대대장이었다. 그들이 떠났다는 보고를 받고 만수는 어쩌면 홀가분하게 쾌재를 불렀을 것이다.

도로가 완전히 캄캄해질 때까지 만수는 그곳에서 움직이지 않았다. 자신의 얼굴을 적시는 눈물이 낯설었으나 그칠 수 없었다. 그는 손수건을 꺼내 눈물을 닦고 또 닦았다. 이제 비로소 성구의 장례를 지내는 기분이었다. 때가 이른 것인지 늦은 것인지 그는 알 수 없었다.

누구에게 무엇을 요구할 수 있단 말인가. 자신이 없었다. 만일 조사단을 전면 재구성한다 할지라도 그들이 진상을 밝혀주리라 기대할 수 있는가? 만일 사건의 경위를 밝히고 책임자를 찾아낸다 할지라도 기소가 가능할 것인가? 어찌어찌 기소를 한다 할지라도 과연 군사법정의 재판이 정상적으로 이루어질 것인가? 그 한 단계 한 단계가 거대한 난관이라는 것을 그는 알고 있었다. 사단이나 군단 검찰은 지휘관인 사단장 또는 군단장의 지시에 무조건 복종해야 하는 졸병들에 지나지 않았다. 수사의 최고 책임자도 재판의 최고 책임자도 지휘관이었다. 군사법정의 재판장은 군 법관이 아니라 그들보다 계급이 높은 일반 장교가 맡게 될 것이요, 그 재판장을 임명하는 권한은 지휘관에게 있었다.

당초에 진실을 밝히고 범죄자를 찾아내어 처벌하기 위한 수사나 재판이란 불가능했다. 수사도 재판도 지휘관의 의지를 법적으로 확인하고 포장하는 절차에 지나지 않았다. 한만수 대령이 너무나 잘 아는 사실이었다. 무엇을 기대할 수 있을 것인가?

눈 아래 멀리 A사단 위병소와 연병장이, 수송중대의 차량들, 행

정반 건물들이 보였다. 성구는 저기를 얼마나 드나들었을까. 그는 얼마나 드나들어야 할 것인가. 그는 장군이 될 것인가? 오 소령의 제안대로 안 장군의 도움을 받을 것인가?

그는 A사단을 향해 지프를 몰았다. 헌병대로 들어서자 오 소령이 그를 맞았다. 태극기와 대통령 사진과 사단장 사진과 군기와…… 삭막하고 건조한 군대식 장식물들이 그의 집무실을 장식하고 있었다. 오 소령은 커피를 하시겠는지 물었으나 그는 거절했다. 만수는 오 소령이 다가오기를 기다려 그의 왼쪽 촛대뼈를 워커발로 모질게 걷어찼다. 아이고. 비명을 지르며 그가 쓰러졌다. 일어나, 이 자식아. 한 대령님, 왜 이러십니까. 그의 팔을 붙잡으려는 오 소령의 손을 뿌리치고 그는 말했다. 그건 니 몫이다. 오 소령은 다리를 절룩이며 투덜거렸다. 말로 하십시오, 말로. 만수는 그가 일어서기를 기다려 다시 한 번 같은 자리를 걷어찼다. 오 소령이 나동그라졌다. 그건 니 주군 몫이다. 오 소령은 엎어져 신음하며 정강이뼈를 주물럭거렸다. 일어나, 이 새끼야. 아구창을 돌려버리기 전에. 오 소령이 일어나 그를 피해 뒷걸음질했다.

"날 위해선 더 이상 조사도 기자회견도 할 것 없다. 니 주군에게 전해라."

그 말을 남기고 그는 헌병대를 떠났다. 며칠 후 그는 예편을 신청했다.

더 이상 만날 일이 없으리라 믿었던 오 소령이 그를 다시 찾은 것이 그 무렵이었다. 오 소령은 죄송하다는 말을 거듭하며 서류를 한 장 꺼내놓고 서명해달라고 부탁했다. 사단장님이 한 대령님의 협조를 결코 잊지 않겠다고 하셨습니다. 한 대령은 그 서류를 들어 읽어보았다. 재조사는 더 이상 필요치 않으니 아들의 장례식을 치르게 해달라는 내용의 탄원서였다. 물론 한만수 대령의 명의였다.

만수는 저들의 뻔뻔함에 화가 치밀었다. 꺼져. 그는 고함을 질렀다. 오 소령은 한동안 코를 빼고 앉아 있다가 서류를 챙겨 일어섰다. 그러나 만수는 생각을 바꿨다.

오 소령이 이대로 돌아가면 그다음 벌어질 일이 너무나 분명히 떠올랐기 때문이었다. 이번에는 안 소장이 그를 부를 것이다. 집무실, 아니면 음식점이나 술집일 것이다. 안 소장과, 그리고 오 소령과 다시 마주앉아 한동안 헛소리를 주고받아야 하겠지.

결국 탄원서에 지나지 않았다. 그것이 있건 없건 저들은 뜻대로 사건을 처리할 것이다. 한만수 자신이 그랬듯이. 이제껏 수많은 지휘관들이 그랬듯이. 그의 탄원서는 시간을 다소 줄여줄 뿐이었다. 만수는 탄원서에 만, 한 글자를 휘갈겨 쓰고 돌아보지도 않은 채 집무실을 나왔다. 뒤에서 오 소령이 소리쳤다. 고맙습니다, 한 대령님. 충성!

충성이라니, 제기랄. 그 단어의 생경함 때문에 그는 웃음이 났다.

악어 떼

올려. 십. 올려. 이십. 올려. 오십. 올려. 백이다. 카드를 채 교한 하기도 전에 성급하게 베팅이 거듭되고, 탁자 가운데 지폐가 수묵히 쌓이고, 또 쌓이고, 하프베팅인지 풀베팅인지 시비하는 사람은 더 이상 없었다. 누군가가 차 열쇠를 내놓고, 신용카드를 내던지고, 시계를 풀어 올려놓고, 중국제 아니야, 누군가 의구심을 내놓고, 그 위에 수표가 올라가고, 반지와 목걸이가 올라가고, 도장이 올라가고, 도장을 뭣에 쓰지, 누군가 또 의구심을 내놓고, 그런 것들이 높다랗게 쌓이고……. 이제 고만들 좀 올려라. 더 이상 내놓을 것도 없다. 양 감독이 말하자 주 감독이 받았다. 목숨이라도 내놔봐요. 몇 푼 쳐줄 테니까. 연우가 깔깔거렸다. 영서가 흐응흐응, 홍소를 내놓았다. 한 장군이 부스럭거리더니 권총을 내놓았다. 그 권총, 한 장군이 감췄구먼. 기훈이 원망했으나 대꾸하는 사람이 없었다. 성근이 말했다. 아, 총이 있었군요. 그는 카메라 뒤에 세워두었던 검은 가방을 가져와 탁자 옆에 놓았다. 한동안 부스럭거리더니 그는 M1 카빈 소총을 꺼내놓았다. 이건 몇 푼이나 쳐줍니까? 이건 또 뭐야? 한 장군이 놀라 물었다. 이런 걸 어디서 구했습니까? 왜 가지고 다니는 거요? 성근이 말했다. 한 장군 각하가 할 질문은 아닌 것 같은데요. 총을 처음 꺼내놓은 사람이 누구신데? 기훈이 말했다. 영화 소품이네. 연우가 또 깔깔거렸다. 소품이라면……. 기훈이 그 가방을 뒤적였다. 이 안에 총이 가득합니다. 너 그건 왜 반납하지 않고 들고 다니냐? 양 감독이 물었으나 기훈은 M16을 꺼냈다. 돌아온 장고, 가 아니라 람보. 어때요? 그는 판돈 위에 M16을 올려놓았다. 이거 하나면 되겠어요? 연우가 그 가방으로 덤벼들었다. 그녀는 곧 아카보 소총을 꺼냈다. 한 장군이 눈을 휘둥그레 뜨고 그걸 지켜보았다. 이 사람들이 어째서 이런 중화기들을 가지고 다녀? 뭐 하는 짓들이야? 이게 다 영화 소품이라고? 기훈은 M16을 들어 허공에 겨누었다. 나가는지 안 나가는지 한번 쏴볼까요? 양 감독은 수류탄을 꺼내놓았다. 이건 어때? 감독님, 대단하세요. 연우가 오르가슴에 이른 여자처럼 부르짖었다. 영서는 정아 쪽으로 고개를 꺾으며 작은 소리로 중얼거렸다. 저 여자 왜 저래? 너무 노골적이잖아. 정아는 빙긋 웃는 것으로 대답을 대신했다. 베팅은 끝났어요? 더 이상 베팅할 재간이 없네. 총이란 총은 다 나오는 판국이니. 시헌이 말했다. 총은 다 치웁시다. 소품이라해도 무시무시하네요. 치우긴요. 먼저 카드를 까야죠.

정아는 이 모든 서사가 장난에 불과하다는 것이 입증되었다고 생각했다. 영화 소품들이 등장하는 순간 그렇게 되어버린 것 같았다. 서사의 정체는 익살이거나 풍자였다. 장난은 가장 고전적인 서사의 유형이었다. 아이들도 장난을 하고, 마당의 강아지들도 쫓고 쫓기며 장난을 하고 논다. 호모 루덴스, 인간에 대한 정의 가운데 하나가 아닌가. 그러나 어디까지가 장난일까? 아이들 장난에 개구리들은 머리가 터져 죽는다.

난 트리플. 더 높은 사람 있으면 드세요. 여기 풀하우스. 더 높은 사람? 그 흔한 스트레이트 하나가 안 붙네. 한 장군이 투덜거렸다. 뭐 하러 다들 따라왔어요? 원 페어조차 없는 사람도 있지? 판돈의 주인은 연우였다. 그녀는 호들갑스럽게 총과 수류탄을 들어 올리며 비명인지 신음인지 알 수 없는 소리를 질러댔다.

그때 영서가 일어섰다. 알려드릴 게 있어요. 오늘 아침 회의에서 〈투기꾼들〉에 대하여 CK엔터테인먼트가 투자 제작을 결정했어요. 박수가 터져 나왔다. 지훈이 투덜거렸다. 그걸 이제야 말씀하시다니. 영서는 정아를 돌아보았다. 난 발표하기 전에 임정아 씨를 만나볼 필요가 있었거든요. 임정아 씨 덕분에 우리가 영화를 하게 되는 건가요? 영서는 계속해서 말했다. 취하여 붉어진 낯으로 그녀는 휴대전화를 꺼내 녹음기 버튼을 누르고 그것을 한 장군에게 들이댔다. 한만수 선생님, 1억 투자 약속하시는 건가요? 한 장군이 그렇다고 대답했다. 영서는 이번에는 전화를 시헌에게 들이댔다. 김시헌 사장님, 1억 투자 약속하세요? 시헌은 휴대전화 가까이 입을 대고 말했다. 그렇습니다. 펀드가 구성되는 즉시 입금하겠습니다. 다시 박수갈채와 환소성이 터져 나왔다. 그와 함께 허공에 아카보 소총이, M16이, M1 카빈이, 수류탄과 루거와 발터 P1이 날아다니고, 사람들이 각기 그 화기를 능란하게 받아 거머쥐었다.

그 순간이었다. 바로 그 순간, 정아는 연극의 장(場)이 바뀌는 것을 보았다고 생각했다. 그들이 미처 알지 못하는 사이 조명이 꺼졌다 다시 켜졌고, 새로운 장이 시작되고 있었다. 현대 연극에는 그런 기교를 사용하는 작품이 적지 않았다. 실제 막이 내리는 것도 아니고 조명이 꺼지는 것도 아니다. 그러나 어느새 막이나 장이 바뀌는 것이다.

"이제 됐나?"

양 감독이 물었고

"이제 됐네요."

영서가 말했으며

"갔다 와라."

양 감독이 말하자

"네, 감독님."

하고 기훈이 일어섰다.

바람 소리
불변함은

"이제 됐나?"

"이제 됐네요."

"갔다 와라."

"네, 감독님."

시헌이 돌아보았을 때에 한 장군은 폭탄주를 만드는 중이었고, 연우는 아카보 소총을 들고 탄창을 철컥 밀어 넣었으며, 기훈은 현관문을 밀고 밖으로 나갔고, 정아는 성근이 허공에 던진 발터 P1을 받아 두 손으로 거머쥐더니 팔을 쭉 뻗었다. 움직임이 평생 그런 것을 만져왔다는 듯 능란하고 태연했다. 이게 나치들 무기였 다고? 그건 루거라니까. 그녀의 총구가 겨눈 곳에 한 장군의 거대 한 몸뚱이가 앉아 폭탄주를 마시고 있었다. 정아는 총구를 한 장 군의 이마에 겨누었다. 배 속이 서늘해지며 시야가 환해지는 것이 정말 쏴버릴 수 있을 것 같았다.

"이리 와, 한 장군 각하."

양 감독이 나직하게 말했다. 한 장군은 듣지 못했다. 연우가 아카보 소총 총구로 한 장군의 목덜미를 찍었다.

"어서 가, 한 장군."

그들의 표정이 기묘했다. 전혀 다른 사람이 된 것 같았다. 표정이 어딘가 가면처럼 비슷했다. 자신만만하고 무표정했다. 냉담하고 단호했다. 각오에 차 있는 것 같기도 했다. 그들의 얼굴에는 어떤 결의 같은 것이 엿보였는데, 그 정체를 시헌은 알고 싶지 않았다. 거기 쥐가 들어 있는 것이 분명하다면 상자를 여는 것은 어리석은 짓이었다.

한 장군은 왜 이래, 하고 연우를 돌아보았다. 술을 왜 혼자 마셔. 같이 마시자구. 저리로 가서 앉아. 다들 기다리잖아. 연우가 애걸하듯 교태를 부렸다. 마치 정인을 구슬르는 것 같았다. 연기 좋아. 성근이 평가했다. 괜찮았어? 연우가 웃으며 물었다. 성근은 한 장군을 일으켜 세웠다. 말은 부드러웠으나 한 장군의 팔을 움켜쥐는 그의 손아귀는 우악스러웠다. 한 장군은 그 바람에 술잔을 떨어뜨렸으나 성근은 모르는 척 그를 식탁 끝 의자로 끌어갔다. 한 장군은 무릎에 쏟아진 술을 털어내며 투덜거렸다. 이게 무슨 짓이야. 이 아까운 술을. 연우가 말했다. 돈 다 잃었지, 한 장군? 말 잘 들으면 내가 총도 돌려주고 차도 돌려주고 다 돌려줄게. 영서가 물었다. 아들도 돌려줄 수 있겠어? 그 아저씨가 가장 원하는 게 그거 아닐까?

양 감독은 식탁 맞은편 끝에 앉아 있었다. 그가 잔을 들어 위하여, 하고 한 장군에게 권했다. 두 사람은 마셨다. 양 감독이 잔을 땅, 소리 나게 동댕이치며 투덜거렸다. 이따위 거 왜 마셔? 그렇게 좋아? 한 장군이 놀라 되물었다. 그거 나한테 하는 소리요, 양 감독? 양 감독은 대답하지 않았다. 그는 중얼거리듯 얘기를 시작했다.

서사 없이 영화가 될 것 같아, 한만수? 한 장군이 놀라 이 사람이, 하고 일어서려 했으나 성근이 그의 어깨를 짓눌렀다. 한 장군은 주저앉았다. 그가 돌아보자 성근은 손가락으로 입술을 가리며 쉬, 하고 속삭였다. 양 감독은 계속 말하고 있었다. 물론 되지. 그런 영화 종종 나오잖아. 하지만 재미는 없어. 그렇다 하여 서사가 영화냐. 아니야. 서사는 영화의 일부일 뿐이야. 그런데도 서사적 완결성이나 엄정성이 부족하면 영화가 아주 보기 싫어지거든. 그렇다면 서사는 어디에서 시작되어 어디에서 끝나느냐. 그건 아무도 알 수 없어. 그는 중얼거릴 뿐이었으나 실내의 정적이 그 소리를 마이크처럼 증폭시켰다. 요즘은 점점 더 알 수가 없게 되어가지. 한때 서사가 창작자의 머리에서 시작되어 창작자의 손끝에서 끝나던 때가 있었어. 이젠 그런 단순하고 아름답고 순진무구하던 시기는 끝장났어. 관객의 간섭으로부터…… 관객이 어떻게 간섭을 하느냐고? 물론 입장료 구입, 예매를 통해서야. 그 밖에도 제작자의 간섭, 영상물등급위원회의 간섭 기타 등등 온갖 간섭 때문에 서사는 영화가 완성된 뒤에도 아직 완성이라 할 수가 없어. 영상물등급위원회가 간섭하면 영화를 다시 편집해서라도 개봉을 하는 수밖에 없거든. 그런 경우 종종 있어. 심지어는 배우까지 간섭을 하지. 저명한 배우는 자기 관리를 위해 서사를 바꾸고 싶어하고, 미련한 배우는 연기가 안되니까 감독이 할 수 없이 아야기를 바꾸고. 어디까지가 창작 과정이고 어디부터가 간섭일까. 서사의 시작과 끝이 모호해지고 있다는 것은 틀림없는 사실이야. 그렇지 않아, 한만수?

한 장군이 벌떡 일어나 고함을 질렀다. 뭐야, 너? 술 취해 주정하는 거냐, 나한테? 이런 예의 없는 것들 같으니. 어디 대고 반말들이야. 나 이 따위 영화 투자 안 해. 이런 막돼먹은 것들하고 무슨 영화를 하겠어. 성근이 나직하게 말했다. 앉아요, 한만수 씨. 한만수 씨? 너희들 일부러 이러는 거냐? 앉으세요, 한만수 씨. 정아가 식탁에 앉은 채 냉정한 얼굴로 넘겨다보았다. 감독님 지금 말씀 중이시잖아요. 목청이 왜 그리 커요, 한만수 씨? 성근이 낄낄거리며 한 장군의 잔에 질펀하게 맥주를 끼얹었다. 맥주가 넘쳐 한 장군의 무릎으로 흘렀으나 성근은 계속 맥주를 따랐다. 아니, 이 사람들이……. 한 장군은 다시 일어섰다. 그때 정아가 말했다. 앉아, 이 씨발 놈아. 한 장군은 기겁을 했다.

내가 대신 사과합니다. 임정아 씨, 과격하네. 조심해요. 양 감독이 말했다. 죄송합니다, 감독님. 정아는 허리까지 굽히며 사과했다. 죄송합니다, 한만수 씨. 한 장군은 눈을 가늘게 뜨고 그들을 살펴보았다. 그는 이제야 무슨 일인가가 벌어지고 있다는 것을 깨달았다.

현관문이 열리고 미순이 들어섰다. 붉은 트렌치코트를 팔에 걸

친 그녀는 명랑한 어조로 안녕, 하고 인사를 건넨 다음 활발한 걸음으로 실내를 가로질러 시헌에게 다가갔다. 한 장군은 멀거니 그녀를 쳐다보았다. 당신, 당신이 여길……? 미순은 그에게는 시선한 번 주지 않은 채 소파로 가서 시헌의 옆에 바짝 붙어 앉았다. 아까 본 적 없는 가죽 가방이 하나 그녀의 무릎 아래에 놓여 있었다. 그녀가 시헌의 허리를 끌어안았다. 시헌은 당황했다. 그는 미순을 떼어내고 싶었으나 그러지 못했다. 웬 가방인가, 이것은. 그는 그 불길한 검은 가방에서 시선을 뗄 수 없었다. 그녀에게서는 젖은 신문지 냄새가 나고 깻잎 냄새가 나고……. 그녀는 시헌의 어깨에 얼굴을 묻고 뺨을 비벼댔다. 한 장군은 그 광경을 뚫어져라 쳐다보고 있었다. 그의 눈에서 곧 피가 쏟아져내릴 것 같았고, 시헌은 얼른 그 눈을 가려주고 싶었다. 부들부들 떨며 한 장군은 부르짖었다. 이게, 이게 무슨……? 당신, 김 사장, 이게 무슨 일이오? 말 좀 해봐. 보면 뻔한데 무슨 말이 필요해, 하고 비아냥거린 것은 영서였다. 한 장군의 목에서 컥컥, 거친 숨소리가 밀려 나왔다. 김 사장, 장난이오? 장난이지? 그가 일어서려 하는 순간 성근이 그의 무릎을 걷어찼다. 한 장군의 거대한 몸뚱이가 나동그라졌고, 쿵 소리와 함께 묵직한 목제 의자가 쓰러지고 식탁이 뒤흔들렸다. 양 감독이 말했다. 집 튼튼하게 잘 지었네. 끄떡없는데, 김시헌 사장? 그때 미순이 한 장군을 쳐다보며 한마디 했다. 이분은 날 때리지 않아. 그녀는 고개를 들어 소녀처럼 말간 눈빛으로 시헌을 쳐다보았다. 한 장군은 가까스로 일어나 성근을 쏘아보며 이 자식, 하고 내뱉었다. 성근은 정중하게 말했다. 일어나 앉으세요, 한만수 씨. 깔깔, 영서가 웃어댔다.

다시 현관문이 열렸다. 유림이 들어서고, 장 씨가 들어서고, 그 뒤를 기훈이 따라 들어왔다. 기훈은 웃음부터 내놓았다. 내가 올라갔더니 이 두 양반 뭐 하고 있었는지 알아요? 느티나무 꼭대기에 올라앉아 있더라구요. 도대체 거긴 어떻게 올라갔지?

그가 내려가야 한다고 말했을 때 유림은 말했다. 내비둬. 그들을 끌어내리기 위해 기훈은 느티나무에 톱질을 몇 번 해야 했다.

유림과 장 씨는 소파로 가서 시헌 앞에 앉았다. 안녕하세요. 미순이 그 두 사람에게 인사를 건넸다. 유림은 시헌을 쏘아보았다. 이놈아, 오늘 날이 궂다고 내가 아까 했냐 안 했냐. 영서가 말했다. 닥쳐, 할맘. 다 들려. 시헌은 더 이상 놀라지 않았다.

한 장군이 유림과 장 씨, 시헌을 가리켰다. 당신들, 당신들까지 전부 한 패요? 다 작당을 하여 음모를 꾸민 거구면? 정아가 실소를 내놓았다. 아, 그 씨발 놈, 상상력이 아주 바닥으로 유치하네. 양 감독이 웃음을 터뜨렸다. 아 씨발, 그 여배우 욕 잘하네. 그들 모두가 웃어대기 시작했다. 한 장군은 실내를 둘러보았다. 한시바삐 사태를 파악해야 했으나 좀처럼 가닥이 잡히지 않았다. 또 무슨 일이 벌어질지 짐작도 할 수 없었다. 웃지 않는 사람은 시헌, 유림, 장 씨 셋뿐이라는 것을 그는 알아냈다. 그들 세 사람의 얼굴은 불안감으로 어두웠다. 그의 아내가 가장 즐겁게 웃고 있었다. 언제 저 사람이 저렇게 웃는 걸 보았던가. 지금 벌어지는 일이 미순에게는 놀라운 것도 슬픈 것도 아니고 즐거울 뿐이라는 것을 그는 도무지 이해할 수 없었다.

학교에서는 서사나 서사 창작이 아니라 모방을 교육해. 패러디 패스티시 데이터베이스……. 뭐라 부르건. 사고파는 데 그게 더 편하고 유리하고, 가부간 빨리 승부가 나기 때문이야. 정보만 제공하기도 하고, 그걸 교육이라고 하는 경우도 있고. 정보가 어디 있는지 정보를 찾을 수 있는 길이 무엇인지 그런 걸 알려주는 것으로 끝이야. 그런 걸 공부하면 창작은 모를지언정 봉급 받아 먹고살 수는 있다고 생각하는 모양이야. 굳이 창작하지 않아도 작가 행세하며 살 수 있으니까. 봉급 받아 냉장고 사고 차 사고 여자 친구 남자 친구 만들어서 이탈리아 식당 가서 파스타랑 피자랑 사 먹고 이마트 가서 포도주 사 마시고 살면 되는 거야. 어때? 서사를 만드는 일하고 상관 있는 것 같아?

아무도 대답하지 않았다. 양 감독은 만수에게 물었다. 한만수, 어떻게 생각해? 그는 대답을 기다렸다. 만수는 말했다. 영화는 무조건 재미가 있어야 해. 재미없으면 사람이건 영화건 나가리야. 기훈은 스마트폰으로 재빨리 검색을 해보고 나서 득의에 차서 지적했다. 나가리라니. 그거 외계어야. 일본 말도 아니야, 만수 씨. 내 말 알아들었지, 기훈 씨? 그럼 됐어. 외계어건 일본 말이건. 그놈의 전화통이 하는 소리가 다 옳다는 법 있냐, 어디?

그런 말을 쓰다니. 예비역 대령이라는 사람이. 스스로 품위를 망가뜨리고 있어. 품위라는 게 그나마 남아 있다면 말이지만. 세상은 충분히 개판이잖아. 보면 모르겠어? 어제 개고기를 금지하자는 시위가 서울 시청 앞에서 벌어졌다더라. 더 이상 개판이 될 수 있겠어? 만수 씨, 이제껏 개고기 몇 번이나 먹었어?

한 장군은 멍하니 그를 쳐다보고 있었다. 그들이 하는 말이 무슨 뜻인지 전혀 알 수가 없었다.

살기가 지겨워? 세상이 싫어? 뭐가 불만인데? 왜 싫어? 뭐가 지겨워? 막연히 지겹다, 하지 말고 뭐가 지겨운지 말을 해봐. 생각이라도 해봐. 사실 너보다 더 지겨운 놈이 어디 있겠냐? 고맙게 여기고 꾸역꾸역 살아. 몇 년이나 지났어, 그 사건이? 얼마 전에 국회의원 출마하자는 얘기 나온 것이 무슨 당이었어? 한 장군은 대답하지 않았다. 미순이 끼어들었다. 국회에 들어가면 고함지르는 건 잘할 거야, 저 인간이. 시헌은 그녀의 주둥이를 막아버리고 싶었다. 몇 달 사이에 정계 개편 얘기가 나오기 시작할 거야. 초선 의원들이 많이 필요해지는 거야. 이런 기회가 어디 있어? 어느 당이든 들어가. 출마하란 말이야. 세상으로 나와. 국가에게 진 빚을 이제 갚을 때라는 걸 모르겠어?

이 사람들이 미쳤구먼. 한 장군은 고개를 설레설레 저었다. 그 따위 수작하지 말고 꺼져. 난 그놈의 영화에 투자 안 할 테니까. 나한텐 펀드 설명회고 뭐고, 그런 거 보내지 말아.

약속을 그렇게 일방적으로 파기해버리면 위험해.

세상살이가 그렇게 되는 게 아니야, 이 아저씨야.

세상살이가 뭔지 알아도 내가 더 잘 알 거다.

그래서 우리가 온 거야.

우리? 우리가 누군데?

기훈은 실내를 둘러보며 말했다. 우리, 우리. 모르겠어?

넌 나오게 될 거야.

내가 나가건 들어오건 너희들이 뭔데 이리 간섭이냐?

간섭이라니. 이 사람 정신 아직 못 차렸네. 총 들고 하는 게 간섭
이냐? 이런 데엔 더 적절한 다른 말이 있어.

우리가 그렇게 만들 거야.

우리가 누구냐고.

우리. 그들.

그들? 그들은 또 누구고?

우리도 몰라.

그들이 시켜서 여기 온 거냐? 누군데, 그것들이? 왜 왔어?

우린 민족 중흥의 역사적 사명을 띠고 이 땅에 태어났다, 만수
야. 그들은 키들키들 웃어댔다. 군인의 길 하나 우리는 국토를 지
키고 조국의 자유와 독립을 위하여 몸과 마음을 바친다 둘 우리는
필승의 신념으로서 싸움터에 나서며…….

어느 놈들이 시키더냐?

시키긴. 우린 자발적으로 움직여. 자발성이야말로 우리의 최선
의 무기거든.

세계는 당신이 자발성을 지닐 때만 당신을 중심으로 움직이는
거야. 당신이 우주의 중심이야. 움직이는 동안만. 움직이지 않으

면 당신은 세상이라는 수레바퀴 밑의 지렁이야.

나 지렁이 할 테니까 느네는 우주 해라. 날 좀 잊어버려다오.

이 양반은 은유를 전혀 이해를 못 하나 봐.

내가 지렁이건 메뚜기건 내버려두라니까.

지렁이도 메뚜기도 너처럼 살지 않아.

저들의 문답이라는 것이 어떤 의미를 지닌 것인지 헤아릴 길은 없었다. 어쩌면 의미를 지닐 필요조차 없는 것인지도 모른다. 그들은 싸우고 있었다. 왜? 싸움에 꼭 이유가 있는 것은 아니었다. 그러나 승패는 분명히 있었다. 승패가 이미 분명해진 다음에도 싸우는 경우도 적지 않았다. 스스로 지고 있다는 것을 모르고 스스로 이기고 있다는 것을 모르기 때문이었다.

흔히 죄와 벌, 이라고 말하지. 연우가 말했다. 그녀는 어깨에 멘 아카보 소총이 무거운 듯 한 손으로 멜빵을 꼭 붙들고 식탁 주위를 천천히 맴돌았다. 죄와 벌, 하면 마치 그게 무슨 짝인 것처럼 아주 자연스럽게 들려. 손과 장갑, 발과 구두, 이런 것처럼. 원인과 결과, 선과 악, 이런 것도. 사전에 동의어 유의어 반대말, 이런 식으로 나오기도 하고. 그런 범주 가운데 하나. 하지만 그걸 믿어, 만수 씨?

내 의견이 정말 필요한 거요, 심 교수?

당신에게 의견이 있기는 한가, 싶어서. 죄와 벌 사이에 무슨 상관관계가 있는 것 같아? 있다고 믿는 사람들이 많긴 한데, 그거 웃기는 노릇 아냐? 죄 지으면 벌 받는다, 혹은 죄 지으면 벌 받아야 한다, 이런 식의 상투적인 사고, 일차원적 사고가 반영된 결과인데, 그걸 사람들이 어떻게 아는 걸까? 만수 씨, 당신은 어떻게 알아? 이 세상이 명시적으로, 또 암암리에 그렇게 가르친 거야. 그런 걸 상식이라고 해. 그 상식에 따르면 죄 지은 자는 벌을 받게 되어 있고, 죄가 원인이라면 벌은 그 결과야. 인과응보. 하지만 정말 그래? 그 둘 사이에 이런 필연적 관계가 있다는 게 사실이야? 아니야. 사람들이 그렇게 믿는 것뿐이야. 일종의 이데올로기야. 허구야. 벌이라는 건 꼭 죄 지은 놈만이 받는다고? 죄 지은 놈은 꼭 벌을 받는다고? 받아야 한다고? 무슨 소리야. 낙원에서 왔어? 만화를 너무 많이 본 거 아냐? 나쁜 짓이란 골라서 다 하고 벌을 받기는커녕 배 터지게 잘 처먹고 사는 놈들이 세상에 하나둘이야? 만수 씨, 당신도 그중 하나잖아. 군대에서 사기 얼마나 많이 쳤어? 온갖 돈 다 받아먹고. 사병들 된장에 쌀까지 떼어먹고. 내무반 짓는다고 공사비 떼어먹고. 그런데 벌 받았어? 안 받았어. 이런 걸 봐도 알 수 있어. 죄와 벌이라는 게 아주 조금은 관련이 있을지도 몰라. 하지만 그건 필연적 관계도 아니고 인과적 관계도 아니야. 우연적 일시적 한정적 관계, 모호한 관계, 변덕스러운 관계에 지나지 않아. 여기 만수 씨가 그걸 입증하는 산 사례야. 그렇지 만수 씨? 부정할 수 없지? 당신 아들이 죽은 것도 벌이라고는 할 수 없어. 그저 우연히 벌어진 재수 없는 사고였을 뿐이야.

한 장군은 고개를 꺾고 앉아 있었다. 어떤 표정인지도 알 수 없었다. 그러나 미순은 부르르 화를 냈다. 비겁한 놈이야, 한만수 이병. 그토록 자랑하던 대한민국 육군에서 지 아들이 억울하게 살해당했는데 그 경위마저 밝혀내질 못했어. 무능한 놈이야. 계급 박탈하고 강등시켜야 해. 비열한 놈이지. 뼈 속까지 타락한 놈이야. 얘기 좀 해보시지. 왜 그놈의 탄원서에 서명해줬어? 니 손으로 서명했잖아. 똥별이 그렇게 탐이 났어? 탐이 나도 그렇지 아들놈 목숨하고 바꿀 생각을 해? 니가 애비냐? 애는 뭐 하러 낳았어? 별이랑 바꾸려고 낳았어? 그래서 아들을 억지로 사관학교에 보냈어? 대학교 가겠다는 애를 몇 날 며칠 혼을 내고…… 매질까지 했어? 무자비한 놈. 더러운 놈. 한 장군이 고개를 들었다. 그래서 지금 나에게 벌을 주겠다는 거요? 이게 법정이오? 누가 설치했는데? 어떤 근거로?

법정? 당신 법정 좋아해? 법 좋아해? 헌법 한번 읽어본 적이라도 있어? 법 잘 지키고 살았어? 자신 있어?

선과 악은 어떨까. 연우는 한 장군 뒤에 멈춰 선 채 얘기를 계속했다. 그 사이가 아주 먼 것 같지? 천만에. 어쩌면 바로 이웃에 자리 잡고 있는지도 몰라. 어쩌면 한 몸일지도 몰라. 아무 관계도 없을지도 몰라. 만일 관계가 있다면 이 소총과 탄창 정도의 관계? 이 소총이 선이라면 이 탄창은 악이라거나. 저 탕수육이 선이라면 이 양념 고추는 악, 이런 정도. 그렇다 해도 전혀 이상할 것 없어. 선과 악이란 인간이 적당히 조물딱거려 만들어낸 관념의 체계니까. 인간이 만들어낸 것들이 대부분 그런 것처럼 조잡해. 당연해. 그런데 신기하게도 아직도 그걸 믿는 사람들이 적지 않아. 선과 악,

죄와 벌, 원인과 결과, 다 사람이 오물딱조물딱 유치원 공작교실 같은 데서 장난 한번 친 건데 아직도 통한단 말이거든. 어제 오늘의 일이 아니야. 이 나라에선 하늘에 엉덩이 추켜올리고 하루에 예닐곱 번씩 기도를 올리는 게 선이고, 저 나라에선 같은 짓이 극단적이고 위험스러운 범죄나 마찬가지야. 그런데도 선이니 악이니를 믿고 산단 말야. 만수 씨, 인간이 왜 이러는 걸까?

아무거나 다 믿잖아, 인간이라는 것들이.

넌 인간 아니냐.

인간이 평등하냐? 그러기를 바라기라도 하냐? 그냥 해보는 소린데, 그걸 철석같이 믿는단 말야.

인간이 멍청해선가? 그래서 믿는 걸 좋아하는 건가? 인간이 신의가 깊어서 한번 믿으면 아무리 그게 싸구려가 되고 누더기가 되어도 여전히 믿는 건가? 그렇다면 속는 것은 인간의 운명인가? 만수 씨, 당신은 선이니 악이니, 죄니 벌이니, 이런 거 믿어?

난 대답하지 않을 권리가 있어. 한 장군은 갑자기 버럭 소리쳤다. 기훈이 타일렀다. 만수 씨, 소리치지 않아도 다 들려. 소리친다고 더 잘 들리는 것도 아니고 그 주장이 통하는 것도 아니야. 여긴 당신 연대가 아니잖아. 집에서도 늘 그래요. 그놈의 호통. 식구들이 다 지 졸병인 줄 알아. 미순이 덧붙였다. 영서는 눈살을 찌푸리고 그녀에게 쏘아붙였다. 아주머니, 조용히 해. 제발 두 사람 좀 떨어져 앉아. 나이가 몇 살인데 그러고 있어? 그 이들이들한 늙은이의 살을 그렇게도 만지고 싶어? 아예 방으로 들어가든지. 미순은 떨어지지 않았다. 두 손으로 시헌의 팔을 더욱 굳게 붙들었다.

행동경제학이라고, 아주 재밌는 게 있어. 말만 들어도 재밌지 않아. 행동경제학. 이성과 논리로 이루는 학문이 아니라고나 할까. 경제학이 아무리 발달해봐야 실질적 경제와 너무나 거리가 멀다라는 거지. 그래서 인간의 말 따위에 근거하지 않고 오직 인간의 실제적 경제활동을 기반으로 하여 연구하겠다는 경제학이야. 거기 따르면, 인간이란 원인이 없는 곳에서도 원인을 찾아 발버둥친다는 거야. 이거 굉장한 지혜야. 어찌 보면 세계에, 인간에, 학문에 원인이 없는 공동(空洞)이 존재한다는 선언이야. 원인과 결과, 이성과 논리, 언어적 추리 이런 거 믿지 못하겠다는 거야. 얼마나 거대한 공동인지는 아직 아무도 몰라. 하지만 아마 이 세계의 크기 만하겠지.

말이나 논리라는 게 뭔가 존재하지 않는 것마저 존재하는 듯 착각하게 만들어. 게다가 인간이란 워낙 잘 속는 존재고. 말이니 논리니 하는 건 진실을 추적하는 데 도움이 되는 수단이 아니라 장애야. 아주 비효과적이야. 속고 속이는 데에는 아주 효과적이고. 말이란 차라리 거짓, 좋은 말로 하면 환상을 만들어내는 체계 같아. 이야기 같은 거.

말로 얘기할 수 없는 어떤 지점엔가 진실은 감춰져 있는 것 아닐까.

저거 봐. 대표적인 헛소린데 그럴듯하잖아. 말로 얘기할 수 없는 어떤 지점이라는 게 도대체 뭐야? 벙어리와 귀머거리들에게는 진실이 엄청나게 많겠다.

과연 그런 게 있기는 한 건가. 있는 건 그저 이 세상, 우리 같은 못난 인간들, 생존, 생존을 위해 배변하듯 혼자서 남몰래 겪어내야 하는 치욕, 이런 거, 그런 게 전부 아닌가.

하지만 진실이라는 걸 왜 찾아야 하는데? 그것 역시 말이 만들어낸 환상일 뿐일 텐데. 시헌이 물었다. 장 씨가 흠칫 놀라는 기색이었다. 양 감독과 그 일행 모두가 고개를 꺾어 그를 쳐다보았다. 그들의 자신만만하고 무표정한 가면 같은 얼굴에 언어가 있었다. 그러나 그 언어를 시헌은 해명하고 싶지 않았다. 그는 말을 꺼낸 것을 후회했다. 유림이 길게 한숨을 내쉬었다. 양 감독이 물었다. 같이할 거요, 김 사장? 시헌은 대답하지 않았다. 무엇을 같이 하자는 것일까? 그제야 유림의 한숨이 뜻하는 바를 알 것 같았다.

양 감독이 말했다. 서사가 없는 것은 무의미해. 만수를 봐. 이해 못 하잖아. 재미없다잖아. 서사가 있어야 비로소 조금이라도 이해가 되는 거야. 서사로써 비로소 도달할 수 있는 어떤 자리, 진실이란 그런 자리에 숨어 있을 거야. 지금 김 사장이 말한 건 그런 의미일 거야. 원인이니 결과니 선이니 악이니 죄니 벌이니…… 이 따위 엉성한 틀을 통해서가 아니라 그것을 벗어나 그것을 무시하고 넘어선 어떤 자리, 그런 이야기, 만수 씨, 살아 있는 인간의 이야기, 즉 삶이라는 것. 그런 이야기 듣고 싶지 않아? 당신에 대한 이야기일지도 몰라. 당신 아들에 대한 이야기, 당신 아내에 대한 이야기. 초등학교 소사로 평생 머리 조아리고 산 당신 아버지, 교장

206

네 집 부엌에 장작에 연탄에 물까지 실어 나르며 빌붙어 먹고산 당신 아버지 이야기. 지금 우린 당신한테 이런 얘길 전해주고 싶어. 이해할 수 있어?

한 장군은 대답하지 않았다. 분노에 찬 눈으로 양 감독을 쏘아볼 뿐이었다. 미순이 대답했다. 없어. 그 사람 그런 거 이해 못 해.

왜 모두가 진실을 필요로 한다고 생각하는데? 시헌이 물었다.

정아가 웃어댔다. 호구 하나 잡았네.

우린 그런 생각하지 않아. 별로 관심 없어.

그저 그것이 있으면, 알려지면 인간이 좀 더 나아지지 않을까, 그렇게는 생각하지만, 뭐, 있으나 없으나. 사는 게 뭐 달라질 것 같아? 인간이 이게 있으면 달라지고 저게 없으면 달라지고 그럴 것 같아?

우리라는 게 누군데?

우리? 우리.

보면 모르겠어? 우리잖아.

진실을 필요로 하는 당신들? 그게 우리야?

그런 거와 관계 없어.

그렇다면 우리가 뭔데?

안 알려줄래요.

그것도 환상일까?

우린 다 알아. 당신은 알 거 없고.

위험한 질문이야. 그만둬.

김 사장, 술 떨어졌어?

한 장군이 소리쳤다. 시헌은 맥주와 소주가 쌓인 계단 밑 창고를 가리켰다. 한 장군은 술을 찾아 비틀비틀 창고로 갔다. 이번에는 아무도 그를 막지 않았다. 하기야 그는 이미 너무 취해 스스로 몸을 운신하기 힘든 꼴이 되어 있었다.

양 감독은 한 장군을 손가락질하며 말했다. 저 꼴 좀 봐라. 저게 우리의 아무런 사심 없는 노력에 대한 반응이야. 나와 저 사람 사이, 거기 어딘가 진실 같은 게 과연 자리 잡을 수 있을까?

기훈이 한 장군에게 소리쳤다. 한만수 장군 각하, 감독님 말씀 안 들려? 왜 대답을 안 해? 군기 다 빠졌네.

시헌은 참을 수가 없었다. 그놈의 서사라는 건 또 하나의 환상이 아니라는 보장이 어디 있는가, 당신네 황금의 율법에 황금의 문자로 기록되어 있기라도 한 거요? 유림이 혀를 찼다. 장 씨는 시헌의 무릎을 건드리며 고개를 저었다. 미순이 호들갑을 떨었다. 왜들 이러세요? 말을 못 하게 하시네. 유림과 장 씨는 조용히 고개를 숙였다.

그런 게 있을 리가 있나. 그런 걸 만들고 싶은 거지.

누가 만들어요?

우리가.

우리가 누군데요?

우리.

양 감독은 실내를 둘러보았다. 아카보와 M1 카빈과 M16과 수류탄과 발터와 루거로 무장한 그의 일당은, 그들이 불신하는 언어로 표현하자면, 오합지졸 같았다. 그 자신만만한 오합지졸들은 자신만만하게 시헌을 쳐다보았다. 양 감독이 덧붙였다.

바로 이런 게 서사라니까. 이런 돌발적 반론, 이 순간 생기는 균열, 거기 파고드는 성에처럼 신비롭고 서릿발처럼 낯선 사고(思考).

누군가 킬킬거리며 웃었다. 서릿발이라니. 한 장군이 중얼거렸다. 뭔 개수작들인지. 그는 제자리로 돌아와 폭탄주를 만들었다. 기훈이 말했다.

당신 그 배가 뭐냐? 걱정스럽지도 않아? 한 장군은 묵살했다. 그 꼴로 살고 싶어? 그러니까 마누라가 바람이 나는 거야. 그러니까 도박을 해도 지고 골프를 쳐도 지고 펜션을 해도 망하고 결혼을 해도 실패하고 애를 키워도 애가 죽어 나자빠지는 거야.

한 장군은 너털웃음을 내놓았다. 이 배 때문에? 양 감독, 심 교수, 이런 인과론에 대해선 어떻게 생각하시오?

저거 제법 혼자서 잘난 체하네.

귀가 있어 듣기는 했나 보지.

저런 부의 인간들, 종종 마주치잖아. 징그러워.

내가 혼자인지 아닌지는 두고 봐야 할 일이고. 한 장군이 잔을 짜당 내려놓으며 말했다.

저 인간이 지려고를 않네.

그 인간 대한민국 군대 짬밥이 얼만데 쉽게 지겠냐.

대한민국! 군대! 짬밥! 굉장하지!

그들은 낄낄 웃어댔다.

도대체 저 인간에 대해 알 수 없는 게 그거야. 아니, 똥별들이 이 일 조용히 처리되면 너한테도 똥별 달아주마, 그 한마디 하는 거 곧이듣고 지 아들이 살해당했는데, 그걸 은폐하는 자들의 사타구니로 기어들어가? 어떻게 군인이라는 자가, 애비라는 자가 그럴 수가 있어? 그게 인간이야? 그래서 별을 달았다고 해도, 그게 어디 별이냐?

결국은 별도 못 달았잖아.

너희들은 어찌 그리 모르는 것도 없냐? 어찌 그리들 잘났냐? 알 수 없다 하면서도 다 아는구나. 한 장군이 혀를 찼다. 난 이기고 지는 거 관심 없어. 그리된 지 오래됐다.

이젠 도사 흉내야?

양 감독이 시계를 보더니 말했다. 술 빼앗아. 못 마시게 해. 기훈이 덤벼들어 술병을 빼앗고 잔을 빼앗았다. 한 장군은 잠깐 저항했으나 곧 포기했다. 그는 서글픈 낯으로 멀거니 허공을 쳐다보았다.

도대체 이기고 지는 거 관심 없는 자가 어떻게 대령까지 올라갔어? 잘리길 잘했지.

그래. 너희들이 어떤 놈들인지 이제 알⋯⋯. 그놈들⋯⋯ 똑같⋯⋯. 한 배에서⋯⋯ 나왔지⋯⋯. 한 장군이 중얼거렸다. 잘 들리지 않았다. 혀가 온전히 움직이지 않는 것 같았다. 시헌은 아슬아슬한 기분으로 지켜보고 있었다. 그를 도와주고 싶었으나 어찌해야 할지 알 수 없었다. 자유낙하 하는 물체가 땅바닥에 부딪쳐

210

산산조각이 나기 직전의 순간이 무한히 연장되는 것을 지켜보고 있는 것 같은 아슬아슬하고 또 지루한, 기이한 기분이었다. 산산조각이 나는 것은 정해져 있었다. 그러나 그 순간이 언제 닥칠 것인지 짐작조차 할 수가 없었다.

누구하고 누가 한 배에서 나와? 이젠 말도 제대로 못 하냐?

시헌은 달라붙은 미순의 손을 때어내고 한 장군의 옆으로 갔다. 한 장군은 그를 보자 이 자식이 어디서, 하며 밀어냈다. 미안하다. 한 장군은 주먹을 그러쥐어 시헌을 치려다가 그만두고, 그를 한동안 물끄러미 쳐다보더니, 말없이 고개를 꺾었다. 그의 붉은 목덜미에 머리털이 부스스 나 있는 것이 보였다. 그가 고개를 꺾은 채 중얼거렸다. 김 사장, 니가 미순이 데…… 데…… 데리고 살거……? 시헌은 뭐라 대답할지 알 수 없었다.

김 사장님, 소파로 돌아가시죠. 미순이 소리쳤다. 이리 와요.

시헌은 일어서지 않았다. 여긴 내 집이오. 나 앉고 싶은 데 앉을 거요.

이 아저씨, 타고난 부르주아처럼 말하네. 니 집은 니 천국이냐? 얼마짜린데? 얼마에 팔 건데?

안 팔아. 시헌은 대답하고 나서야 저들의 수작에 말려들었다는 것을 깨달았다. 저들은 그가 집을 팔건 사건 관심이 없었다. 양아치가 남의 수박 다루듯 찌르고 차고 깨고 장난치고 떠들고 웃고 비난할 따름이었다.

성근이 총구로 한 장군의 귀를 쿡쿡 찔렀다. 한만수 예비역 대령, 반상회에는 왜 안 나가? 마누라가 안 가면 당신이라도 가야지. 얼마나 재밌는데. 저기 파라다이스 모텔 주인 여자, 지난주엔 그 여자 집에서 했어. 그 여자 커피 잘 타. 사과도 잘 깎아. 커다란 사과 하나 다 깎을 때까지 한 번도 껍질이 끊기지 않아. 뭐라는지 알아? 자긴 옷도 그렇게 잘 벗는대. 자기가 만든 쿠키도 내놓았어. 먹어보라고, 내 살처럼 맛있다고, 그러면서 쿠키를 권하는데, 아주 아찔하더라구. 예술이 별건가. 그런 게 예술이지. 마흔 하나라던가. 하지만 제법 남자들한테 부닐고 다니는 모양이야. 벌써 동네 남자 셋을 자빠뜨렸대. 그 바람에 이혼한 부부가 하나고. 하나는 별거고. 하나는 이사를 가버렸고. 한번 나가봐. 거기 닭백숙집 아주머니보다 훨씬 나아. 손에선 설거지 냄새밖에 안 나는 그 식당 아주머니가 그렇게 좋으냐.

사람이 지은 죄가 있으면 더 열심히 살아야 해. 반성하고 또 하고. 자원봉사 같은 것도 좀 하고. 기부 활동도 하고. 너 기부 같은 건 한 번이라도 해봤어, 한 장군 각하? 민주주의가 뭔데? 정당이 기반이야. 정당에 들어가는 게 어때서? 왜 안 들어가?

상인번영회엔 왜 안 나가? 군인공제회엔? 싼 이자로 돈도 빌려주는데. 거기 너 같은 사기꾼들, 비겁한 놈들도 꽤 많아. 잘 어울릴 텐데. 우리도 예비역이야. 알지? 저놈은 이병 예비역이다. 난 이래 봬도 예비역 병장이고. 예비역 대령 모임도 안 가지? 육사 동창회엔? 거기가 정보의 바다야. 정보가 어디 필요하겠어, 그 인간이? 쉰 두부처럼 퍼져서 사는데. 동기회 모임에도 안 나간 지 오래됐지? 사람이 어쩜 그렇게 반사회적이야? 이런 사람이 어떻게 대령까지 아무런 문제도 없이 승진했을까? 다 동창들의 힘이지. 육사의 조직력. 엄청나잖아. 그게 아니면 어디서 구멍가게라도 할 수 있었을 것 같아, 이런 사람이? 여기 상인번영회엔 육사 동창도 있어. 당신 육사생도의 명예도 잊었어? 의리도 없어? 고개도 못 들겠어? 이렇게 좀 해봐. 옷 꼴이 이게 뭐냐? 예비역 대령이라는 사람이. 어디 초등학교 소사도 이보다는 단정히 입고 다니겠다. 수염은 언제 깎은 거야, 도대체?

여기 기어들어온 게 언제야, 한만수 대령?

3년 전이다.

그 전엔 뭐 했어?

사업했다.

사업? 중국산 냉장고 텔레비전 들여다 파는 거?

잘 아는군.

그건 6년 전에 치워버렸다는 것도 알아. 경쟁 업체에 밀려 망해버렸잖아. 2007년 2월 21일. 그 뒤엔 뭘 했어? 여기 들어온 건 2010년 7월. 3년 5개월이 비어. 그동안 뭐 했어?

놀았다.

놀아? 뭘 하고 놀아? 어디에서? 누구와?

여기 김 사장이랑 놀았다.

김시헌 사장이랑 논 건 우리가 다 알아. 너희들 장마철에 라면 과자 사다놓고 만화 잔뜩 빌려다놓고 막걸리 퍼먹으며 몇 날 며칠

을 만화만 본 적 있다는 것도 안다. 하지만 그건 여기 들어온 뒤의
일이고.

혼자 놀았어, 이 사람들아. 그것도 죄냐?

아까 못 들었어? 죄와 벌이라는 게 아무 상관도 없는 거야. 원
인이나 결과 따위, 다 잊어버려. 그냥 대답만 해. 뭘 했어?

놀았다니까.

어디에서? 누구와?

호프집에서도 놀고 와인집에서도 놀고 기원에서도 골프장에서
도 물에서도 산에서도 집에서도 놀았다.

니 마누라는 어쩌고?

마누라는 그때 딸한테 들어가 살았다. 엘에이에.

오, 그러셨어? 3년이나? 넌 여기서 누구랑 살림 차렸냐?

그랬을 수도 있지. 니가 뭔 상관인데?

이 양반 이유 따지네. 밤새도록 우리가 한 얘기 다 어디로 간 거
냐? 이유 따위, 아무 소용없는 거야. 이유가 뭔 소용이 있어? 혼란
만 초래하는 거야.

그런데 왜 넌 이유를 따지냐?

나? 난 이유 같은 거 상관하지 않아. 난 그저 질문을 하는 거야.
누가 어디에서 언제 왜 무엇을 어떻게?

왜, 왜, 왜? 너도 왜, 라고 했는데.

좋아. 왜는 빼버려. 뭘 했어?

놀았어.

214

왜 사라졌어?

놀았다니까.

안 장군이 초청하는 데 왜 오지 않았어?

또 왜?

우리는 해도 돼. 왜 안 왔어?

참 편하네.

왜 안 왔어?

노느라고.

거기 와서 놀아도 돼.

니 아들 죽인 놈 집 잔치에 가서 놀고 싶겠냐, 넌?

뭐라고? 안 장군이 니 아들을 죽였어? 이건 또 뭐 소리야?

안 장군이 죽인 건 아니지만 말이다, 암튼 그놈이 앞장서서 은폐시켰단 말이다.

당신도 협조했잖아.

협조했지.

그래 놓고 무슨 딴소리야? 조사 중단하라는 탄원서는 왜 써줬다고 했어?

왜 같은 거 없어.

당신 어째서 이다지 괴물이 되어버렸어? 어째서 이런 기형이 되어버린 거야? 어째서 군인의 덕목도 의리도 애국심도 다 저버리고 이따위 치매병자처럼 되어버렸어?

놀다 보니 그렇게 되더라.

안 장관이 초대장을 보내면 그냥 가면 되는 거야. 안 장관이 참모총장이 되었다, 취임식이 열린다, 그러면 가면 되는 거야. 차를 보냈다, 그 차에 그냥 타면 되는 거야. 박수 치고 맛있는 뷔페 먹고 이 사람 저 사람 만나 악수하고…… 이런저런 정보도 얻어듣고……. 연줄도 잡고. 이자 싼 돈도 빌리고 아파트 사고 땅도 사고……. 좀 좋아? 왜 안 가?

너라면 가고 싶겠냐?

좋아. 홀인원 기념 파티엔 왜 안 갔어? 골프 좋아하잖아. 놀았다면서? 파티 같은 데 좀 놀기 좋아? 왜 안 갔어?

노느라고 안 갔다니까.

기왕 이렇게 된 일, 좀 협조하면 안 되겠어? 뭐 했어, 그 3년 5개월 동안?

놀았어.

어디에서?

잊었어.

평양에 갔다 왔어?

평양? 내가 거길 왜? 이놈들이…….

그게 아니면 왜 말을 못 해? 평양에 가서 입당 원서 쓰고 왔어? 김정일이한테 충성맹서 했어? 그랬구먼. 그게 문제였어. 당신이 이 꼬락서니가 된 까닭이 바로 거기에 있었어.

날 어디 얽어매려는 거……? 이놈들이 도대…….

얽어매긴. 사실을 알자는 것뿐이지. 놀랐어? 긴장했어? 무섭지?

너 거기서 결혼도 했다면서? 이 여자 알지? 내가 사진을 일부러 챙겨왔어. 감독이라면 캐스팅에 늘 신경을 쓰잖아. 북한 여배우 남순지, 당시 나이 스물아홉. 예쁘지? 순박해? 당신 어머니 닮은 것 같아. 그렇지? 소사 여편네 한 지말순이. 예천 국밥집 부엌데기 지말순이.

식당집 아주머니 좋아하는 게 이유가 있었네. 설거지 냄새가 어머니 냄새였어? 근친상간 같잖아.

사진을 똑바로 봐. 남순지야. 북한에 두고 온 니 정부 남순지. 〈피바다〉부터 〈꽃밭에서 찾은 청춘〉까지, 북한 영화에 여러 편 출연했어. 이 여자랑 결혼해서 살았어?

37개월 동안이나? 애도 낳았겠네.

이 여자를 버리고 왔어? 여기로 돌아오느라고? 애도 버리고? 뭐하러? 돌아와서 뭘 했어?

그런 일, 그런 일 다…….

뭘 했어, 그럼? 병원에 들어가 있었냐? 글로벌 융거리언 사이카이어트리스트 센터 같은 데? 72층 병동에서 살았어? 시드니에서 날아온 장 박사한테 치료받았어? 치료를 받았어, 세뇌를 받았어?

안 장군은 너한테 그동안 일곱 번 초대장을 보냈어. 차남 결혼식. 손자 돌잔치. 홀인원 기념 파티. 참모총장 취임식. 이임식. 국방연구소장 취임 파티. 제이에스케이 부설 연구소장 취임 파티. 넌 단 한 번도 가지 않았어. 왜 안 갔어?

그런 거 관심어…….

한 장군의 말은 거의 들리지 않을 정도로 작았다.

관심이 없다 해도 제이에스케이 부설 연구소가 사설 대북 정보 연구소라는 건 알겠지?

아주 병적이야. 글로벌 융거리언 사이카이어트리스트 센터로 돌아가는 게 낫겠어.

이번엔 가야 돼. 국방장관 취임 파티야.

한 장군은 고개를 들어 말하는 사람을 쳐다보려 했으나 곧 목이 꺾여 그의 얼굴이 탁자에 부딪쳤다. 탁자에 얼굴을 문지르며 엎어지듯 그는 탁자에 온몸을 의지했다. 양 감독이 말했다. 거울. 성근은 검정 가방을 뒤적거리더니 커다란 화장 거울을 꺼냈다. 양 감독이 턱짓으로 한 장군을 가리켰다. 성근은 한 장군의 목덜미를 잡아 고개를 들고 거울을 들이밀었다. 그 옆에서 기훈이 카메라를 들이대고 사진을 찍기 시작했다. 총성처럼 플래시가 연이어 터졌다. 한 장군은 가까스로 눈을 떴다가 빛의 작열에 다시 눈을 감았다. 빛의 공격이 잠시 멎자 그는 감기는 눈을 떠 거울 속을 들여다보았다. 이게 누구……? 뭐 이런 놈이……? 양 감독이 웃어대고 기훈과 성근이 웃어대고 여자들이 깔깔거렸다. 다시 카메라가 빛을 토했다. 그게 누군지 모르겠어? 한 장군은 억지로 눈을 뜨고 중얼거렸다. 이게……? 그의 입 귀퉁이에서 침이 흘러내렸다. 뭐가 보이는데? 이건, 이거…… 아주……? 뭐가 보여? 왜 이놈이…… 지저분한…… 날 쳐다……? 그게 너야. 한 장군의 코에서도 끈끈한 액체가 탁자에 닿을락 말락 길게 흘러내렸다. 그게 너라구. 한 장군은 눈을 감았다. 내가 널 볼 때 보이는 게 바로 그거야. 니 마누라가 널 볼 때 보이는 게 바로 그놈이야. 한 장군은 눈을 떠 다시 거울 속을 들여다보았다. 그게…… 아니라……. 니 딸들이 널 볼 때 바로 그 쥐새끼를 보는 거란 말이다. 남순지가 널 보았을 때 바로 그놈을 본 거란 말이다. 한 장군은 거울을 밀어내고 다시 자신의 콧물과 탁자에 얼굴을 처박았다.

샤워시켜. 양 감독이 말했다. 성근과 기훈이 한 장군을 번쩍 들어올렸다. 시헌은 일어서 그들을 막으려 했다. 그러나 정아와 연우가 그에게 총을 겨누고 덤벼들었다. 시헌은 멈칫 물러섰다. 그러나 그것들이 영화용 소품이라는 것이 생각났다. 그사이 성근과 기훈은 한 장군을 끌고 욕실로 들어서고 있었다. 시헌은 총구를 밀어붙이며 욕실로 갔다. 이게 영화에서 쓰는 총이라고 생각하는 건가요, 김 사장? 소품인지 아닌지 맞춰봐요. 1번, 영화 소품, 2번, 실전 화기. 기회는 한 번, 시간은 5초. 하나, 둘, 셋, 넷, 다섯. 그들이 다섯을 세기까지 시헌은 그들을 뿌리치지 못했다. 한 장군은 욕실로 끌려 들어가 보이지 않았다. 열린 욕실 문으로 성근과 기훈의 욕설과 웃음, 한 장군의 비명소리가 밀려 나왔다. 미순이 시헌 옆으로 다가와 목에 매달리며 속삭였다. 귀여운 형광빛 하드웨어. 나의 하드웨어. 둘이서 방으로 들어가. 빈 방 많은데 왜 여기서 이래? 누군가의 야유를 들으며 시헌은 그녀를 뿌리치고 욕실로 갔다.

한 장군은 욕조에 들어앉아 소리를 질러대고 있었고 그 위로 물이 쏟아져내렸다. 성근이 그의 옷을 벗기는 중이었고, 기훈은 그 위로 샴푸와 물비누를 들이부었다. 정말 샤워를 시키려는 것일까.

왜 갑자기 샤워인가? 양 감독이 소리쳤다. 수염도 깨끗이 깎아. 손 발톱도 단정하게. 기훈이 키들거렸다. 턱 밑에 손수건도 받쳐줘? 꼬라지가 그래서 그림이 나오겠냐?

그런데 말이야, 지상의 모든 공간이 국적으로, 주소로, 번호로 촘촘히 구별되고 지명되어 있다는 것은 얼마나 끔찍스러운 일이야? 왜 그랬을까? 바로 인간의 이성이, 원인 없는 곳에서마저 원인을 찾아내려 발버둥 치는 인간이 한 짓이거든. 이 세계는 이미 이성으로 모든 것을 제패할 수 있다고 믿은 인간들의 만행으로 뒤덮여 있어. 어떻게 이것을 뒤엎을 수 있을까. 뒤엎기는. 그냥 그 번지수 하나에 엎어져 조용히 숨어 살아. 여기 우리의 한만수 장군 각하처럼. 숨어 살 수도 없는 곳이야, 여긴. 우리가 찾아냈잖아. 바로 세상의 모든 공간을 촘촘히 뒤덮은 국적, 주소, 번호 덕분에.

욕실에서 성근이 고개를 내밀고 옷, 하고 소리쳤다. 미순이 일어섰다. 그녀는 저 불길한 검은 가방을 들고 욕실로 가서 안에 던졌다. 그러니까 미순은 남편의 옷을 가져왔던 것이다. 그러니까 그녀는 사태가 이 지경에 이르리라는 것을 이미 알고 있었던 것이다. 그러니까 그녀는 어쩌면 오래전, 적어도 오늘 저녁의 모임이 시작되기 이전에 이미 이들과 한패였던 것이다. 아니, 그런 사실들은 미순에 대해 아무것도 알려주지 않았다.

누군가 텔레비전을 켰다. 아침 뉴스였다. 간밤, 국회 본회의장에서는 낯익은 소동이 벌어졌다. 노동면허법을 기습적으로 본회의에 상정한 여당 의원들과 그것을 막으려는 야당 의원들 사이에 몸싸움, 주먹다짐, 바리케이드를 놓고 벌이는 육탄전, 유도류와 태권도류와 합기도류가 뒤섞인 종합격투기를 방불케 하는 패싸움이 있었고, 그 와중에 의사봉을 빼앗긴 국회의장이 야당 의원에게 넥타이를 끄들린 채 손바닥으로 의장석 옆구리를 세 번 두드리는 것으로 통과를 선언했다. 노동면허법이 어쨌다고 저 난리야. 열다섯 살 되면 대한민국의 모든 시민들에게 노동면허법을 주겠다는 거잖아. 그게 무슨 차별이고 그게 어째서 위험하다는 거야? 저 순진한 놈. 주겠다는 건 박탈할 수도 있다는 뜻이다. 노동면허가 없으면 노동마저 할 수가 없고 그렇게 되면 이제껏 그나마 형식적으로 유지되어온 노동권이 박살나는 거다. 하물며 제3세계에서 들어온 노동자들은 어떻게 되겠냐.

기자가 의사당의 열주(列柱) 앞에 서서 말하고 있었다. 여당 의원들은 다음으로 보행면허법 통과를 준비하고 있고, 반면 야당 의원들은 노동면허법의 원천 무효를 주장하고 있습니다. 시민들은 국정을 논의하는 장이 되어야 할 국회가……. 누군가가 텔레비전을 껐다. 보행면허법? 그건 또 뭐야? 운전면허가 아니라 보행면허? 그건 어디서 시험 보는 건데? 1종은 걷기, 2종은 달리기인가? 이러다 음주면허 음식면허 호흡면허 발언면허 같은 것도 나오는 거 아냐? 한국 법가들의 승리로구먼. 지들은 지키지도 않을 법을 잘도 뚝딱 만들어내는군. 법이란 많을수록 좋은 거야. 법치국가라는 게 그런 거 아니냐. 그건 금시초문인데. 비슷한 거야. 정말이야? 그런 질문하지 마. 재미없잖아.

마침내 욕실에서 한 장군이 모습을 드러냈다. 그는 제복을, 육군 대령의 예복을 입고 모자를 쓰고 넥타이까지 맨 모습이었다. 수염이 말쑥하게 깎여 있었고, 머리칼까지 정리한 것 같았다. 녹색의 장교 예복에는 번쩍이는 금장과 휘장이 부착되어 있었다. 어깨와 소매에는 무궁화 금장과 계급장, 왼쪽 오른쪽 가슴에는 육군 휘장, 지휘관 휘장, 그리고 여러 개의 훈장까지 덕지덕지 주렁주렁 매달려 있었다. 베트남에서 살인을 밥 먹듯 해치운 공로로 받은 것들인가? 저게 다 훈장들이야? 엄청나네. 김일성 군대 장군들 못지않아. 뭐가 저렇게 번쩍거리는 거지? 금방에서 막 도둑질이라도 하다 뛰쳐나온 것 같아. 벼락부자처럼 번쩍이기만 하고 실속은 전혀 없는 것 아냐? 논가에 세워봤자 허수아비 노릇도 못 하겠네.

아닌 게 아니라 제복을 입고 서 있는 한 장군은 사람이라기보다는 잘못 제작한 박제 같은 꼴이었다. 사지가 온전한 자세가 아니었다. 두 팔은 어딘가 부자연스레 꺾여 있었고, 다리 역시 뒷굽의 높이가 다른 구두를 신은 듯 엉성했다. 모자로 얼굴이 반이나 가려져 있어 표정을 알 수 없었다. 미순의 얼굴에 잠깐 당혹감이 스쳤다. 어디 아프……? 아프냐고 물으려다가 그녀는 입을 다물었다. 성근과 기훈이 그를 끌어다 식탁 의자에 앉혔다. 모자 차양 아래 그의 눈이 잠깐 드러났다. 박제의 눈처럼 그것은 공허했고, 그 공허한 눈이 무의미한 시야를 향해 열려 있었다. 시헌이 한 장군, 한 장군, 하고 불렀으나 그는 대답하지 않았다. 시헌을 돌아보지도 않았다.

의젓한데. 멋있어. 정말 한 장군 같아. 그렇게 입기만 해도 쓸 만하네. 장가가도 되겠어.

양 감독이 말했다. 가자. 실어. 성근과 기훈이 한 장군의 겨드랑이에 팔을 넣어 일으켜 세웠다. 시헌이 소리쳤다. 안 돼. 영서가 개머리판으로 그의 목덜미를 후려쳤다. 시헌은 그 자리에 쓰러졌다. 그녀가 양 감독을 쳐다보며 물었다.

엔지?

오케이!

양 감독은 유쾌하게 소리쳤다.

날이 밝는 건가. 안개가 흩어지면서 하늘에 희부연 빛이 스며드는 것이 보였다.

파티는 어디서 하는데? 육군 본부? 국방부? 정부 종합청사 아냐? 재미없게 무슨. 평양 인민 궁전은 아닐 테고. 그 양반 정말 국방장관 해먹네. 웃는 소리 가운데 양 감독이 말했다. 카메라 챙겼냐? 소품 하나도 빼놓지 말고. 압니다, 감독님. 그의 오합지졸들은 부산히 움직여 짐을 꾸렸다. 그 와중에 잔이 떨어지고 접시가 떨어져 깨어져 나갔다. 카메라가 그들을 쫓으며 샅샅이 사진을 찍었다. 연우와 성근은 카메라 앞에서 어깨동무를 하고 두 손을 함께 하여 하트 무늬를 만들며 포즈를 취했다. 조오타!

성근과 시헌이 양쪽에서 한 장군을 끌고 현관을 나설 때 갑자기 한 장군이 문틀을 붙잡고 버텼다. 그의 육중한 몸이 버티기 시작하자 성근과 시헌의 힘으로는 쉽게 끌어낼 수가 없었다. 숨을 몰아쉬며 성근이 소리쳤다. 그만 가자, 한 장군. 한 장군의 모자가 떨어지고 상의 단추가 뜯어졌다. 연우가 카메라를 들고 다가와 사진을 찍어댔다. 시헌이 정신을 차린 것은 그 순간이었다. 목 뒤 피부가 찢어져 피가 묻어났다. 한 장군이 여전히 문틀을 붙들고 버틴 채 노래를 부르기 시작했다. 동해물과 백두산이 마르고 닳도록 하느님이 보우하사……. 양 감독의 오합지졸들은 당황하여 하던 짓을 멈추고 각기 일어나 부동자세를 취했다. 양 감독은 얼굴을 찌푸리고 한 장군을 쳐다보았다. 노래가 끝나가자 오합지졸들은 다시 움직이기 시작했다. 그러나 한 장군의 노래는 계속되었다. 남산 위의 저 소나무 철갑을 두른 듯……. 양 감독은 성큼성큼 그 앞으로 걸어가더니 청테이프를 북 찢어내 한 장군의 입에 길게 붙였다. 이것도 영화 소품이다. 노래가 중단되었다. 어서 실어. 한 장군은 버텼다. 양 감독이 문틀을 움켜쥔 그의 손을 발로 찼다. 한 장군이 나동그라졌다. 성근과 기훈이 그를 밖으로 끌어냈다. 테이프로 봉해진 그의 입에서 우우어어, 기묘한 소리들이 터져 나왔다. 시헌은 밖으로 뛰쳐나갔으나, 그의 말을 알아들을 수는 없었다.

정아가 그를 막아서더니 M1 카빈을 치켜들어 시헌을 겨누었다. 그는 멈춰서 총구를 밀어냈다. 정아는 무섭게 그를 쏘아보다가 갑자기 부르짖었다. 오오, 까마귀까지도 저다지 목쉰 소리로 국왕 당컨의 운명적 입성을 알리는구나. 자, 너희들 살인의 음모에 따르는 악령들이여, 와서 나에게서 여자의 마음을 없애버리고 머리 꼭대기에서 발톱 끝까지 소름 끼치도록 잔인한 마음을 가득 채워다오. 내 피를 더럽혀 연민의 정이 얼씬도 못 하게 막아다오. 양심의 가책이 나의 흉악한 결심을 뒤흔들거나 혹은 또 그 가책 때문에 살인을 단념하는 일이 없도록 해다오. 너희들 보이지 않는 자들이여, 언제 어디서나 인간의 재앙을 돕는 살육의 정령들이여, 나의 젖가슴으로 와서 내 젖을 다 빨아내고 대신 쓰디쓴 독을 채워넣어다오. 오라, 어두운 밤이여. 와서 지척을 헤아릴 수 없는 캄캄한 지옥의 연기로 장막을 둘러쳐 나의 날카로운 단도가 스스로 저지른 상처를 보지 못하도록 해다오. 그리하여 하늘이 그 암흑의 장막 속을 들여다볼 수 없도록, 그만두라, 그만두라, 외칠 수 없도록 해다오.

그것은 갑작스럽지만 놀랄 만큼 격렬하고 절절한 연기였다. 그녀는 여성적이라기보다 중성적이었고, 스스로 지옥불이 되어 당장 지옥을 향해 날아갈 듯한 모습이었다. 시헌은 소름이 끼쳤다. 연우가 박수를 쳤다. 레이디 맥베스 만세!

잘 있어요, 김 사장. 미순이 시헌에게 다가왔다. 그녀는 시헌의 뺨에 키스를 남기고 팔랑팔랑 계단을 내려갔다. 시헌이 그녀의 등에 대고 물었다. 누가 와서 물으면 어쩌려고……? 미순은 잠깐 생각해보더니 대답했다. 악어가 와서 두 사람 다 잡아먹었다고 하세요. 그 말을 남기고 그녀는 영서의 소나타에 올라 탕, 문을 닫았다.

기훈과 성근은 버둥거리는 한 장군을 가까스로 봉고에 실어 올렸다. 두 사람 모두 허리를 굽히고 한참 동안이나 숨을 헐떡거렸다. 영서와 연우, 정아는 차 앞에 나란히 서서 시헌에게 환히 웃으며 소녀들처럼 바이바이, 손짓을 했다. 안녕히 계세요. 잘 놀았어요. 폐 많이 끼쳤어요. 또 뵈어요. 펀드 모임 때 연락드릴게요. 오늘 보니까 이 영화 아주 잘될 것 같아요. 그렇죠? 꼭 오세요. 펀드라니, 영화라니, 시헌은 어이가 없었다. 연우는 소나타에 타고, 정아는 낡은 엘란트라에 혼자 올랐다. 영서는 소나타의 운전석에 오르려다가 돌아서더니 빠른 걸음으로 양 감독에게 다가갔다. 감독님, 우리 언제 스톡홀름에 꼭 한번 같이 가요. 가서 한 번 더 해요. 양 감독은 이를 드러내고 웃었다. 안드렌틱 잡으러 가자고? 재미있을 것 같지 않아요?

양 감독은 시헌을 향해 손을 내밀고 다가왔다. 악수를 청할 것 같았으므로 시헌은 뒷걸음질했다. 양 감독은 시헌의 어깨를 꽉 붙들고 현관문을 향해 걸음을 떼어놓았다. 두 사람은 다시 '봄'의 실내로 들어섰다. 시큼한 음식 냄새와 담배 냄새, 그리고 사람들의 냄새, 알 수 없는 피비린내가 풍겼다. 유림과 장 씨는 창가에 나란히 서서 묵묵히 밖을 내다보고 있었다.

양 감독은 마치 잊고 떨어뜨린 물건이라도 찾는 듯 어정어정 실내를 걸어다니다가 장 씨의 등 뒤로 가서 섰다. 장 씨는 움직이지 않았다. 어서 주무셔, 하고 양 감독이 말했다. 잠 오는 거 참지 말고. 어딘들 마찬가지 아니겠어? 잠들어 조용히 사라지는 게 속 편할 거야. 악어에게 물려 죽는 것보다야 낫지 뭐. 다른 데 가서 또 구경이나 하며 사셔. 여기엔 당신이 할 일이 없어. 우산 고치는 거나 배우든지. 유림이 돌아서서 쏘아붙였다. 꺼져. 다신 오지 말고. 양 감독은 꺼떡꺼떡 현관문으로 걸어가며 계속해서 말했다. 당신들이야 완전해지기 위해 사는 자들이라면서. 완전해지기 전엔 죽을 수도 없다면서. 원 참, 세상에 그런 저주가 다 있다니. 열심히 완전해지시라고들. 우린 똥이나 뭉개며 살다 나자빠질 모양이니까.

그가 봉고에 오르는 것을 시헌은 계단에 서서 지켜보았다. 갑자기 미순이 차창 밖으로 고개를 내밀고 소리쳤다. 돈 딴 사람이 해장 살 거지?

봉고가 먼지를 일으키며 떠나가고, 이어 영서의 소나타가, 그 뒤를 정아의 엘란트라가 따랐고, 엷어진 안개가 차들의 꽁무니에서 잠시 소용돌이치다가 흩어졌다. 입에 붙은 테이프를 어떻게 떼어 낸 것일까. 한 장군의 발악이 희미하게 들려왔다. 바람 소리 불변함은 우리 기상일세…….

세상의 모든
아비 어미

그날 아침 일어나자마자 시헌은 저녁의 행사를 먼저 생각했다. 준비를 시작해야 하는 것이다. 손님은 일곱 명 정도가 예정되어 있었다. 준비가 특별히 복잡할 것은 없었다. 객실은 장 씨가 이미 깨끗이 청소했을 것이다. 뷔페 회사에 연락하여 음식이 도착하는 시간을 확인하는 정도면 충분할 것이다.

강은 물이 불어 깊은 원한을 품은 듯 뭉클거리며 사납게 흘러갔다. 며칠 동안 비가 내려 물은 높지 않은 축대 꼭대기까지 넘실거렸다. 조금 더 물이 불면 펜션에서 강변으로 이어지는 보드워크가 물에 잠기게 될 것이다. 비는 그쳤으나 상류의 댐에서 수위 조절을 위해 수문을 열면 하류에서는 대책이 없었다. 최악의 사태는 하류에서는 비가 내리지 않는데, 상류에서 폭우가 쏟아지는 경우였다. 수위를 미리 충분히 낮춰두지 않은 경우 댐에서는 가차 없이 수문을 열 것이다. 따로 통보조차 하지 않을 것이다. 2년 전에도 비슷한 일이 벌어져 하류 쪽에서 집이 잠기고 도로가 끊기는 사고가 벌어진 적이 있었다. 3년 전에도 같은 일이 있었다. 5년 전에는 한 해 여름에 두 번이나 비슷한 사건이 벌어져 낚시하다 강변에서 텐트를 치고 자던 사람들이 둘 물에 빠져 죽었다.

어째서 수위를 미리 낮춰두지 않는 것일까? 일기를 미리 예측할 수 없어서, 라고 댐 관리자는 답변했다. 그러나 청문회에서 밝혀진 바로는 일기예보는 정확했다. 북동부, 강원 지방에 시간 당 50밀리의 폭우가 예상되어 있었다. 일기예보가 부정확한 탓으로 거기에 전적으로 의존할 수가 없기 때문이라고 댐 관리자는 대답했다. 그렇다면 무엇을 근거로 수위를 조절하는 것인가? 댐 관리자는 오랜 경험과 과거의 자료라고 대답했다. 경험, 경험이라. 그러나 일기는 귀납법을 따르지 않는다. 그렇지 않은가? 댐 관리자는 잘 알고 있다고 대답했다. 즉 수위 조절이나 수문 개폐는 전적으로 담당자의 예감과 예측과 변덕에 의존했다. 사고가 거듭되는 것은 당연했다. 조사가 벌어질 때마다 비슷한 문답은 계속되었고 달라지는 것은 없었다.

세상사는 별로 개선되지 않는다. 그것이 시헌이 오랫동안 세상을 살아오면서 알게 된 사실이었다. 한때 젊은 날에는 기대가 있었고, 그리하여 분노하기도 하고 원한을 품기도 했으나, 이제는 기대가 없었으므로 화를 낼 일도 원한을 품을 일도 없었다. 예나 이제나 변함없이 세상은 그러한 곳이었고, 역사란 호사가들이 꾸며낸 말장난일 뿐이었다.

집을 나서는데 이순이 페이스타임으로 연결되었다. 아빠, 오늘이 그날? 이따가 박성근도 만나? 시헌은 그렇다고 대답해주었다. 나도 보고 싶은데. 모니터 속에 떠오른 이순은 말끔히 차려입고 외출을 준비 중이었다. 엉덩이를 겨우 가린 스커트에 잘록한 허리에서 가슴까지 선과 불륨이 여지없이 드러나는 티셔츠, 그나마 배꼽을 훤히 드러내지 않은 것이 다행이었다. 어디 가냐? 대답은 짧고 애매했다. 친구들. 시헌은 더 이상 묻지 않았다. 솔직하고 자세한 대답을 듣기란 어려우리라는 것을 그는 알았다. 차라리 물은 것이 잘못이었다. 그들은 사이가 좋은 부녀인데도 그랬다. 자식에게서 많은 것을 기대해서는 안 된다. 일찌감치 그는 알고 있었다. 큰 사고나 치지 않기를 바랄 뿐이었다. 어쩌면 그 역시 욕심이었다.

젊음이란 아름답고 기운차고 서투른 것, 피가 뜨거우니 당연히 울분도 싸움도 사고도 상처도 생기게 마련이었다. 더구나 세상이란 얼마나 역겹고 완고하냐.

할머니 안 보이네. 어디 가셨어?

할머니. 그의 벌거숭이 젊음을 지켜본 사람이었다. 그는 대꾸하지 않고 집을 나섰다. 현관문을 나서자마자 그는 딸년이 할머니라 부르는 사람을, 그에게는 날이 갈수록 어머니인지 할머니인지 모호해지는 유림을 발견했다. 그녀는 느티나무 꼭대기에 올라앉아 있었다. 도대체 저기는 늘 어떻게 올라가는 것일까.

조심해라. 날이 궂어.

유림이 소리쳤다. 그녀의 어조는 이제라도 하늘로 날아오를 듯 가볍고 경쾌했다. 시헌은 멈춰서서 잠시 할머니를 쳐다보았다. 흰 운동복에 흰 운동화를 신고 흰 모자를 쓴 유림은 까마득한 가지에 엉덩이를 걸치고 있었으나 아랫목에 앉은 듯 편안해 보였다. 간밤에도 저기서 잔 것일까.

시헌은 계단을 내려가기 시작했다. 살림집 아래쪽에 네 동의 펜션 건물이 자리잡고 있었다. 살림집 역시 규모가 작을 뿐 펜션 건물과 비슷했다. 서울에서 이곳으로 아예 이사를 들어오기 전에는 유림이 혼자 여기서 살았다.

'구름다리'라는 펜션 이름은 유림이 지었다. 시헌은 그녀가 어머니인지 할머니인지, 증조할머니인지 고조할머니인지도 알지 못했다. 아니 선혀 인척이 아닌지도 모른다. 그에게는 어머니에 관한 기억도 아버지에 관한 기억도 없었다. 어린 시절부터 그는 유림과 살았고, 그때 그녀는 이미 노파였고, 그의 할머니였다. 할머니 이외의 가족이 그에게는 없었다. 어린 시절, 그는 유림을 할머니라 불렀다. 그러나 어른이 되고 나서는 어머니라 불렀다. 아마 결혼을 전후한 무렵부터였을 것이다. 왜? 알 수 없었다. 그래야 할 것 같았다. 유림은 그가 어머니라 부르건 할머니라 부르건 상관하지 않았다.

할머니 몇 살? 어린 시절 그가 물으면 할머니는 대답했다. 육백구십 살이다. 그녀의 나이는 해가 갈수록 작아졌다. 초등학교 다닐 무렵 그가 물으면 유림은 대답했다. 이백칠십 살. 3학년 때쯤 다시 물었을 때 그녀의 나이는 백구십 살이 되었고, 졸업할 무렵에는 백마흔 살이 되었다. 엉터리. 그가 말하자 유림은 웃으며 중얼거렸다. 그걸 이제야 알았단 말이냐, 이놈아. 할머니 진짜 나이가 진짜로 몇 살이냐구? 어린 그가 짜증을 내며 묻자 유림은 웃었다. 나도 몰라, 이놈아. 그냥 천육백 살이라고 하면 어쩔래? 말도 안 돼. 안 되지. 그럼 다섯 살이라면 어쩔래?

열다섯 무렵 그가 아버지 어머니에 대해 물었을 때 유림의 대답은 이러했다. 니 아비 어미를 니가 모르는데 내가 어찌 알겠냐? 나도 내 아비 어미가 누군지 모른다. 세상에 지 아비 어미를 온전히 아는 연놈이 얼마나 되겠냐? 다들 아비 어미가 얘기해주는 대로 그런가 보다, 하고 믿고 사는 거지. 지 아비 어미 기억 온전히 가진 놈 있으면 나와보라고 해라. 세상의 모든 아비 어미인들 다 지 자식이라는 걸 어찌 알겠냐. 지가 낳았으니까 지 자식이거니, 사는 거지. 내가 알기론 삼신할미들 장난으로 골탕 먹는 사람들이 수도 없다. 부자 3년 못 간다는 말이 그래서 나왔다더라. 터무니없는 대답이었다. 핑계라 하기에도 변명이라 하기에도 민망했다. 엉뚱하고 또한 거창했다. 누가 세상 사람들의 아비 어미를 물었단 말인가? 난 내 아버지 어머니를 알고 싶다구요. 유림은 뻔뻔하게 대꾸했다. 니가 좀 알려다오. 겸사겸사 내 아비 어미도 좀 알아봐주고. 내가 우리 아비 어미 만나면 할 말이 아주 많은 사람이다.

나이가 들어가면서 그는 더 큰 의문을 품게 되었다. 과연 그의 할머니라는 게 사실일까? 어쩌면 할아버지가 아닐까? 아예 남남인 것은 아닐까? 이유림은 그를 다리 밑에서 집어 와 기른 것인지도 모른다…….

　보드워크를 걸어 그는 강변으로 내려갔다. 어젯밤보다 수위는 낮았다. 시커먼 흙탕물이었다. 이것이 천만 서울 시민의 식수원이라니. 하수처리 시설은 건축허가를 받을 때 가장 엄격하고 까다로운 규정 가운데 하나였다. 다섯 동의 건물을 위해 그는 이백 명분의 하수처리 시설을 완벽히 구비해야 했다. 강으로 흘려보내는 물은 음료수로 사용해도 무방할 정도로 깨끗해졌다. 그러나 그것이 무슨 소용이란 말인가? 그는 강 건너의 음식점들이 그런 하수처리 시설을 설치한 경우가 드물다는 것을 알고 있었다. 하수처리 시설을 갖춘 경우에도 가동하지 않는 경우가 태반이었다. 간판을 내걸지 않은 채 음성적으로 음식점을 운영하는 가게들도 적지 않았고, 그런 가게들은 하수처리 시설 따위는 전혀 갖추지 않았다. 가끔 단속을 나온 공무원들은 강변에 서서 위아래를 한두 번 휘이 둘러보고, 모래사장에서 발을 몇 번 굴러보고, 사진을 몇 장 찍고, 근처의 음식점에 들어앉아 밥을 먹고 술을 마시고 노래를 부르고 고스톱을 치다가 돌아갔다.

　오후에 손님을 맞기로 예정된 객실은 '봄'이었다. '구름다리' 펜션의 객실 '봄' '여름' '가을' 그리고 '겨울' 가운데 독채로는 가장 컸다. '겨울'은 다가구주택 형식으로 객실이 넷 있었다.

　'봄'의 널찍한 거실에는 식탁이 이미 준비되어 있었다. 의자는 열둘. 장 씨가 벽난로 옆에 장작을 옮기다가 그에게 고개를 숙였다. 애쓰셨습니다. 시헌이 말했다. 장 씨는 그와 비슷한 나이일 것이다. 유림이 몇 년 전 데리고 들어온 이래 펜션의 온갖 일을 도맡아 했다. 부지런했으나 종종 술을 마시기 시작하면 사나흘 방에서 꿈쩍도 하지 않았다. 휴대전화도 예금통장도 지니지 않았다. 말이 없고 외출을 거의 하지 않았다. 급료는 예나 지금이나 유림이 주기 때문에 시헌으로서는 얼마를 주는지 어떻게 주는지도 알지 못했다.

장 씨는 몸집이 산처럼 우람했다. 앉았다 일어설 때는 산이 기우뚱 일어서는 듯했다. 팔다리가 시헌의 몸통 굵기였다. 통나무로 짠 식탁이나 의자 따위는 한 손에 두어 개씩 들고 운반했다. 눈빛에 힘이 있고 표정은 언젠가는 세상을 뒤엎어버릴 결의를 한 사람처럼 단호했다. 말을 붙이기가 어려울 정도였다. 하기야 그에게는 말을 건넬 필요가 거의 없었다. 무슨 일이든 미리 알아서 해치웠으니까. 그것은 말을 주고받을 필요를 없애기 위해서가 아닐까, 시헌은 생각해본 적이 있었다. 그날 저녁의 모임에 대해서도 그가 한 말이라고는 손님이 열쯤 올 것 같다는 것뿐이었다. 그것으로 청소부터 이부자리를 햇볕에 말리고 침대를 정리하는 일에다 장작과 모기향까지 장 씨는 빈틈없이 처리했다.

한 장군은 장 씨를 탐냈다. 어디서 저런 사람을 구했어? 그는 감탄을 거듭했다. 얼마 전에도 직원 하나가 지붕 수리비를 몰래 싸들고 도주하는 바람에 한 장군은 속이 끓고 있었다. 도둑맞은 돈 때문에도 속이 아프지만 당장 일할 사람이 없으니 이게 더 골치가 아프다니까. 어디서 또 사람을 구하냐고. 아예 몽골이나 베트남 사람을 데려다 놓으면 괜찮을까? 그러나 그쪽 사람들은 서비스 정신이라는 것을 거의 찾아볼 수 없을 것 같아서 말야.

현관 앞에서 황보귀가 이리 뛰고 저리 뛰며 끙끙거렸다. 시헌에게 어서 나오라는 말이었다. 밥은 이미 장 씨가 주었을 것이다. 시헌은 밖으로 나가 주머니에서 말린 사과를 한 줌 꺼내 황보귀의 주둥이에 내밀었다. 황보귀는 헐떡거리며 단숨에 사과를 모두 삼키고 그의 손바닥을 연신 핥아댔다. 진돗개, 어쩔 수 없이 묶어놓고 키우기는 하지만 뜰 주변으로 긴 줄을 치고 거기 목줄을 걸어 뜰을 벗어날 수는 없으나 뜰 안에서는 얼마든지 자유롭게 다닐 수 있도록 했다. 영리하여 손님들에게는 결코 짖지 않았고, 남들이 주는 먹을거리에는 결코 입도 대지 않았다. 집을 벗어나면 물도 마시지 않았다. 가끔 느티나무 위에 올라앉은 유림을 향해 끈질기게 짖어대는 것을 제외하면 말썽 한 번 없었다.

아내가 딸 이순을 데리고 퀘벡으로 간 것이 삼 년 전이었다. 한 달에 두어 번, 아내는 연락을 했다. 이순에게 차를 사줘야 할까? 퀘벡이 아닌가. 아내의 말에 의하면 대중교통이 잘되어 있어 전혀 차가 필요치 않았다. 그러나 이순은 교통이 불편하기가 이를 데 없다고 했다. 그래서 사주자구요? 그 차를 가지고 무슨 짓을 하고 다닐지 어떻게 알아요? 아직은 안 돼요. 아내는 제가 먼저 얘기 꺼내고 제가 먼저 흥분했다. 시헌은 더 이상 대꾸하지 않았다. 아내가 데리고 있으니까 아내 말을 따르는 편이 나을 것이다. 별일 없어요? 진지 잘 챙겨 드세요? 어머니가 계시니까 어련하시겠어요? 언제 여기 한번 안 와요? 말로만 온다, 온다……. 방학 때 들어갈 거예요. 이번엔 이순이가 핑계 대지 못하도록 당신이 엄하게 좀 타일러요. 내 말을 들어야 말이죠. 시헌은 딸에게도 아내에게도 간섭하지 않으려 애썼다. 멀리 떨어져 간섭한다 하여 무슨 소용이 있겠는가. 애만 태우고 기분만 상할 따름이었다. 그러나 아내와 딸이 의견이 갈리는 경우에는 어찌해야 할지 난처했다.

누가 옳은가? 그는 알고 있었다. 어느 누구도 옳지 않다. 그 자신도, 자신의 판단도 옳지 않다. 서로의 입장이 있고 그에 따른 욕구가 있을 뿐이다. 입장이나 욕구에 더 옳고 더 그른 것이 있을 리 없었다. 누가 옳은지 따지기 시작하면 다툼은 길고 사나워졌으며, 결국은 상처가 되었다. 더구나 세상은 욕망을 점점 더 신격화하고 있었다. 신이 사라지고 인간이 사라지자 욕망이 신이 되었다.

유림은 말했다. 나서지 말아라. 현명한 조언이었다. 하지만 나서지 않을 도리가 없는 경우가 있었다. 딸은, 아내는 다투다가 흔히 그에게 조정을 요청했다. 서로 자신을 편들어주기를 원했다. 알아서 하라고 내비둬. 역시 유림의 충고였다. 나서지 않으면 나서지 않는다고 원망을 하는데요? 원망 들어. 나서서 니가 뒤집어쓰는 것보다는 낫다. 나서지 않으면 두 사람의 일이지만 나서면 세 사람의 일이 되고 그러면 더 큰 싸움 된다. 모녀가 싸우는데 뭔 일이야 나겠냐. 결국 그는 대개의 경우 유림의 조언을 따랐다. 때로 몰래 딸의 편을 들어주는 것, 때로 몰래 아내의 편을 들어주는 것, 그것이 그가 찾아낸 타협점이었다.

뜰을 가로질러 계단을 내려오는데 전화가 울렸다. 한 장군이었다. 그는 우렁우렁한 목소리로 외치듯 물었다. 오늘 5시라고? 6시라고? 내가 좋은 막걸리가 하나 남았는데, 좀 일찍 갈까? 손님들오기 전에 한 잔씩? 괜찮겠어?

작년 가을 〈투기꾼들〉에 투자하라는 양 감독의 제안을 받았을때 시헌은 일언지하에 거절했다. 영화라는 게 돈을 날려먹는 짓이라는 것을 그는 이미 안다고 생각했으니까. 삼 년 전 황명수 감독의 영화 〈설국일기〉에 투자했다가 망한 적이 있었다. 2억 원이 빠져나간 자리에 겨우 삼천이 들어와 앉아 있는 꼴을 보았을 때는엉덩이가 돌연 송두리째 뜯겨 나간 듯 꽁지뼈가 시렸다. 황 감독이 〈설국일기〉와 함께 해외 영화제를 드나들며 이런저런 상을 받았다는 소식을 들을 때마다 그가 옹졸해선지 쉽게 축하해주고 싶은 기분이 들지 않을 뿐 아니라 기분이 더욱 더러워졌다. 그 짓을또 당하고 싶지는 않았다.

그러자 양 감독은 돈을 빌려달라고 했다.

"김 사장님, 내가 돈을 빌리면 이자만 갚으면 돼요. 그러면 사장님은 잘하면 1억 2,000쯤, 못하면 1억 1,000쯤을 돌려받겠지요. 하지만 1억을 투자하면 어떻게 되는지 아세요? 2억을 받을 수도 있고, 3억을 받을 수도 있어요. 일이천하고 일이억을 비교할 수 있어요?"

그것참. 그럴듯했다. 시헌은 입맛을 다셨다.

"요즘 부동산에 이자율까지 바닥인데 어디 가서 이런 따블에따따블 장사를 해요? 1억을 통장에 쌓아둔다고 뭐가 나와요? 내가김 사장님에게서 1억을 빌려 투자를 하면 난 2, 3억을 벌어서 사장님한테 이자로 1,000만 원만 주면 된다는 소립니다. 억울하지 않겠어요?"

그러나 1억을 투자하여 겨우 몇백만 원을 돌려받는다면 그것이 훨씬 더 억울할 것이다. 양 감독은 집요했다.

"눈 딱 감고 들이미세요. 내가 최선을 다해볼 작정이니까요. 시나리오도 잘 빠졌고, 배우들도 참 좋습니다. 최소한 본전입니다. 장담합니다, 내가. 시나리오하고 제안서 보낼 테니까 잘 살펴보고 다시 한 번 생각해보세요."

시나리오를 읽어보았으나 시헌은 이놈의 영화가 장사가 될지 안 될지 판단이 서지 않았다. 퀘벡의 딸과 페이스타임을 하다가 그는 장난 삼아 물어보았다. 너 박성근이라는 배우 아냐? 이순은 화들짝 반색했다. 아빠 그 사람 알아? 만날 거야? 나도 만나고 싶다. 같이 여기로 오면 안 돼? 이순에 의하면 박의 인기는 요즘 상종가였다. 이튿날부터 이순은 매일 문자를 보내 그 영화에 투자를 할 건지를 물었다. 아직 결정을 못 했다고 하면 투자하라고 권했다. 그가 물었다. 너 시집 갈 때 쓸 돈에서 1억 빼서 투자해도 되겠냐? 그 돈 날리면 너 시집도 못 갈 텐데. 물론 농담이었지만, 이순은 정색을 하고 진지하게 대답했다. 투자해, 아빠. 내 또래 애들 90퍼센트는 그 영화 보러 갈 거야. 혼자 가나? 남자 끌고 가지.

시헌이 투자를 결심하게 된 결정적인 계기는 그러니까 한국도 아니고 머나먼 퀘벡에 사는 딸 이순의 권고였다. 이웃 펜션의 한 장군을 끌어들인 것은 시헌이었다. 타고난 도박꾼인 한 장군은 영화니 투자니 배우 박성근이니 감독 양주일이니 하는 소리를 듣자마자 나도 해보지 뭐, 하고 나섰다. 양 감독을 포함하여 〈투기꾼들〉 관계자 몇몇이 모일 장소가 필요하다는 얘기를 듣고 시헌은 기꺼이 장소를 제공하겠다고 제안했다.

시헌은 계단 위에 멈춰서서 저 아래 뭉클거리는 물과 그 너머의 도로를, 산마루를, 그리고 하늘을 쳐다보았다. 새파란 하늘에 구름 한 점이 없었고 그 하늘에 눈부신 햇살이 가득 흩어지고 있었다. 좋은 날씨였다. 도대체 날이 궂으니 조심하라는 유림의 말은 무슨 뜻이었을까.

에필로그

눈을 떴을 때 그는 느티나무 꼭대기에 걸터앉아 있었다. 그는 놀라 두 팔로 굵은 가지를 황급히 끌어안았다. 유림이 종종 올라가 앉아 있던 바로 그 느티나무였다. 어떻게 여기 올라오게 되었는지 알 수 없었다. 유림이 바로 앞 다른 가지에 엉덩이를 한쪽만 슬쩍 걸치고 편안히 앉아 시소를 타듯 그네를 타듯 가지를 위아래로 슬금슬금 구르는 것이 보였다. 어머니, 이게…… 내가 왜 여길……? 그녀는 대꾸하지 않았다.

장 씨는 바로 아래 가지에 앉아 있었다. 그의 눈이 게슴츠레했다. 눈을 감지 않기 위해 애를 쓰고 있는 것 같았다. 유림이 말했다. 졸리면 그냥 자요. 자다가 조용히 떠나요. 장 씨는 두 손바닥으로 얼굴을 위아래로 마구 비벼댔다.

멀리 강물이 햇볕을 반사하며 흘러가고, 햇살이 가지를 스치고 이마에 떨어졌다. 산등성이를 넘어온 바람이 가지를 흔들고 머리

칼을 흔들고 겨드랑이 사이를 스치고 지나는 것이 묘하게 간지럽고 또 시원하고 상쾌했다. 강 건너에는 털실 뭉치 내던진 듯 끝도 없이 구불구불 길이 펼쳐지고, 그 위를 달랑달랑 벌레 같은 차들이 달려가고, 가까이 언덕과 숲 아래로 한 장군의 펜션 '피엑스'가…… 보이지 않았다. 그가 끌려간 뒤로 또 무슨 일이 생긴 것일까. 어딘가 이상했다. 날씨가…… 언제 이렇게 변한 것일까. 나무들이 벌거벗고 있었다. 어느새 잎들이 다 떨어진 것일까. 겨울? 시헌은 놀라 사방을 두리번거렸다. 강변에 허연 털처럼 갈갈이 일어선 것은 분명히 얼음, 눈과 얼음이었다. 나무들, 상록수들을 제외한 나무들은 모두 잎을 떨궈 벌거벗은 가지들이 차가운 하늘을 할퀴고 시 있었다. 도대체 내가 잠을 몇 달 동안이나 잤단 말인가? 그가 마지막 기억하는 것은 초여름이었다. 이상한 놈들이 밤새도록 술을 퍼마시다가 갑자기 '피엑스'의 사장 한 장군을 끌고 사라졌는데…….

그는 다시 한 번 깜짝 놀랐다. 건물들이 보이지 않았다. '봄'도 '여름'도 '가을'도 '겨울'도 없었다. 흔적도 없었다. '겨울'이 있던 자리에 뭔가 목재 부스러기 같은 것이 쌓여 있었는데, 그것이 집이 허물어진 자취인지 아닌지는 알 수 없었다. 뜰과 주차장이 있던 자리는 아카시아와 화살나무 쥐똥나무 같은 것으로 무성했다. 저 뜰에서 황보귀를 길렀는데. 그 녀석은 어떻게 되었을까. 시헌이 유림, 장 씨와 함께 살던 살림집은 무너지긴 했으나 그나마 자취가 좀 남아 있었다. 남쪽 벽면과 동쪽 벽면이 조금 남아 있었고, 그 구석에 실내의 마루 쪽이 조금 남아 썩어가고 있었으며, 깨어진 살림살이 자취가 어지러이 흩어져 있었다. 그뿐이었다. 그들의 살았던 흔적이 감쪽같이 보이지 않았다.

해가 점점 더 높이 솟아오르는 걸 보면 아침인 것 같았다. 요란한 차 소리와 함께 버스와 트럭이 여러 대 올라와 화살나무와 쥐똥나무 따위가 우거진 곳에 아슬아슬 주차했다. 요란한 굉음과 함께 삽차도 한 대 올라왔다. 버스에서 사람들이 쏟아져 내렸다. 카메라가 나오고 크고 작은 조명들이 나오고 조선시대의 군복 비슷한 것을 입은 사람들이 칼과 창, 활과 방패 따위를 들고 내리고…….
시헌은 그를 알아보았다. 두터운 양털 파카를 입은 사람은 양 감독이었다. 살이 좀더 찌고 늙긴 했으나 분명히 그 사람이었다. 그가 한 장군을 닦달하던 광경이 떠올랐다. 도대체 저 사람은 정체가 무엇일까. 아아, 시헌은 그의 영화에 1억을 투자했던 것이 기억났다. 바보짓이었다. 1억 원어치 술을 사고 라면과자를 사고 만화를 빌려 한 장군과 함께 낄낄거리며 몇 날 며칠 놀기나 할 것을.

주기훈인지 아닌지 확실치는 않으나 그 비슷한 사람도 보였다. 임정아와 박성근이 평민들이 입었을 법한 의상을 걸치고 분장사에게 얼굴을 맡기고 앉아 있는 것도 보였다.

양 감독이 삽과 낫, 망치 따위 연장을 든 사람 몇을 데리고 언덕을 올라왔다. 그들은 유림네가 살던 살림집의 흔적을 이리저리 살펴보며 뭔가 얘기를 나누었다. 반쯤 남은 창틀, 그리고 중간에 무너져내린 계단, 실내의 목재 부스러기들을 가리키며 양 감독은 손짓 발짓을 하고, 허공에 뭔가를 그리고, 삽을 든 남자를 데리고 다니면서 집터 주위에 우거진 잡초와 나무들을 가리키며 뭔가를 지시했다. 그가 언덕을 내려가자 남자들은 작업을 시작했다. 집터 주위의 풀을 베고, 실내의 쓰레기를 치우려는 것 같았다.

보드워크가 시작되는 곳에 카메라가 세 대 세워져 있었다. 양 감독은 카메라 하나를 옛날, 아니, 그게 언제였는지 시헌은 이제 전혀 짐작조차 할 수 없었지만, 아무튼 '겨울'의 배전실로 내려가는 계단 근처에 옮겨놓았다.

이거 좀 봐요, 감독님. 어딘가 낯익은 음성이었다. 살림집 실내의 쓰레기를 치우던 남자였다. 누군지 알아볼 수는 없었다. 남자들 셋이 뭔가를 둘러싸고 서 있었다. 바위 같기도 하고 커다란 나뭇등걸 같기도 했다. 양 감독이 올라와 그들 곁에 섰다. 그는 그 바위 같기도 하고 나뭇등걸 같기도 한 그 물체 앞에 쪼그리고 앉아 얼굴을 들이밀고 꼼꼼히 살폈다. 그사이 정아와 성근도 올라와 그 물체를 둘러싸고 섰다. 그들이 주고받는 말소리가 희미하게 들렸다. 말이 안 되잖아. 서기 이천 몇 년이라고? 무슨 소리야? 성근이 발을 들어 그 물체를 밟고 흔들자 양 감독이 그를 막았다.

시헌은 그 물체를 알아보았다. 그것은……. 유림이 웃었다. 마룻대다. 서기 2658년.

그 소리를 들은 것일까. 사람들이 모두 고개를 한껏 들어 그들을 쳐다보았다. 양 감독은 이마에 손으로 차양까지 만들어 이쪽을 살폈다. 뭐야? 새야? 무슨 새야? 굉장히 크네. 사람…… 아냐? 사람은 무슨. 사람 같은데.

그때 유림이 일어섰다.

가자.

시헌이 고개를 드는 순간 유림은 겨드랑이 부근 어딘가에서 커다란 붉은 날개를 한껏 펼쳐 하늘로 날아올랐다.

괴물이 되어버린 서사, 진실이 되어버린 허구

최인석의 『투기꾼들을 위한 멤버십 트레이닝』은 실험적인 소설
이다. 딱히 이렇다 할 만한 서사도 없고, 감정이입 할 만한 주인물
도 없으며 긴밀한 플롯도, 특정한 화자도, 일관된 시점도 없다. 물
론 대강의 이야기는 있다. 영화 〈투기꾼들〉에 관련된 사람들―감
독, 투자자, 투자회사 직원, 평론가, 배우들―이 펜션에 모여 술 마
시고, 잡담을 나누며 포커를 치는 것. 그러나 서사는 이 대강을 중
심으로 파열한다. 이야기는 펜션의 회합 장소에서 벌어지는 일들
과 이곳에 모인 인물들에 대한 인터뷰로 갈라지고, 다시 '지금-이
곳'에 대한 묘사는 무수한 잡담과 요설로 파편화되고, 서사적 시
간은 시작-중간-끝이 아니라 '시작'으로 끝나며, 장소 또한 펜션
'구름다리'의 건물이 종국에는 사라지고, 펜션에 모인 진짜 사람
들의 이야기조차 나중에는 '가짜'로 바뀐다. 이 소설에 진입하자
마자 독자들은 우선 끝없는 여담에서 길을 잃을 것이고, 소설 속

246

이야기가 진짜인지 영화인지에 의혹을 품을 것이며, 진짜라고 믿었던 한 줌의 기대마저도 배반당할 것이며, 종국에는 거꾸러진 시간 속에서 거꾸러지고 '안개'에 갇혀버릴 것이다. 닿기도 전에 형체를 잃고 부스러지는 이야기, 한 무더기의 잡동사니라고도 할 수 있는 이 뒤죽박죽의 서사 끝에, 뒤편에, 혹은 저 심연에라도 어떤 냉혹한 '진실' 내지는 '의미'가 있으리라 믿는 것은 작가의 전작에 대한 신뢰일 것이나, 이것 또한 근대적 '강박'이라면 그야말로 무시무시한 소설이라 할밖에.

소설에 대한 일반적인 기대 지평을 허물어뜨리는 만큼, 이 소설은 독자의 능동성을 요구한다. '피로 사회'에 지친 독자들을 위해 몇 가지 '능동'의 지침들을 적어둔다.

페이크 다큐멘터리(Fake Documentary)

펜션에 모인 영화 종사자들의 이야기는 극적인 소설 장치가 아니라 '사실의 나열'에 의해 리얼하게 펼쳐지는데, 이러한 다큐 형식은 인터뷰와 함께 이야기의 '사실성'을 증폭시킨다. 이야기는 영화 〈투기꾼들〉의 관계자들—양주일 감독, 주기훈 조감독, CK엔터테인먼트의 부장 구영서, 배우 박성근, 영화평론가 심연우가 투자자 김시헌의 펜션 '구름다리'에 도착하면서 시작되는데, 여기에 또 한 명의 투자자인 퇴역 군인 한만수 장군과 여배우 임정아가 합류하게 된다. 이들 모임을 향한 작가의 눈은 마치 카메라처럼 '그대로 찍듯' 그들의 모습을 담아낸다. 먹고 마시고, 취하고, 노래하고, 노름을 하는 내내, 이들의 담화는 '실제'처럼 가닥 없이 질주하고, 인물을 향한 '줌' 렌즈 또한 빠르게 전환된다. 가령 다음과 같은 혼돈 '덩어리'.

왜 안 와, 우리의 여자 주인공은? 한 장군은 심심해지면 한 번씩 투덜거렸다. 더 이상 대꾸하는 사람도 없었다. 중구난방으로 여기저기에서 얘기가 진행되고 있었다. 〈대부〉가 재미있다고? 내 영화보다 재밌어? 양 감독님 영화만 빼고요. 당신이 영화를 보질 않으니까 그렇지. 돈 따려고 눈이 벌개져서 다른 건 돌아볼 생각도 않잖아. 거긴 골프하우스 편의 시설이 너무 낡았어. 투자를 하질 않는 모양이야. 내가 보기엔 아무 지장 없던데. 거기 음식이 음식이야, 어디? 된장찌개 하날 제대로 끓일 줄을 모르잖아. 우디 앨런이야 그냥 미국놈일 뿐이지. 아니, 뉴요커라고 해야 하나. 그놈 영화 좋다는 이 나라 연놈들 난 이핼 못 하겠어. 샤워 자주 하고 물 시원하면 됐지, 뭐. 왜 거기 가서 된장찌개를 먹냐? 한 발자국 나오기만 하면 느티나무집 음식이 얼마나 맛깔스러운데. 거기 사장이 어디 빌딩 짓다가 상투를 잡았다던가. 속이 시원합니다, 감독님. 지들이 그런 영화 좋다고 떠들어대면 뉴요커 될 줄 아는 건지, 원. 코스가 아마추어들에겐 너무 고약해. 그러니 돈내기 골프 치기 딱 좋지, 이 양반아. 그 친구 영화, 말이 얼마나 많아. 미국판 김수현이라니까. 등장하자마자 모든 인물들이 떠들어대기 시작하는데, 이건 뭐, 정신이 하나도 없잖아. 영어 알아들으면 다행이지만, 알아듣지 못하는 이 나라 관객들은 자막 쳐다보기 바쁜데 영활 어떻게 온전히 보겠어. 그 영어 알아듣는 놈들이 몇이나 되겠어, 이 나라에? 우디 앨런이 지 시나리오 들고 우리나라 대형 투자회사 찾아갔다고 가정해봐. CK라거나. 거기서 계약해줄 것 같아? 천만에. 1회용 커피믹스 한 잔 얻어먹고 고스란히 쫓겨나지. 떠들썩한 웃음소리, 웃음소리……. 비가 온다고 골프공이 안 나가? 시계 5미터 안개 속에서도 내가 골프를 친 사람이다. 왜? 그게 자랑이냐? 시나리오는 쓰레기통에 처박히고. 알았어. 다음 주엔 거기로 한번 가봅시다. 그 옆에 한양 컨트린가. 당신 거기 딱지도 있다면서? 딱지가 있으면 뭐 해? 부킹이 안 되는걸. 다 되는 수가 있어. 닭백숙집이 좋지, 거기. 아주 잘해줘. 식당 아줌마도 제법 미인이고. 거, 이마 좁다랗고 새초롬한 여자 말이지? 과부래. 서른에 과부가 됐다던가. 거 좋네. 이 사람 보게. 남 과부 됐다는데 당신이 뭐가 좋다는 거야? 그게 아니라……. 내 돈 내고 술 먹는 게 분법이야? 아니지? 내 돈 내고 내 차 사서 내 돈으로 기름 사서 몰고 다니는 게 불법이야? 아니죠. 음주도 합법이고 운전도 합법인데, 어째서 음주운전은 불법이야? (38~40쪽)

위의 장면에서 이야기는 '아직 오지 않는 여주인공'에서 골프하우스로, 우디 앨런 영화로, 닭백숙집으로, 과부로, 끝없이 갈라지고 비약하면서 방향 없이 전진한다. 말하는 사람이 누구인지,

끼어든 자가 누구인지, 누구의 웃음소리인지도 모른 채 뒤엉킨 말들의 향연을 내놓고 작가는 '이것이 현실'이라고 주장하고 있다. 다큐멘터리의 민주적인 이 '무' 편집은 중요한 것과 사소한 것의 구분을, 주인물과 부인물의 차별을, 진담과 헛소리의 위계를 통째로 전복하고 있는 '사실'의 위력을 보여주는 듯하다. 그렇다면 이 다큐멘터리적 기록에는 '진실'만이 있는 것일까. 물론 그렇지 않다. 이 다큐적 소설에는 '노동면허법' 혹은 '청와대의 악어'와 같은 허구도 있고, 사실을 가장한 허구도 있다. 사실 속에 미만한 허구를 가장 적극적으로 드러내는 것은 여주인공 임정아의 존재이다. 아직 투자 확정이 발표되지 않은 상태에서 배우 임정아에게 투자자들과의 만남은 일종의 '오디션'을 뜻한다. 하여, 임정아는 짙은 안개를 뚫고 반드시 펜션에 와야 했으며, 그 어떤 무대에서보다도 빛나는 연기를 해야 했던 것이다.

그녀는 배우로서 여기 왔다. 여기 와 있는 누구나 그녀를 배우로 보고 있었다. 그녀는 배우였다. 그러니 배우 연기를 해야 하는 것이다. (중략) 연기 같지 않은데 연기인가. 연기 같은데 연기가 아닌가. 이런 때마다 그녀는 자신이 도마 위의 고깃점처럼 조각조각 찢기고 해체되는 것 같았다. 자신이 사라져버리면서 자신의 진실마저 종적이 묘연해지는 듯 여겨졌다. (중략) 아무리 사소하고 보잘것없는 진실이라 할지라도 그마저 남아나지 않았다면, 그렇다면 그녀는, 그녀의 연기는, 그녀의 삶이란 무엇인가. 찢기고 해체되었다는 것 역시 진실이라면 진실일 것이다. 그 존재를 부정할 수는 없을 것이다.

(81~82쪽)

　뒤늦게 도착한 임정아는 어디가 무대이고 무대 밖인지 모른 채, 이미 시작된 '공연'에 참가하여 서사의 줄기를 따라간다. 폭탄주와 포커로 이루어진 "인물들 사이의 관계"에서 즉각적으로 비롯되는 플롯들을 포착하는 것이 임정아가 맡은 역할이고, 또한 영화 〈투기꾼들〉의 내용이다. 소설은 영화 〈투기꾼들〉의 관계자들이 모여 한바탕 노는 것으로 진행되는데, 이야기를 따라가다 보면 사실, 이것 자체가 영화임을 알 수 있다. 이를테면 얼마 전 상연된 영화 〈여배우들〉과 같은 일종의 페이크 다큐멘터리나 최근 유행인 리얼 버라이어티. 가짜 다큐, 〈여배우들〉이 그렇듯 〈투기꾼들〉은 진실을 가장한 허구이다. 물론 다큐멘터리인 만큼 어떤 '진실'과 '핍진성'을 지향하고 있는데, 〈여배우들〉에서 그것이 프레임 밖 여배우의 '진짜 모습'이라면, 영화 〈투기꾼들〉은 영화계 혹은 예술계의 속물성과 실체일 것이다.

　영화 종사자들이 모여 벌이는 하룻밤의 파티는 최인석이 『연애, 하는 날』에서 보여준 중산층의 욕망의 축도와 크게 다르지 않다. 양 감독 영화를 지지하는 평론가이자 여 교수 심연우는 양 감독과 부적절한 관계임이 드러나고, CK 부장에게 추파를 던지는 배우 박성근은 '감독에게 비굴하고 대중에게 오만한' 스타 배우들의 뒤틀린 욕망과 열등감을, CK엔터테인먼트 부장 구영서는 이윤 기계에 불과한 제작사의 냉혹함을, 퇴역 군인 한만수 장군은 군대 사회의 부패를, 한 장군의 부인 안미순과 김시헌의 불륜은 불구적 가정의 현실을 드러낸다.

이들이 모여서 쏟아내는 냉소와 풍자, 가령 노동면허법이 상임위 기습 상정과 음주단속에 대한 비판, 그리고 영화평론에 담긴 혁명적 비전은 '과부댁' 운운의 잡담과 '이번 달 결제액' 문자, 그리고 입고 있는 팬티를 베팅하는 여 교수와 권총을 내놓은 한만수 장군 등의 충격적인 행위와 함께 뒤범벅되고 뭉개져버린다. 그러나 '우리' 모두가 그렇듯, 이 속물성과 난잡함이 다는 아니다.

인터뷰

소설 속 영화의 인터뷰는 그런 의미에서 중요성을 띠는데, 표면적인 천박함과 속물성 뒤편에 있는 인물의 내면과 진정성을 보여주기 때문이다. 그중 가장 많이 조명되고 스토리가 부여되는 인물은 구영서와 한만수이다. 대학에서 도서관학과 천문학을 공부한 구영서는 별들을 바라보며 사는 게 꿈이었으나, 어려운 가정 형편 때문에 CK 그룹에 입사, 실제 '스타'들에 둘러싸여 살게 된다. 그러나 그녀는 남다르게 스타를 '돌덩이' 보듯 하고, 그러한 냉철함과 업무 능력 덕분에 '부장직'까지 오른다. 그런 그녀에게도 낭만적인 시절은 있었다. 과거 남자 친구인 정우석과의 로맨스. 그러나 정우석은 결혼 제도를 냉소하고 '세상의 끝'을 향해 외국으로 떠나버리고 만다. 그 후 구영서는 모나코 영화제에서 우연히 정우석을 만나게 되는데, 직접 제작한 단편영화로 영화제에 초청받은 그는 이미 스웨덴의 어린 여자와 결혼한 상태. 미련을 버리지 못한 구영서는 정우석을 찾아가 '세상의 끝'으로 가자고 우회적으로 말하지만, 그는 "거기가 어딘데? (중략) 찾아봐. 날이 갈수록 분명해질 거야. 지금 여긴 결코 아니라는 게."(132쪽)라며 그녀에게 등을 돌리고 만다.

두 번째 인물 한만수는 8년 전 대령으로 예편해서, 현재 펜션 〈피엑스〉를 운영하며 살아간다. 호전적이고 유쾌하며, 무기력하고 천진하기까지 한 한 장군은 아내 안미순이 열아홉 살일 때 결혼하여 일남 이녀의 자녀를 두었으나, 아들을 군대에서 잃고 만다. 인터뷰는 한 장군이 평생을 바친 군대에서 비극적으로 죽은 아들 성구의 이야기에 초점이 맞춰진다.

시골 초등학교 소사의 집안에서 태어난 한만수는 군대에서 승승장구, 곧 스타로 진급하기 직전 군복무 중인 아들의 사망 소식을 듣는다. M16 두 발로 자살을 했다는 충격적인 사실을 전해 듣지만, 군을 잘 아는 한 장군은 아들의 죽음이 자살이 아니라 타살임을 직감한다. 그러나 'A사단의 안 소장'으로 대표 되는 군은 이를 자살로 조작하여 공식 발표하고 분개한 한 장군은 A사단을 찾아간다. 한 장군은 실상은 '하극상'에 의한 타살이고, 이 죽음 뒤에 군대의 부패상이 있음을 간파하지만, 끝내 진실 규명을 포기하고 만다. 그는 자신이 군의 명예를 위해 과거 비슷한 죽음을 은폐했던 일을 떠올리고 자신 또한 공범에 불과하다는 것, 그리고 애초에 진실을 밝히는 일이 불가능하다는 것, 즉 안 소장이 "백 번이라도 더 조사하겠다는 것은 백 번이라도 더 은폐하겠다는 뜻"(180쪽)임을 깨닫는다.

구영서와 한만수의 서사는 왜 중요하게 다루어졌는가? 전혀 상관없는 두 이야기는 왜 같이 있는가? 이에 대해서는 두 개의 답이 가능하다. 굳이 공통점을 찾자면 모두 '스타'에 관한 이야기라는 것. 그들의 사연에 의하면, '스타'란 가짜이거나 허구이다. 펜션의 영화배우 박성근과 임정아에 의해 드러나는 '스타'의 실상이란 비루하고 졸렬할 뿐이고, 구영서가 '세상의 끝'이라 명명했던 별, 즉 낭만적 사랑 혹은 초월적인 삶이란 허구일 뿐이다. '세상의 끝'을 향해 질주했던 정우석은 히피 차림으로 완강한 현실 속에 '들어앉은 채' 그녀에게 '지금-여기가 아닌 곳', '그런 곳'은 없다고 암묵적으로 말한다. 한 장군이 꿈꾸었던 세속적인 별, 즉 '장군'이란 부패할 대로 부패한 '군' 위에 군림하는 가짜 영예일 뿐이고 젊은이의 숱한 죽음을 딛고 선 '썩은 별'이었던 것으로 드러난다. 낭만적인 초월이든, 세속적인 성공이든 이 둘의 실패는 모두 진정한 '바깥은 없다'는 것을 증명한다.

이것은 앞서 배우 임정아를 통해 다음과 같이 작가가 토로하고 있는 '세계 내 존재', '세계 내 이야기'에 대한 변주이다.

인물도 이야기도 없는 연극이라는 것이 있을 수도 있을 것이다. 그러나 이야기가 없다는 주장 역시 하나의 이야기였고, 그 이야기를 전달하기 위해서 역시 인물이 필요했다. 인물이 필요 없다고 선언하기 위해서 인물이 필요하고, 이야기가 필요 없다고 주장하기 위해서 이야기가 필요했다. 그리고 인물은, 이야기는 어디에 있는가? 무대 밖에, 이 세계에 있었다.

이 세계로부터 벗어날 길은 없었다. 인물도 이야기도 그리고 이 세계로부터 벗어나고자 하는 욕망마저 이 세계 안에 존재했다. 만일 이 세계가 마음에 들지 않는다면, 그 세계를 부정하기 위해 세계를 필요로 하는 것이 연극이고 연기였다. 저 망할 놈의 세계. 정아는 물끄러미 눈앞에서 펼쳐지는 광경을 쳐다보았다. 그것을 쳐다보는 연기도 해보았다. 세계는 무엇인가? 어디에 있는가? 세계가 만일 저 밖에만 존재한다면, 그것이 분명하다면 차라리 연기는 크게 어렵지 않을지도 모른다. 그러나 세계는 동시에 그녀의 내면에, 그녀의 생각과 욕망 가운데, 아아, 그녀의 가장 깊은 곳에, 꿈속에, 가장 가느다란 혈관과 미세한 신경줄 속에, 그녀가 감히 들여다보려 시도해본 적조차 없는 영역에도, 그녀가 그 존재마저 의식할 수 없고 알 수도 없는 캄캄한 곳에 그 징그러운 뿌리를, 그 날카로운 촉수를 찌르고 있었다. 구별하고자 해도 자신과 세계는 더 이상 구별되지 않았다. 언제부터? 그마저 알 수 없었다. 그녀의 욕망은 세계의 욕망이었다. 그녀의 혐오는 세계의 혐오였다. 그녀의 절망과 희망, 그녀의 기쁨과 눈물, 그녀의 것에 그치지 않았다. 다 세계의 것이었다. (84~85쪽)

배우 임정아는 영화 〈투기꾼들〉의 여주인공이 되기 위해 모임에서 '여배우'를 연기했고, 또 '실화'는 그대로 영화 〈투기꾼들〉이 되었다. 영화 바깥이라 아니라 영화 안이었고, 무대 밖이 아니라 무대 위였다는 것. 이것은 다시 또 저 위의 문장에서 이렇게 반복된다. '이야기 없는 이야기, 인물 없는 인물이란 불가능하고, 우리는 절대로 세계를 벗어날 수 없다.' 이 말은 곧 '별'을 욕망한 구영서와 한만수의 좌절을 뜻하고, 한편 사실과 허구와 모호하게 뒤엉킨 『투기꾼들을 위한 멤버십 트레이닝』의 전체 서사를 가리키기도 한다.

그러나 또 다른 답도 가능하다. 그것은 '왜'라는 논리에 대한 거부이다.

악어라니?

지극히 다큐멘터리적인 이 작품 안에는 이런 이야기가 삽입되어 있다. 펜션 사람들이 바야흐로 노래방 무드로 진입한 순간, 구영서는 한 통의 문자를 받는다. 악어에 물린 회사 사람의 수술이 불가하다는 소식. 이들의 전언에 의하면 청와대의 악어가 CK엔터테인먼트 회사에 난입해 직원을 물었을 뿐 아니라 남대문 시장 사람이며, 삼청공원 노인들도 물었다는 것.

악어라니? 그것도 청와대의 악어라니? 이 믿을 수 없는 이야기는『투기꾼들을 위한 멤버십 트레이닝』의 서사를 의도적으로 교란하고 있는 작가의 냉혹한 얼굴과 마주치게 한다. 그리고 이것은 펜션 사람들의 잡담에서 다음과 같이 직접적으로 표명되기도 한다.

왜? 왜라고 하셨습니까? 왜? 이유를 중요시하는 분이셨군요. 기훈과 양 감독 사이에 왜, 왜, 왜, 하고 대화가 반발하는 탁구공처럼 오갔다. 왜 카드를 하십니까? 왜 졌어요? 왜 허풍을 쳤어요? 결혼은 왜 했어요? 애는 왜 낳았어요? 도대체 왜 살아요? 왜 죽지 않아요? 펜션은 왜 만들었어요? 장사가 왜 안된다는 겁니까? 도박을 왜 그렇게 좋아해요? 마누라는 왜 패요? 애는 왜 죽여요? 애는 왜 안 낳아요? 이혼은 왜 안 해요? 돈은 왜 그리 못 벌어요? 한 장군이 술병을 쥐고 돌아와 앉았을 때 탁구공은 이렇게 튀었다. 술은 왜 자꾸 퍼먹냐구요? 한 장군은 탁구공으로 이마를 맞은 사람처럼 멀거니 양 감독을 쳐다보았다. 이 많은 '왜'에 하나라도 제대로 답할 수 있습니까, 한 장군 각하? 숨 막히네요, 감독님들. 왜, 왜, 왜……. 왱왱거리지 좀 말아요. (중략) 왜냐고 자꾸 묻는 건 세상이 아직 이치에 따라 돌아간다고 믿는 사람의 습관이라고 할 수 있겠지요. 세상이 이치에 따라 돌아가야 한다는 어리광이거나. 세상이 이치에 따라 돌아가지 않는다는 것에 대한 불평, 혹은 앙탈이거나. (중략) 사실 왜, 라는 질문은 이유나 이치가 아니라 사실은 욕망을 추구하는 경우가 많아요. 이치라뇨. 이치를 거부한다면서요. 내가요? 천만에요. 누가 그걸 거부하겠습니까. 이거 왜 이래, 하고 말하는 건 사실 이유를 묻는 게 아니거든

요. 그러지 말아달라는 뜻이죠. (161~164쪽)

　'왜'라고 묻는 것은 세상이 이치에 따라 돌아간다고 믿는 사람들의 습관이고, 그것은 그렇지 않은 세상에 대한 어리광이나 앙탈 혹은 거부에 불과하다고, 작가는 인물을 통해 말한다. 이것이 『투기꾼들을 위한 멤버십 트레이닝』이라는 '어처구니없는 서사'에 대한 방향타이자 작가의 해명이다. 구영서와 한만수의 서사가 왜 같이 있어야 하는가? '세상의 끝'으로 간다던 정우석은 왜 겨우 제도 안으로 기어들어갔는가? 왜 군은 한만수의 아들의 죽음을 은폐하는가? 왜 '악어' 같은 거짓말을 하는가? 이 모든 비논리와 허구, 오류 밑에 존재하는 것은 '진리'나 '의미'가 아니다. 그 밑바닥에는 '욕망'이 있을 뿐이다. 소설 내부에도, 그리고 세계 내부에도.

　펜션의 밤이 절정으로 향할 즈음, 갑자기 서사는 돌변한다. 불이 꺼졌다 켜진 후, 펜션 사람들은 한만수 장군과 시헌을 제외하고 한통속이 되어 장군에게 총을 겨누고 욕하고 걷어차며 결국은 어디론가 끌고 가버린다. 작가는 이제까지의 아슬아슬한 페이크 다큐멘터리를 집어치우고 전혀 새로운 이야기를 덧댄 것이다. '사실'이라고 믿었던 펜션 사람들은 한 패거리의 '가짜'로 바뀌는데, 이 '가짜'들의 행동과 말에는 논리가 없다. 이들 무리는 한 장군에게 '왜 반상회에는 안 나가느냐?'라고 따지고 '북한에 두고 온 한만수의 정부' 사진을 내밀기도 한다. 그러나 그들이 누구인지, 한만수를 어디로, 왜 끌고 가는지, 어디서부터가 연기였는지 등등에 대한 답은 없다. 그저 이렇게 『투기꾼들을 위한 멤버십 트레이닝』의 서사는 괴물이 되어버린 채 끝나고 만다.

작가의 욕망이라고? 물론 그러하다. 그것은 처음부터 서사를 조작하고 교란하고 속여왔던 작가 최인석의 욕망일 터이다. 괴물을 탄생시킨 작가의 욕망은 양 감독을 통해 이렇게 표출되기도 한다. "바로 이런 게 서사라니까. 이런 돌발적인 반론, 이 순간 생기는 균열, 거기 파고드는 성에처럼 신비롭고 서릿발처럼 낯선 사고."(209쪽) 그리고 심연우 교수는 이렇게 말한다. "죄가 원인이라면 벌은 그 결과야. 인과응보. 하지만 정말 그래? 그 둘 사이에 이런 필연적 관계가 있다는 게 사실이야? 아니야. 사람들이 그렇게 믿는 것뿐이야. 일종의 이데올로기야. 허구야."(202쪽)

'세상이 이치에 따라 돌아간다는 생각, 서사는 개연성과 인과관계로 이루어져야 한다는 생각', 작가에 의하면 그것은 이데올로기이고 환상이다. '진짜'란 비논리적이고 불합리하며, 파편적이며 거짓말이고 분열증적이다. '진실'로 통용되는 것은 한성구 중위의 죽음처럼 강요된 허구일 뿐이고, 사람들은 말도 안 되는 '청와대의 악어'에 물려죽기도 한다(물론 '청와대의 악어'는 공안정국에 대한 메타포로 해석할 수 있다). 이러한 부정과 허무는 시공간적 착란 — 김시헌이 옛날 집에서 발견한 묵서(墨書)에는 서기 2658년이라 적혀 있고, 일꾼 장 씨의 기억은 시간을 초월한다 —으로 이어지고 또한편 서사적 시간의 교란으로까지 이어진다. 이 작품의 끝은 김시헌이 손님 맞을 준비를 하는 '처음'으로 다시 이어지는데, 이 또한

에필로그에서는 호접지몽처럼 없었던 일로 '무화'되고 만다.

『투기꾼들을 위한 멤버십 트레이닝』을 읽으면서 든 느낌은, 작가의 치열한 풍자 정신이 어느 지점을 넘어서고 있다는 것이다. 그러나 '너머'가 반드시 좋기만 한 것은 아니다. 『투기꾼들을 위한 멤버십 트레이닝』 안의 어떤 에너지들은, 작가가 맞세운 힘들에 의해 거꾸러지거나 분산되고 만다. 이 글은 작가가 던져놓은 많은 이야기들 중 하나의 독해에 불과하다. 그러나 어떤 지점에 집중하고 능동적으로 움직여야 할지는 독자의 몫이 아니라 우선, 작가의 몫이어야 하지 않을까.

'없음'의 緣

나뭇가지가 아름다워도 새는 가지에 앉지 않는다. 바람이 불기 때문이다.

가지가 아름답고 바람이 고요해도 새는 거기 앉지 않는다. 잎이 적어 숨을 곳이 없기 때문이다.

가지가 아름답고 바람이 고요하고 잎이 우거져도 새는 앉지 않는다. 근처에 뱀이 숨어 있기 때문이다.

새 한 마리가 나뭇가지에 앉는 데에도 이 많은 인연이 필요하다.

있는 것만이 인연이 아니다. 없는 것 또한 인연이요, 어쩌면 없는 것이야말로 더 무거운 인연이다.

얼마나 많은 '없음'이 오늘을 만들고 세계를 만들고 나를 만드는 것인지 나는 영영 다 알 수 없을 것이다.

세상에 존재하지 않는 것을 세상에 존재하는 언어로 이야기한
다는 것은 무엇인가. 때로 그것이 가능하다는 것은 또 무엇인가.

해는 뜨겁고 땀은 시원한
2013년 여름
慕遠齋에서

투기꾼들을 위한 멤버십 트레이닝

2013년 8월 20일 1판 1쇄 찍음
2013년 8월 27일 1판 1쇄 펴냄

지은이   최인석
펴낸이   손택수
편집   이호석, 하선정, 임아진
디자인   김현주
관라영업   김태일, 이용희

펴낸곳   (주)실천문학
등록   10-1221호(1995.10.26)
주소   우121-839, 서울시 마포구 서교동 478-3 동궁빌딩 501호
전화   322-2161~5
팩스   322-2166
홈페이지   www.silcheon.com

ⓒ 최인석, 2013

ISBN 978-89-392-0702-8 03810

이 도서의 국립중앙박물관 출판시도서목록(CIP)은
e-CIP홈페이지(http://www.nl.go.kr/ecip)와
국가자료공동목록시스템(http://www.nl.go.kr/
kolisnet)에서 이용하실 수 있습니다.
(CIP제어번호:CIP2013015212)